Tino Falke und Jule Jessenberger (Hrsg.)

Sonnenseiten

Street-Art trifft Solarpunk

Sonnenseiten: Street-Art trifft Solarpunk

Die Zukunft wird sonnig! Im Solarpunk sind die Städte grün, die Communitys inklusiv und die Technologien nachhaltig. Die futuristische Gesellschaft ist geprägt von Zuversicht und Gemeinschaftssinn. Doch auch in Utopien gibt es Raum für Rebellion.

22 Autor*innen ergänzen optimistische Zukunftsvisionen durch verschiedenste Formen von Street-Art. Die Gründe sind so vielfältig wie die gewählten Kunstformen, doch eins verbindet sie alle: die Hoffnung, etwas zu verändern.

Die Münchner Schreiberlinge e.V.

sind ein Verein von engagierten, aufgeschlossenen Autor*innen.

Kennengelernt haben wir uns in Schreibkursen, Leserunden, Buchveranstaltungen und treffen uns seit Anfang 2017 regelmäßig einmal die Woche zum gemeinsamen Austausch, Schreiben und Lesen.

Einige von uns haben bereits Bücher veröffentlicht, andere schreiben nur für sich und genauso vielfältig wie wir sind auch unsere Texte und Genres.

Mehr zu uns und unseren Aktivitäten findest du in den Social Media.

Hast du einen Bezug zu München und möchtest dich uns anschließen oder uns unterstützen? Hier findest du alle Informationen zu unserem Verein: www.muenchner-schreiberlinge.de

Tino Falke und Jule Jessenberger (Hrsg.)

Sonnenseiten

Street-Art trifft Solarpunk

Anthologie der Münchner Schreiberlinge

Bibliografische Information der Deutschen Nationalbibliothek:
Die Deutsche Nationalbibliothek verzeichnet diese Publikation
in der Deutschen Nationalbibliografie; detaillierte bibliografische
Daten sind im Internet über *http://dnb.dnb.de* abrufbar.

Herstellung und Verlag: BoD – Books on Demand, Norderstedt
ISBN: 978 3 7568 0187 9

Dieses Buch enthält Inhaltshinweise / Content Notes auf der letzten Seite gegenüber der Deckel-Innenseite.

Siehe auch:

www.muenchner-schreiberlinge.de

Inhaltsverzeichnis

Vorwort

Wenn das Dystopische in der Welt allzu präsent wird, gewinnen fiktive Utopien an Reiz. Solarpunk, dessen Setting viele Herausforderungen unserer Gegenwart bereits überwunden hat, ist also vielleicht aktueller und willkommener denn je. Obwohl das Science-Fiction-Subgenre auch in Deutschland aus seiner Nische herauswächst, ist es vielen noch unbekannt. Deshalb wollten wir bei den Münchner Schreiberlingen ihm gern eine eigene Anthologie widmen.

Die 22 Kurzgeschichten in diesem Buch führen uns in futuristische Gesellschaften, die für manche vielleicht bereits ideal scheinen oder zumindest nah dran sind – und kombinieren diese schöne, heile Welt mit Street-Art, für die Extraportion Punk!

Viel Vergnügen mit den kunstvollen Zukunftsentwürfen auf den folgenden Sonnenseiten!

Neopronomen

Einige der in dieser Anthologie präsentierten Geschichten nutzen Neopronomen – vielleicht wirst du darüber stolpern, deswegen sei an dieser Stelle kurz erklärt, was es damit auf sich hat.

Neopronomen (neue Pronomen) sind Wortschöpfungen zur geschlechtsneutralen Ergänzung der rein binären Pronomen »sie« und »er«.

Vorreiter hierfür war Schweden, wo bereits 1966 als geschlechtsneutrales Pronomen »hen« neben »hon« (m) und »han« (f) vorgeschlagen wurde und sich in den letzten Jahren so etabliert hat, dass es mittlerweile auch seinen Platz in Gesetzestexten findet. Auch das Englische bietet mit »they« ein neutrales Pronomen, das in der Singularform schon lange benutzt wird, um Menschen zu bezeichnen, deren Geschlecht unbekannt ist oder denen man keines zuweisen möchte.

In der deutschen Sprache ist es nicht ganz so einfach, eine einheitliche Lösung zu finden – wir befinden uns noch im Stadium des Experimentierens, und erst die Zukunft wird zeigen, welche Variante sich durchsetzt.

Gebräuchliche Neopronomen sind: they, dey, sey, es, sier, xier, zae

Weitere Informationen zu Neopronomen gibt es bei Illi Anna Heger (annaheger.de/pronomen) oder im Nichtbinär-Wiki (nibi.space/pronomen).

Alessandra Reß

Sonnenseiten, Sonnenzeiten: Solarpunk von »Republic of the Bees« bis zur »Sonnenseiten«-Anthologie

Früher™ wurden neue phantastische Subgenres meist dann ausgerufen, wenn jemand mit dem passenden redaktionellen Einfluss eine neue Entwicklung sah und ihr einen Namen gab.

Heute entstehen Genres, wenn eine Person ein neues inhaltlich-mediales Bedürfnis sieht und ihm irgendwo in den Weiten des Netzes, gerne auf Reddit, Tumblr oder in einer Facebook-Gruppe, einen Namen gibt. Wenn die Algorithmen der Person oder der Personengruppe hold sind und/oder sie einen Nerv trifft, entsteht daraus tatsächlich eine Ästhetik, ein Storytelling-Trend oder ein Genre. Und manchmal sogar ein Movement, eine soziale Bewegung, die all diese Aspekte miteinander verbindet.

Womit wir beim Solarpunk wären.

Inzwischen geht kaum ein Monat vorüber, in dem es hierzu keine größere Veröffentlichung gäbe. Innerhalb der internationalen Phantastik-Szenen haben sich gleich mehrere spezialisierte Magazine wie *Optopia* oder das *Solarpunk Magazine* gegründet, zudem gibt es Kunstwettbewerbe, Podcasts, Festivals, Ausstellungen, unzählige Blogposts. Aber auch in der Hegemonialkultur ist der Begriff angekommen: Von Arte über *Vice* bis hin zu *Forbes* und sogar Klett-Sprachlektüren haben verschiedenste Medien das Thema für sich entdeckt, und Literatur ist dabei längst nicht der einzige Fokus. Im Guerilla Gardening ist Solarpunk ebenso ein Begriff wie in der Open-Source- und Open-Knowledge-Szene. Und während einerseits der antikapitalistische Geist der Bewegung beschworen wird, teilen Entrepreneur- und Unternehmensseiten auf Facebook munter Solarpunk-Memes. Solche paradoxen Entwicklungen mögen

Purist*innen ein Dorn im Auge sein, doch sind sie zugleich der beste Beweis, dass das Movement aus seiner Nische herausgewachsen ist.

I. Startpunkte

Ehe wir uns aber diesen neuen Entwicklungen widmen, in deren Fahrwasser auch die vorliegende Anthologie entstanden ist, erst einmal ein Schritt zurück:

Wir schreiben das Jahr 2008. Das Frachtschiff *Beluga SkySails* begibt sich auf seine Jungfernfahrt, die es von Bremerhaven aus über Guanta und Davant bis nach Mo i rana führen wird. Das Besondere dabei: Zum Einsatz kommt u. a. ein Zugdrachenantrieb, der das Schiff mithilfe von Windkraft antreibt. Eine nachhaltige Technik-Utopie, die leider 2011 schon wieder ein Ende findet – sinkende Ölpreise machen den Antrieb unrentabel.

2008 aber sind die Hoffnungen auf Zukunftsträchtigkeit noch groß, und zwei Monate, nachdem die *Beluga SkySails* in Mo i rana angelegt hatte, wurde davon inspiriert auf dem Blog *Republic of the Bees* der Solarpunk aus der Taufe gehoben. Hier wurde er als Literaturgenre vorgestellt, als geistiger Bruder insbesondere zum Steampunk, der ebenfalls »alte« und »neue« Technologie zusammendenkt. Anders als das Alternate-History-Movement verortet sich der Solarpunk aber von Anfang an in einer Zukunft, der es gelungen ist, mit erneuerbaren Energien – insbesondere Solar- und Wind-technologie – die Ressourcen-Herausforderungen unserer Zeit zu meistern. Schon in diesem ersten Blogpost wird dabei der Wille formuliert, umsetzba-re Lösungen zu imaginieren, womit sich der Solarpunk jener »Frühzeit« klar in der Hard Science-Fiction verortet.

Nun gibt es zahlreiche Blogbeiträge, die versuchen, neue Genres aus der Taufe zu heben. Manchmal folgt ihnen noch eine Reddit- oder Panel-diskussion, die meisten aber verschwinden nach kurzer Zeit wieder im Netz-Nirvana.

Mit dem Solarpunk aber traf *Republic of the Bees*, obwohl sich der Blog selbst gar nicht weiter mit seiner neuen Erfindung auseinandersetzte, einen Nerv. Die nachstehende Entwicklung lässt sich nicht linear fassen – wie das im Netz oft der Fall ist, sobald ein neuer Trend die Runde macht. Grundsätzlich lassen sich jedoch drei Meilensteine festhalten: Erstens gelang es der Userin Miss Olivia Louise 2014, über einen Tumblr-Post die Kunst-Ästhetik des Solarpunk sowie erste zentrale Werte in die Netz-Community einzuspeisen. Zweitens veröffentlichte Adam Flynn kurz darauf auf der Website *Hieroglyph* die »Notes towards a manifesto«, mit denen er der aufkeimenden Bewegung ihre kämpferische Hymne verpasste: »Wir sind *Solarpunks,* weil die einzigen anderen Optionen Leugnung oder Verzweiflung sind.«[1] Der Punk im Namen verweist demnach auf »Infrastruktur als eine Form des Widerstands«[2]. »Solarpunk ist noch immer ein junges Genre, eher ein Weckruf als ein echter literarischer Korpus«[3], so kommentierte 2015 Jeet Heer für das Politikmagazin *The New Republic* die damalige Solarpunk-Stimmung.

Apropos – wo ist eigentlich die Literatur bei alldem?

Die frühen Solarpunks verweisen auf Werke von Autor*innen wie Norman Spinrad, Ursula K. LeGuin oder Kim Stanley Robinson, in denen Elemente des potenziellen Subgenres bereits aufgegriffen wurden, ehe der Begriff existierte. Kim Stanley Robinson steht auch aktuell noch wie kein zweiter für die Literatur des Movements – sein »Ministerium für die Zukunft« etwa passt in mehrfacher Hinsicht in den Geiste des Solarpunk.

Doch die Geburt des literarischen Solarpunk kam zunächst aus einer weniger prominenten Ecke, womit wir bei unserem dritten Meilenstein wären: 2012 gab Gerdon Lodi-Ribeiro die Anthologie »Solarpunk: Histórias ecológicas e fantásticas em um mundo sustentável« heraus, an der verschiedene Größen der portugiesisch-sprachigen Phantastikszene mitwirkten. Vermutlich plante Lodi-Ribeiro, der zuvor schon ähnliche Bücher zu Diesel- und Vaporpunk initiiert hatte, hiermit eigentlich kein Grundsatzwerk. Doch bis heute gilt diese Anthologie – vor allem dank der in der World Weaver Press veröffentlichten Übersetzung von Fábio Fernandez – als genau das. Obwohl sich diese Anthologie im Vergleich zu späteren Genre-Sammelbänden noch deutlich stärker am Cyberpunk

---

[1] Übersetzungen durch die Autorin, Hervorhebungen wie im Original: »We're *solarpunks* because the only other options are denial or despair.«
[2] Original: »*infrastructure as a form of resistance*«
[3] Original: »Solarpunk is still a new genre, more a call to arms than a substantial body of literature.«

orientierte, der seit Adam Flynns Beinahe-Manifest eher als Gegenstück zum Solarpunk wahrgenommen wurde, kommt noch heute niemand, der sich mit dem Movement als Subgenre beschäftigt, an der brasilianischen Anthologie vorbei.

Dass eine originär nicht-englischsprachige Anthologie so viel internationale Aufmerksamkeit bekommt, ist sicher nicht alltäglich. Doch die Solarpunk-Bewegung sucht bewusst den Blick über den angloamerikanischen und über den westlichen Tellerrand hinaus. Gerade in der ersten Hochphase des Movements Mitte der 2010er-Jahre wurde Solarpunk als synkretistisch und kosmopolitanisch imaginiert. Es ging um Lösungen, die sich lokal aus den Begebenheiten der einzelnen Weltregionen heraus entwickeln, um global miteinander zu interagieren. Schließlich lässt sich eine Herausforderung wie der Klimawandel kaum mit zentral organisierten, universellen Lösungen angehen.

Ästhetisch orientierte sich das Movement an den pastelligen Jugendstil-Update-Vorstellungen von Miss Olivia Louise, in denen ebenso die Handschrift des Arts-and-Crafts-Movements wie auch eine Reminiszenz an den Stil Hayao Miyazakis durchscheinen. Es gibt einige Illustrationen, etwa von Imperial Boy oder Rita Fei, die ergänzend immer wieder als visuelle Beispiele herangezogen werden.

Die technischen Visionen lassen sich mit dem indischen Jugaad-Prinzip beschreiben, was sich grob als »weniger ist mehr« umschreiben lässt. Der Fokus liegt hier wieder auf individuellen, praktikablen Lösungen, die vom Erfindergeist leben und sich ohne große Investitionen umsetzen lassen. Damit verwandt ist eine entsprechende Do-It-Yourself-Haltung (DIY).

II. Hochphase

Nach der ersten Hochphase schien es zunächst stiller um den Solarpunk zu werden. Stattdessen traten andere »Punks« in den Vordergrund, allen voran der 2017 von Alexandra Rowland eingeführte Hopepunk, der mit seinem Ideal der *radical kindness* mehr eine soziale denn eine technische Utopie imaginiert. Doch auch Klimabewegungen wie *Fridays for Future* oder *Extinction Rebellion* traten global verstärkt auf den Plan, und wen wundert es da, dass Solarpunk wieder in Aufwind geriet, um beider Gedanken miteinander zu vereinen?

2017 bis 2018 veröffentlichte der britische Künstler Jay Springett eine »Reference list« zur zu diesem Zeitpunkt schon gar nicht mehr allzu jungen Bewegung. In den USA brachte die World Weaver Press von Verlegerin Sarena Ulibarri zum einen erstmals eine komplette Übersetzung von Lodi-Ribeiros Anthologie auf den Markt, veröffentlichte aber zum anderen eigene Solarpunk-Anthologien, darunter die beiden »Glass and Gardens«-Bände. Diese verfestigten eine ungleich (sozial-)utopischere Ausrichtung als der brasilianische Sammelband. So schreibt Ulibarri in ihrem Vorwort zu Lodi-Ribeiros Anthologie: »Die Beiträge in diesem Sammelband sind weit weniger utopisch und behaglich als die meisten englischsprachigen Solarpunk-Geschichten, die ich gelesen habe. [...] [S]ie zeigen, dass ein Unternehmen oder eine Regierung nicht frei von Korruption ist, nur weil sie ›grün‹ sind. [...] Amerikaner neigen dazu, dies mit Liberalismus und linker Ideologie zu assoziieren – die Idee einer Welt, die hauptsächlich mit erneuerbaren Energien betrieben wird, wird oft als idealistisch und utopisch empfunden. Tatsächlich gehört Brasilien zu den weltweit führenden Ländern im Bereich der erneuerbaren Energien. 2017 stammten 76 % der Energie des Landes aus Wind-, Solar- und Wasserkraft. Die politische Landschaft Brasiliens ist jedoch keineswegs eine liberale Utopie [...].«[4]

Dieser Wandel vom eher pragmatischen, technologisch orientierten Solarpunk hin zur (literarisch nun wieder US-geprägten) Gesamtutopie schlägt sich auch im Solarpunk-Manifest nieder, das seit 2019 über die spanische Website Re-Des verbreitet wird und das in 22 Punkten die Eckpfeiler dessen in Worte fasst, was den Solarpunk inhaltlich, normativ und ästhetisch ausmachen soll. Entworfen wird hier das Bild einer von Gemeinschaftssinn, Gleichheit und Inklusion geprägten Gesellschaft, die mit nachhaltiger

---

[4] Original: »The stories in this anthology are far less utopian and pastoral than much of the English-language solarpunk I've read. [...] [S]everal of the stories show that just because a corporation or a government is ›green‹ doesn't mean it's free of corruption. [...] Americans tend to associate it with liberalism and left-wing ideology – the very idea of a world run primarily on renewables is often dismissed as idealistic and utopian. Brazil is actually one of the world's leaders in renewable energy, with 76 % of the country's energy in 2017 coming from wind, solar, and hydropower. Brazil's political landscape, however, is certainly not a liberal utopia [...]«

Technologie dem Nihilismus der Zeit Optimismus entgegenhält. Nicht zuletzt versteht sich dieser neue Solarpunk zudem als postkapitalistisch.

Das Manifest, in dessen Werten sich vor allem links-progressive Bewegungen verschiedener Art wiederfinden können, hat dem Solarpunk einen neuen Schub beschert, der weit über die Science-Fiction-Szene hinausreicht. Zugleich ist es mit ihm eine paradoxe Angelegenheit. »Solarpunk verfolgt eine Vielzahl von Taktiken: Es gibt keinen einzigen richtigen Weg, um Solarpunk zu machen. Stattdessen übernehmen verschiedene Gemeinschaften aus der ganzen Welt den Namen und die Ideen, und bauen kleine Nester der sich selbst vorantragenden Revolution.« So heißt es in der deutschen Übersetzung von Punkt 6 des Manifests. Und doch werden mit ihm universelle Werte in eine Bewegung eingeschrieben, die offen sein möchte. Ein typisches Dilemma des Kosmopolitanismus, der stets vor der Herausforderung steht, universelle Werte und kulturellen Pluralismus miteinander zu verbinden.

III. Ist-Zustand

Prompt lässt sich in Social Media beobachten, wie sich Diskussionen darüber entfachen, was nun als Solarpunk gelten darf und was nicht. Als etwa Entrepreneur Ian Cinnamon im März 2022 einen Solarpunk-Podcast startete, schlug ihm heftiger Gegenprotest entgegen. Auch Großprojekte wie Telosa, die als Technikutopie auf den ersten Blick durchaus zum Solarpunk passen, werden von Teilen der Bewegung abgelehnt. Was Miss Olivia Louise 2014 noch als »less corporate capitalism, and more small businesses!« umschrieb, hat sich zuletzt zu einem stark antikapitalistisch geprägten Movement entwickelt, Solarpunk-Communitys wie *Sunbeam City* betonen dieses Element. Einerseits ist das konsequent – eine Welt des Wettbewerbs widerspricht dem spätestens mit dem Manifest ins Movement eingeschriebenen Gleichheitsideal. Und schon das »Erweckungsbeispiel« der *Beluga SkySails* zeigt, dass kapitalistische Interessen dem Ideal einer nachhaltigen Zukunft im Wege stehen können. (Vom Bürokratismus ganz zu schweigen.) Andererseits kommen solarpunkeske Innovationen durchaus auch aus der Welt der Ökonomie, die sich nicht davon abhalten lässt, das Thema für sich selbst zu interpretieren. Ein weiteres Dilemma, welches der Solarpunk mit weiteren subversiven Bewegungen teilt, die mit zunehmendem Bekanntheitsgrad umso attraktiver für die (groß-)kapitalistische Kultur werden. Nicht zuletzt wird damit etwa der Bogen zur Street-Art geschlagen, die in diesem Buch ja ebenfalls eine nicht unerhebliche Rolle spielt.

Der Popularität der Bewegung tun die Ausfächerungen und Umdeutungen keinen Abbruch, ganz im Gegenteil. Schon haben sich auch literarisch weitere Verästelungen wie *amazofuturismo* oder der spirituell angehauchte Lunarpunk gebildet. Im deutschsprachigen Raum, wo Solarpunk lange ein Nischenthema einiger Künstler*innen und Hacker- bzw. Makerspaces war, ist der Solarpunk inzwischen in der Diskussion auch literarisch etabliert. Bereits 2019 erschien mit Marie Graßhoffs »Neon Birds« ein erster entsprechend beworbener Roman. Anfang 2022 erhielt das ursprünglich italienische Projekt *Future Fiction,* das u. a. einen Fokus auf Solarpunk hat, ein deutschsprachiges Magazin. Und nun schreibe ich diesen Text für die erste deutschsprachige Anthologie, die sich gezielt dem Solarpunk widmet.

Lassen wir uns überraschen, welche Impulse die Geschichten hier dem Solarpunk entlocken. Und schließen wir mit Sarena Ulibarris Arbeitsdefinition, die sie 2021 u. a. im Gespräch mit Henry Jenkins und Ed Finn formuliert hat. Sicher kann diese nicht alles abdecken, was unter Solarpunk verstanden wird. Doch sie fasst den Anspruch zusammen, den vor allem der literarische Solarpunk gegenwärtig an sich stellt und in dessen Geiste diese Anthologie ausgeschrieben wurde:

»Solarpunk ist eine Bewegung von Künstlern, Schriftstellern und Aktivisten, die daran interessiert sind, die Entwicklung unserer Welt zum Besseren zu verändern. Als Literaturgenre ist Solarpunk optimistische Science-Fiction, die sich mit Fragen des Klimawandels und der sozialen Ungerechtigkeit auseinandersetzt. Solarpunk-Geschichten zeigen nicht immer die konkreten Lösungen, die zu einer besseren Welt geführt haben, aber sie versuchen immer zu zeigen, dass eine bessere Zukunft möglich ist.«[5]

---

[5] Original: »Solarpunk is a movement of artists, writers, and activists interested in changing the trajectory of our world for the better. As a genre of fiction, solarpunk is optimistic science fiction stories that engage with issues of climate change and social injustice. Solarpunk stories don't always show the specific solutions that led to a better world, but they do always strive to show that better futures are possible.«

Quellen und Weiterführendes:

Arte Tracks (2018): Solarpunk – die sonnige Therapie gegen Endzeitstimmung.
URL: https://www.arte.tv/de/articles/tracks-solarpunk-okologie-sf
(zuletzt abgerufen am 14. Mai 2022).

Centro de Estudios Brasileños (2022): BioBrasil: Literatura »punk« brasileña.
URL: https://cebusal.es/podcast/biobrasil-literatura-punk-brasilena/
(zuletzt abgerufen am 25. Mai 2022).

Flynn, Adam (2014): Solarpunk: Notes towards a manifesto.
URL: https://hieroglyph.asu.edu/2014/09/solarpunk-notes-toward-a-manifesto/
(zuletzt abgerufen am 14. Mai 2022).

Heer, Jeet (2015): The New Utopians. Kim Stanley Robinson and the novelists who
want to build a better future through science fiction.
URL: https://newrepublic.com/article/123217/new-utopians
(zuletzt abgerufen am 14. Mai 2022).

Klün, Franziska (2008): Street-Art und Graffiti. Alles ist vermarktbar.
URL: http://magazin.zitty.de/18524/street-art-und-graffiti.html
(abgerufen über Internet Archive, URL: https://web.archive.org/web/
20080817023519/http://magazin.zitty.de/18524/street-art-und-graffiti.html
am 16. Mai 2022).

Jenkins, Henry (2021): How Do You Like It So Far? Sarena Ulibarri and Ed Finn on
Solarpunk (Part One).
URL: http://henryjenkins.org/blog/2021/5/9/how-do-you-like-it-so-far-sarena-
ulbari-and-ed-finn-on-solarpunk-part-one
(zuletzt abgerufen am 14. Mai 2022).

Lodi-Ribeiro, Gerdon (Hrsg., 2018): Solarpunk. Ecological and Fantastical Stories in a
Sustainable World. Albuquerque: World Weaver Press.

Mahrab, B. A. (2016): The Politics of Science Fiction: Kim Stanley Robinson and the
Rise of Solarpunk.
URL: https://bamahrab.wordpress.com/2016/05/19/the-politics-of-science-
fiction-kim-stanley-robinson-and-the-rise-of-solarpunk/
(zuletzt abgerufen am 16. Mai 2022).

Mehnert, Wenzel (2021): Solarpunk oder Wie SF die Welt retten will. In: Kettlitz,
Hardy / Wylutzki, Melanie: Das Science Fiction Jahr 2001, Berlin: Hirnkost,
S. 139-157.

Miss Olivia Louise / Land von Masks and Jewels (2015): »Here's A Thing I've had
around in my head for a while!«
URL: https://missolivialouise.tumblr.com/post/94374063675/heres-a-thing-ive-
had-around-in-my-head-for-a (zuletzt abgerufen am 14. Mai 2022).

Norton-Kertson, Justine (2021): What Is Lunarpunk?
    URL: https://solarpunkmagazine.com/what-is-lunarpunk/
    (zuletzt abgerufen am 25. Mai 2022).
Republic of the Bees (2008): From Steampunk to Solarpunk.
    URL: https://republicofthebees.wordpress.com/2008/05/27/from-steampunk-
    to-solarpunk/
    (zuletzt abgerufen am 14. Mai 2022).
The Solarpunk Community (2019): A Solarpunk Manifesto.
    URL: http://www.re-des.org/a-solarpunk-manifesto/
    (zuletzt abgerufen am 14. Mai 2022).
Springett, Jay (2017): Solarpunk. A Reference Guide.
    URL:
    https://medium.com/solarpunks/solarpunk-a-reference-guide-8bcf18871965
    (zuletzt abgerufen am 14. Mai 2022)

Dominik Windgätter

Cloudart

Sonnenstrahlen fielen durch die Fensterscheiben auf das Fußende ihres Bettes. Akura lag bereits seit zwei Stunden wach. Vor lauter Aufregung hatte sie kaum schlafen können. Trotzdem blieb sie so lange wie möglich liegen, um noch etwas Energie zu tanken. Normalerweise hätte sie um diese Uhrzeit schon lange auf dem Feld stehen und ihrer Mutter bei der Reisernte helfen müssen. Doch heute ruhten die Arbeiten, selbst hier im ehemals östlichen Teil von Kiritimati.

Das Licht erreichte ihren linken Fuß. Langsam begann die Wärme durch ihren Körper zu fließen. Als sie die Decke zurückschlug, schossen ihr immer wieder dieselben Worte durch den Kopf: »Heute ist es so weit!«

Sie griff nach der in die Jahre gekommenen Atemmaske, die auf ihrem kleinen Holznachttisch ruhte. Ihre Atmung ging schwer und unruhig, als sie die Maske um ihren Kopf schlang und ihre Nase in wohlige Wärme eintauchte.

Akura hatte erst vor zwei Jahren gelernt, ohne die Maske zu schlafen, und manchmal bereitete es ihr immer noch Probleme, vor allem wenn ihr Atem vor lauter Aufregung unruhig zu pulsieren begann. Während sie sich ihr weites Langarmshirt überwarf, betrachtete sie sich in dem leicht verstaubten Spiegel. So sehr sie die Atemmaske auch hasste, so kam sie doch nicht drum rum, sie jedes Mal aufs Neue zu bewundern.

Der schwarze diamantförmige Luftfilter, der sich von ihrem Nasenbein bis zu ihrem Kinn erstreckte. Die feinen lilafarbenen Schläuche, die sich von der Mitte der Maske bis hinter ihren Kopf schlängelten. Und das schwarze Band, das ihren Kopf fest im Griff zu halten schien. Ihr verstecktes Lächeln erreichte ihre Augen.

»Akura!« Die Stimme ihrer Mutter drang gedämpft durch die halb geschlossene Tür ihres Schlafzimmers hindurch.

»Ich komme schon!« Auf einem Bein hüpfend, sprang Akura geschickt die Treppen hinunter und schwang sich in ihre braune, mit Löchern übersäte Hose.

Ihre Mutter fuhr ihr durch die schwarzen verwuschelten Locken, während sie ihr Müsli auf den Tisch stellte. In die freundlichen Gesichtszüge ihrer Mutter mischte sich ein besorgter Blick, als sie die müden Augen von Akura sah.

»Ich hoffe, du bist fit genug und übernimmst dich heute nicht. Es ist schließlich dein erstes Mal, du musst dort niemandem etwas beweisen.«

»Mach dir keine Sorgen, ich fühle mich voller Energie!«

»Wie immer also.« Ihr Lächeln hatte wieder die Oberhand gewonnen, und sie widmete sich den Vorbereitungen des Mittagessens. Akura legte ihre Atemmaske beiseite und führte den Löffel zum Mund.

»Wo ist Nina?« Ihre Worte verschwanden fast vollständig in den sich aufbäumenden Milchwogen in ihrem Mund.

»Die ist heute schon früh los. Sie wollte sich noch etwas Inspiration holen, bevor Tabwakea komplett überrannt wird. Was ist mit Seline? Weißt du, wo sie steckt? Ich habe sie gestern Abend nicht nach Hause kommen hören.«

Dieses Mal konnte Akura ihr schelmisches Grinsen nicht verbergen, als sie mit einem unschuldigen »keine Ahnung« antwortete.

»So, so.« Das Lachen ihrer Mutter erhellte den Raum, und Akuras Aufregung begann langsam sich in pure Vorfreude zu wandeln. Sie warf die Frühstücksschüssel in die Spüle, schnappte sich die Maske und trat hinaus auf die Terrasse vor ihrem Haus. Der Anblick, der sich ihr darbot, versetzte sie jedes Mal wieder ins Staunen.

Vor dem Haus breitete sich der Himmel in alle Richtungen aus. Egal wohin sie schaute, sprang ihr das helle Blau förmlich entgegen. Immer wieder schwammen weiße Wolkenfetzen an ihr vorbei. In einiger Entfernung konnte sie eine kleine Wolkenburg ausmachen. Das Weiß strahlte so flauschig, dass sie am liebsten mit einem großen Sprung hineinfallen würde. Der Wind war erstaunlich still heute, der Himmel endlos.

»Perfekte Bedingungen«, murmelte sie vor sich hin, bevor sie zum Geländer ging. Sie beugte ihren Oberkörper leicht nach vorne und schaute in den Abgrund. Würde sie jetzt fallen, würde sie acht Kilometer in die Tiefe stürzen. Und doch konnte ihr Blick die ca. tausend Meter entfernte menschengemachte Wolkendecke unter ihr nicht durchdringen. Hätte sie die darunterliegende Welt nicht bereits auf alten Fotografien gesehen, hätte sie nie geglaubt, dass es noch mehr Land unter den fliegenden Inseln gab. Immer wieder drang ein leichtes lilafarbenes Flimmern durch die Wolken unter ihr hervor und gab dem Himmel darüber eine gefährlich schimmernde Aura.

Hier oben war dies das einzige Anzeichen, das noch von dem längst vergangenen Krieg zeugte. Als damals die Welt in Flammen aufging, war die Zeit der fliegenden Inseln gekommen, und die sechs neuen Nationen offenbarten sich der Welt.

Dominica konnte sich schnell als modernste Stadt über den Wolken etablieren, während die Philippinen den Großteil der letzten Menschen beherbergten. Von Bangladesch konnte nach den großen Überschwemmungen durch den Klimawandel nur die Hälfte gerettet werden, und so hatte sich dort nur ein kleiner Teil der Menschheit niedergelassen. Die Malediven behielten ihren Status als Paradies auf Erden auch hier im Himmel, und Hawaii wurde zum Größten Teil der Natur überlassen, da sich die Tiere dort am überlebensfähigsten zeigten und man die alten Fehler nicht wiederholen wollte. Kiritimati hingegen wurde vor allem für den Anbau von Nahrung genutzt, alles verlief in ruhigen Zügen. Lediglich die Hauptstadt Tabwakea hauchte der Insel etwas Leben ein. Akura hob noch einmal den Blick und ließ ihn schweifen, bevor sie sich wieder dem Haus zuwandte.

Neben der Eingangstür lehnte ihr Cloudboard. Akura schnappte sich das Board ohne Rollen, startete die Schubdüsen und schwang sich auf das eine Handbreit über dem Boden schwebende Brett. Sie nahm einen tiefen

Atemzug durch den Luftfilter und schoss über den steinigen Weg Richtung Tabwakea.

Auf dem Board durchquerte sie den kleinen Wald aus Samtblatt-Bäumen, der am »Rand« gepflanzt wurde, um den ersten Himmelsmenschen eine gewisse Sicherheit zu geben und sie langsam an die Höhe zu gewöhnen. Mittlerweile waren sie völlig überflüssig, doch die Nostalgie verbot es den Menschen, die Bäume zu fällen. Dahinter erstreckten sich die Reisfelder ihrer Mutter, und bei dem Gedanken an die morgige Arbeit lief ihr ein unangenehmer kleiner Schauer über den Rücken. Ihr Weg führte weiter durch Felder, vorbei an einzelnen Holzhütten, der Rand stets verborgen durch den niedrigen Gebirgskamm aus Samtblatt-Bäumen.

Drei Kinder spielten sich gegenseitig einen Ball zu, der nach jeder Berührung kleine Wolken ausstieß. Freudig winkte ihr einer der Jungen zu: »Hey, Maskenmädchen! Machst du uns eine Rose?« Noch bevor der Junge die Worte ausgesprochen hatte, verlagerte Akura ihr Gewicht auf das hintere Bein, schoss in die Höhe und drehte sich um die eigene Achse. Ihr Cloudboard zog dabei einen weißen Schweif hinter sich her, der präzise jeder noch so kleinen Bewegung des Boards folgte. Als sie genug Höhe erreicht hatte, vergrößerte sie den Strahl und begann bogenförmige Pirouetten zwischen den höchsten Bäumen zu drehen.

Akura stoppte das Board mitten in der Luft, breitete ihre Arme aus und ließ sich rücklings gen Boden fallen. Elegant landete sie auf ihren Händen und verharrte mit dem Brett über ihren Füßen im Handstand. Stolz betrachtete sie die aus Wolken geformte, makellose Rose.

Sie griff das Board mit einer Hand und brachte es wieder knapp über den Boden. Mit einem High Five verabschiedete sie die erfreuten Kinder.

Das Board setzte sich durch den leichten Druck ihres vorderen rechten Fußes in Bewegung, während das Wort »Maskenmädchen« noch in ihrem Kopf nachklang. Es gab nicht mehr viele Menschen, die hier oben noch eine Maske zum Atmen benötigten, die menschliche Spezies hatte sich schnell an die Bedingungen in dieser Höhe angepasst.

Als die neuen Nationen ihre Inselantriebe das erste Mal in Gebrauch nahmen, um sich und ihre Inseln über die Wolken zu erheben, brauchte noch jeder Mensch eine Atemmaske. Niemand hätte sie damals seltsam angeschaut oder Maskenmädchen genannt.

Sie schüttelte die Vergangenheit ab und richtete ihren Fokus wieder auf das bevorstehende »Fest des Inselflugs«, bei dem sie ihr Cloudart-Können endlich allen unter Beweis stellen würde.

Doch zuerst musste sie ihre Schwester Seline abholen, und sie hatte schon eine Ahnung, wo sie sie finden würde.

Das zerfallene Rollfeld breitete sich vor ihr aus. Die Pflanzen hatten bereits vor Ewigkeiten begonnen, die Startbahn und das Flugzeugwrack zurückzuerobern. In einer Welt, in der Energie aus Wolken gewonnen werden konnte, brauchte man die Maschinen der Vergangenheit schon lange nicht mehr.

Als sie bei dem Wrack ankam, hörte sie bereits die Stimme ihrer Schwester.

»Oh fuck, schon so spät. Petru, wirf mir mal meine Klamotten rüber!«

Seline kam aus dem Flugzeugwrack gesprungen. Als sie Akura sah, lief sie rot an und murmelte: »Tut mir leid, hab total verschlafen«, während sie ihr Gähnen mit dem Handrücken zu verbergen versuchte.

Akura grinste unter ihrer Maske vor sich hin, während Seline sich auf ihr Board schwang. Die beiden Schwestern rasten den Strand entlang weiter Richtung Tabwakea.

»Wie konnte das denn schon wieder passieren?« Vor Lachen prustend, hatte Akura Probleme, mit ihrer großen Schwester mitzuhalten.

»Ja, haha, keine Ahnung, wir haben gestern ein wenig gefeiert und … ach, verdammt, warum immer wieder Petru?«

»Die Insel ist eben auch nur ein Dorf, und man nimmt, was man kriegen kann.«

Seline warf ihr einen bösen Blick zu.

»Genug von mir. Wie fühlst du dich?«

»Ich bin so aufgeregt, das kannst du dir nicht vorstellen«, antwortete Akura, während sie sich langsam beruhigte.

»Das musst du wirklich nicht sein. Du bist die beste Freestylerin, die ich kenne, und heute werden das endlich auch die anderen sehen.«

»Ich hoffe einfach nur, dass alles klappt. Wie sieht es bei dir aus? Hat Nina deine Zeichnungen schon fertig?«

»Gestern Abend war sie noch nicht fertig, ich hoffe, die Zeit reicht, um sie zu studieren und mir die Ausführung zu überlegen. Ich will ihrer Kreativität schließlich gerecht werden.«

»Ich bin mir sicher, deine Cloudart wird sie auch dieses Mal nicht enttäuschen.«

Seline warf einen Blick über ihre Schultern und betrachtete ihre kleine Schwester. »Ich hoffe nur, wir enttäuschen sie nicht mit dem, was wir für dich geplant haben.«

Akura versuchte so gelassen wie möglich zu klingen, doch ihrer Schwester konnte sie nichts vormachen. »Ach was, die wird Freudensprünge machen, wenn sie unseren Plan hört.«

Endlich erreichten sie Tabwakea. Die Vorbereitungen für das 718. Fest des Inselflugs liefen bereits. Kinder rannten durch die mit Blumen geschmückten Straßen und zogen mit ihren Wolkenstäben feine weiße Linien hinter sich her, die für wenige Sekunden in der Luft verharrten, bevor der Wind die kleinen Wolken davontrug. Die Häuser standen hier dicht an dicht und gaben der großen Hauptstraße einen angemessen festlichen Rahmen. Über ihren Köpfen schlug alle paar Meter ein Rosenbogen eine Brücke zwischen den eingeschossigen Gebäuden.

Akura legte den Kopf in den Nacken und sah die ersten Cloudrider über sich hinwegflitzen. Noch war keine Cloudart zu sehen, doch das änderte sich, als sie die Mauer vor dem Rand erreichten. Dahinter erstreckte sich das blaue Himmelsmeer. Immer wieder tauchten Cloudrider durch die vereinzelten Wolken hindurch, um ihre Boards aufzuladen.

»Das wird dein Tag!« Seline fuhr Akura strahlend durch die Locken, als sie plötzlich Ninas Stimme hörten.

»Da seid ihr ja endlich.« Nina kam aufgeregt die Mauer entlanggelaufen. »Ich bin gerade mit den Zeichnungen fertig geworden.«

Nach einer kurzen Begrüßung versanken Nina und Seline tief in einer Diskussion über die Machbarkeit ihrer Cloudart. Akura setzte sich auf die Mauer und ließ ihre Beine über den Rand baumeln.

Sie hatte noch nie mit Zeichnungen gearbeitet und ihre Wolken-Skulpturen stets intuitiv geflogen.

Während sie gerade eine Gruppe von drei Cloudridern dabei beobachtete, wie diese einen Wolkenwal aus den zuvor geformten Wellen aufsteigen ließen, fiel ihr das lilafarbene Schimmern aus der Wolkendecke unter ihr in die Augen. Sie schaute hinab, und ihr Körper begann sich zu verkrampfen.

Heute war es so weit, nach einem freien Fall von etwa tausend Metern würde sie durch die schützende Wolkendecke hinab bis zu dem lilafarbenen Wolkenwall darunter tauchen.

In der vom Krieg vergifteten Wolkenmasse müsste sie den Tank auffüllen. Die Giftstoffe sollten durch den Antrieb gereinigt werden, und sie könnte mit einem lila pulsierenden Schweif wieder hinauf in das Himmelsreich emporsteigen. Ihre Maske würde sie vor den giftigen Gasen schützen, während sie sich überlegen konnte, mit welchen Formen sie den Himmel beglücken wollte.

So weit die Theorie. Bis jetzt hatten erst drei Cloudartists den Sprung gewagt. Eine davon war Seline.

»Bist du verrückt geworden? Sie ist erst 14! Damals hätte dein Antrieb fast versagt, und du bist nur gerade so wieder aus der Wolkendecke aufgetaucht.«

»Akura ist die begabteste Cloudriderin, die ich kenne, sie weiß genau, was sie tut.« Seline bemerkte erschrocken, wie sie ihre Stimme erhoben hatte. Sie schaute Akura, die von dem Streit mit Nina aus ihren Gedanken gerissen wurde, in die Augen. Nina lief mit schnellen Schritten zu Akura.

»Bitte, du darfst nicht dort hinuntertauchen! Wir haben keine Ahnung, wie gefährlich das ist oder was die giftigen Gase mit deinem Körper machen.«

»Keine Sorge, ich habe doch meine Maske. Und Seline hat recht, ich weiß schon, was ich tue.« Ihr Blick war entschlossen in die Ferne gerichtet, als Nina ihre Hand auf Akuras Schulter legte.

»Du weißt, ich kann das nicht unterstützen. Weder bei Seline noch bei dir. Bitte pass auf dich auf.«

Seline schaute den beiden zu, während sie schweigend in die Weiten des Himmels schauten. Ein ihr sonst unbekanntes Gefühl schlich sich langsam in ihr Herz, Angst.

Das Fest des Inselflugs war nun in vollem Gange. Menschen strömten an den Rand, um den ersten Cloudartists und ihren Wolkenskulpturen zuzujubeln. Die Stimmung war ausgelassen, und unterschiedlichste Musik vermischte sich aus allen Ecken zu einer fröhlich dröhnenden Geräuschkulisse. Nina hatte ihre Schwestern allein am Rand zurückgelassen.

Seline schloss Akura fest in den Arm. »Du schaffst das, da bin ich mir ganz sicher.«

Akura löste sich aus der Umarmung und sprang in freudiger Ehrfurcht auf die Mauer.

»Ich schaffe das«, murmelte sie vor sich hin, während sie ihr Cloudboard startete.

»Akura. Pass bitte auf dich auf.« Überrascht von der Ernsthaftigkeit in Selines Stimme, zögerte sie für einen kurzen Augenblick. Dann sprang sie auf das Board und stürzte mit einem Freudenschrei kopfüber den Rand hinab ins Unbekannte.

Der Fall dauerte länger als gedacht. Sie schoss an den rauen Klippen der Insel, die wie von Zauberhand in der Luft zu schweben schien, vorbei auf die Wolkendecke zu. Zweifel, Ängste und Vorfreude ließ sie zusammen mit den wolkenspeienden Antrieben der Insel hinter sich. Sie schloss für einen kurzen Moment die Augen, bevor sie spürte, wie die weichen Wolken ihren Körper in Empfang nahmen.

Akura öffnete die Augen und sah winzige Wassertropfen um sie herumwirbeln. Für einen kurzen Moment wurde ihre Welt grau, und sie fühlte, wie sich ihre Klamotten voll mit Wasser sogen. Sie konnte nicht einmal blinzeln, schon hatte sie den Wolkenschutzwall verlassen, und es wurde dunkel. Das Grau verwandelte sich in ein dunkles Lila, das kaum noch von Schwarz zu unterscheiden war. Instinktiv griff sie nach ihrer Atemmaske und drückte sie fester gegen das Gesicht.

Die giftige Wolkenmasse brodelte und stürmte um sie herum, und sie wollte nicht einmal daran denken, wie ihre Himmelswelt ohne die schützende Wolkendecke darüber aussehen würde.

Die Erde musste nun direkt unter ihr liegen, doch in der lila-schwarzen Wolkenschicht war davon nichts zu sehen. Akura zwang sich, einmal tief einzuatmen und betätigte den kleinen Schalter an ihrem Cloudboard, der dafür sorgte, dass das Board die Wolken um sie herum einzusaugen begann. Sie hatte nicht viel Zeit, jede Sekunde, die sie in diesem Sturm aus lila Blitzen und Wolken verbringen würde, könnte ihre letzte sein.

Endlich, nach den längsten Sekunden ihres Lebens blinkte die Anzeige – der Tank war voll.

Noch einmal blickte sie Richtung Erde und hielt inne. Was war das? Ihr war, als würde sich das dunkle Lila langsam lichten und sie Strukturen unter sich erkennen. Anstatt wie geplant nach oben zu steigen, ließ sie sich immer tiefer fallen. Die Angst schien wie eine unsichtbare Hand aus dem Boden nach ihr zu greifen und sie weiter hinabzuziehen zu wollen. Immer deutlicher konnte sie unter sich einen Bergkamm erkennen. Die Erde, sie schien zum Greifen nah, nur noch ein paar Meter, und sie würde die letzte Wolkendecke durchbrechen. Seit über 700 Jahren war niemand mehr der alten Heimat der Menschen so nahe gekommen wie sie in diesem Moment.

Akura durchstieß die Wolken, und ihre Augen öffneten sich weit. Sie schaute auf eine niedergebrannte, vom Krieg vergiftete Welt. Nichts erinnerte an die Fotos, die sie in der Schule gesehen hatte. Dieser nur aus Mythen und Legenden bekannte ehemals blaue Planet.

Es gab keine Flüsse, keine Wälder, keine Felder, keine Dörfer, keine Straßen, keinen Schnee und keine Seen. Alles war tot.

Endlich fand sie die Kraft, um die Schubdüsen zu betätigen. Sie richtete ihren Körper wieder vertikal auf, und mit dem Kopf gen Himmel gewandt, begann das Board ihren Fall zu bremsen. Es dauerte nicht lange, und sie stieg zurück empor.

Kurz bevor sie wieder in die Wolken eintauchte, machte sich etwas in ihrem Augenwinkel bemerkbar. Akura ließ einen gedämpften Schrei von sich, als ihr Körper von dem kühlen Nass in Empfang geworden wurde.

Das war unmöglich! Und doch war sie sich sicher. In all dem Schwarz, Grau und Lila der Welt unter ihr stach das Grün hervor, wie eine einzelne Blüte, die sich ihren Weg durch eine schmelzende Schneeschicht bahnte. Die Zeit raste an ihr vorbei, und sie hatte bereits die schützende weißgraue Wolkenschicht erreicht, bevor sie realisierte, was gerade geschehen war. Sie stemmte sich mit ihrem ganzen Gewicht auf ihr hinteres Bein. Ihr Board erhöhte das Tempo, bis sie die maximale Geschwindigkeit erreicht hatte. Akura schielte auf die Tankanzeige ihre Cloudboards. »Es muss reichen«, murmelte sie durch die zusammengebissenen Zähne.

Die Menschenmenge in Tabwakea drängte zu der Steinmauer am Rand. Sie alle hatten gesehen, wie sich das junge Mädchen direkt in den Abgrund gestürzt hatte und nun schon viel zu lange in der Wolkendecke verschwunden war. Die Menschen riefen wild durcheinander, und Musik war nur noch aus der Ferne zu hören.

Nina war zurück an Selines Seite gekehrt, und beide blickten voller Anspannung hinunter. Ihre Hände fest umklammert. Seitdem Akura in den Wolken verschwunden war, hatte keine der beiden mehr ein Wort gesprochen. Sie wussten, dass Akura schon vor Minuten hätte auftauchen müssen.

Ein Schrei durchbrach die Anspannung.

»Da ist sie!«

Nina und Seline beugten sich weiter über den Rand, und tatsächlich, Akura tauchte aus dem Wolkenmeer auf. Bis hier oben konnten sie spüren, wie Akuras Anspannung von ihr abfiel, und sie waren sich sicher, dass unter der Maske ihr markantes Grinsen zum Vorschein kam, welches sie nur so selten zu Gesicht bekamen. Seline riss beide Hände in die Höhe und stieß einen Freudenschrei aus.

Akura begann sich nun um die eigene Achse zu drehen und die beiden wussten genau, was jetzt folgte. Lächelnd betrachteten sie das Spektakel.

Während Akura immer höher stieg, zog ihr Board eine Spur aus violettem Wolkenschaum hinter sich her. Sie drehte und wendete sich, schlug Saltos, flog mal kopfüber und mal waagerecht zum Festplatz. Während der gesamten Zeit öffnete sie nicht einmal ihre Augen.

Kurz bevor ihr Tank leer war, flog sie die finale Schleife ihrer Skulptur, und ihr Board schlitterte antriebslos Richtung Kiritimati. Mit einem letzten Sprung, bevor ihr Cloudboard endgültig den Geist aufgab, fiel sie in die geöffneten Arme ihrer beiden Schwestern.

Hinter den dreien streckte ein wunderschöner, riesiger, lilafarbener Baum aus Wolken seine Krone gen Himmel und die Wurzeln hinab Richtung Erde.

»Ich muss euch etwas erzählen«, flüsterte Akura den beiden ins Ohr.

Teresa Steidele

Fruchtbare Erde

Sie befanden sich oben auf dem Hügel vor ihrem Haus. Dem Ort, an dem sich ihre gesamte Kindheit abgespielt hatte.

Hinter der fernen Stadt ging gerade die Sonne unter.

»Früher haben wir an solchen Abenden immer hier gesessen, und ich habe dir Geschichten vorgelesen«, sagte ihr Vater und schmunzelte. »Vielleicht hätte ich das Vorlesen lieber lassen sollen. Vielleicht würdest du dich dann mit dem ruhigen Leben auf dem Land zufriedengeben und hier bei mir bleiben.«

Wieder dieser Stich in ihrer Magengrube. Naomi hatte gedacht, er hätte sich endlich damit abgefunden, dass sie wegzog. Sie seufzte. Natürlich war es nicht leicht für ihn. Der Tod ihrer Mutter war erst ein Jahr her, und er hatte gerade erst aufgehört, beim Abendessen aus Versehen den Tisch für sie mitzudecken.

»Es stimmt, ich suche Abenteuer. Aber du weißt, dass es mir um so viel mehr geht«, sagte sie.

Ihr Vater nickte. »Es tut mir leid. Ich will dich nicht aufhalten.«

Sie legte einen Arm um seine Schultern. Der warme Wind strich durch ihr Haar. Mit sich trug er den Duft der Blumen, die um sie herum blühten. Manche Pflanzen waren am Tag von Naomis Geburt eingepflanzt wurden, ganz nach Tradition.

Genau wie sie war Naomi herangewachsen und größer und stärker geworden, als sie es je für möglich gehalten hatte. Von ihrer Blüte aber fühlte sie sich noch weit entfernt.

»Deine Mutter wäre so stolz auf dich«, sagte ihr Vater nach einer Weile.

»Worauf denn? Was habe ich denn schon erreicht?«

»Na, auf dich eben. Darauf, wer du bist.«

Jetzt spürte sie ein anderes Stechen im Bauch.

Wer war sie denn? Ein Niemand. Immer wieder wurde sie damit konfrontiert. Wenn sie mehr über die mutigen Menschen lernte, die dafür gekämpft hatten, die Welt zu dem Ort zu machen, der er heute war. Und auch dann, wenn jemand von ihrer Mutter schwärmte, von ihrem erfinderischen Geist und ihrem Einsatz für die Gemeinschaft.

Die Blätter raschelten im Wind, und sie erinnerte sich an die schwache Stimme ihrer todkranken Mutter.

Naomi, vergiss nie: Mit Errungenschaften ist es wie mit der Gartenarbeit. Verwende deine Zeit auf die Dinge, deren Früchte du und andere eines Tages ernten können.

Ihre Mutter hatte daraufhin ihre Hand geöffnet, in der drei fremdartige Samen gelegen hatten.

Die sollen dich daran erinnern.

Naomi trug die Samen seitdem in einem kleinen Beutel mit sich, den sie an einer Kette unter ihrer Kleidung verbarg. Dort ruhte er auf ihrer Brust, direkt über ihrem Herzen. Oft tastete sie nach den Samen, suchte daran Halt. Immerzu erkundeten ihre Finger ihre raue Oberfläche, so gründlich wie sie die Worte ihrer Mutter wieder und wieder in ihrem Kopf hin- und herdrehte, auf der Suche nach ihrer Bedeutung.

Wie konnte man positiv auf eine Welt einwirken, die bereits perfekt war? Welche Samen könnte man darin noch pflanzen?

»Ich freue mich für dich. Auf die Abenteuer, von denen du mir erzählen wirst. Und ich hoffe, dass du dein Glück findest«, sagte ihr Vater.

»Danke, Papa.«

Gemeinsam blickten sie wieder in Richtung der Skyline, die sich verheißungsvoll vom glühenden Himmel abhob. Herbanica, die immergrüne Stadt.

Wieder echoten die Worte ihrer Mutter durch ihre Gedanken:

Das Jetzt ist die fruchtbarste Erde, die du je finden wirst. Pflanze deine Samen darin.

Morgen würde Naomi es endlich tun. Morgen würde sie nach Herbanica ziehen. Würde sie noch länger warten, würde sie nie erblühen.

Wie jedem anderen auch stand Naomi das Recht auf Studieren zu. Sie entschied sich für Philosophie. Sie hoffte, dadurch Antworten auf ihre Fragen zu finden.

Die Stadt war atemberaubend schön. Tagsüber durchflutete sie Licht, reflektiert von hellen Fassaden. Dazwischen blitzen viele Flecken satten Grüns hervor. Kletterpflanzen stürzten wie Wasserfälle in die Tiefe. Alle Türme hatten mindestens eine komplett bepflanzte Fassade. Die Geländer, die die Bewohner*innen von der schwindelerregenden Tiefe trennten, schmückten grüne Streifen.

Die Stadt war in mehrere Ebenen unterteilt, mit jeweils eigenen klimatischen Bedingungen. Naomi lebte in der oberen subtropischen Zone, der zweithöchsten Ebene. Hier war das Klima mild, und es wuchsen vor allem Pflanzen, wie sie in Nordamerika, Europa und Teilen Asiens zu finden waren.

Ganz oben – wo die Türme sich zu schmalen Spitzen in den Himmel reckten – war die polar-ähnliche Zone. Dort wuchsen widerstandsfähige Sträucher aus den Bergen und Gebieten nördlich des Polarkreises, die dem kalten Wind trotzen konnten.

Unter Naomis Ebene war die tropische Zone. In der feuchten, schweren Luft erblühten dort die Pflanzen des Dschungels.

In der Ebene darunter befand sich eine weitere subtropische Zone.

Mit seinen verschiedenen Welten war Herbanica ein Weltwunder.

Etwas aber störte Naomi: Irgendwie war alles zu … ordentlich. Die Pflanzen folgten festgelegten, vorhersehbaren Mustern. Ihnen wurde nicht erlaubt, sich in die Welt hinauszustrecken. Stattdessen wurden sie in Quadrate, Kreise, Dreiecke gezwängt. Sobald ein Zweig zu weit über eine festgelegte Begrenzung wuchs, kam eine Gärtnerei-Drohne und zwackte ihn ab.

Die Vorstellung, Herbanica sei eine von Natur erfüllte Stadt, stellte sich schnell als Trugbild heraus. Wahre Natur, das wusste Naomi, war nicht kontrollierbar. Man konnte höchstens zu ihr sprechen und hoffen, dass sie antwortete. Niemals könnte man sie aber bezwingen. Und so langweilte sie der Anblick der Stadt schneller, als es der des Waldes hinter ihrem Haus auf dem Land je gekonnt hätte.

Nach einer Weile glaubte sie nicht mehr daran, je Antworten zu finden. Sie ging seltener in die Uni, lag viel in ihrem Bett und sprach kaum noch mit jemandem. Andere Studierende hatten wenig Verständnis, wenn sie von ihrer inneren Zerrissenheit erzählte. Wie konnte man denn in so einer Welt – und vor allem in so einer Stadt – unzufrieden sein? Sie begriffen nicht, dass genau das die Frage war, die Naomi am meisten quälte.

Ohne dass sie es bemerkte, schliefen Aufmerksamkeit und Neugier nach und nach in ihr ein. Hier, wo sie Abenteuer und neue Bindungen gesucht hatte, wurde sie einsam und gelangweilt. Fast wäre ihre Geschichte keine richtige Geschichte mehr geworden.

Eines Tages aber hatte sich Naomi doch wieder dazu aufraffen können, in die Uni zu gehen. Auf dem Weg zurück wurde sie Zeugin einer Schandtat. Es geschah in einer ruhigen Gasse zwischen zwei Wohnkommunen. Überall lag Erde verstreut. Alle Blumen aus dem Beet, das den Durchgang schmückte, waren herausgerissen, geköpft und zerstückelt worden. Inmitten des Tatorts saß eine junge Frau mit einer verstümmelten Blüte in der Hand, die Naomi mit roten Wangen anstarrte.

»Was machst du da?«, fragte Naomi.

Die Fremde fluchte, sprang auf und rannte davon.

Naomi war wie gelähmt. So einen sinnlosen Akt der Zerstörung hatte sie noch nie miterlebt. Nachdem sie sich wieder gefasst hatte, sagte sie den Anwohner*innen Bescheid und half ihnen, den Schmutz wegzuräumen. Rückgängig machen konnte man das Geschehnis nicht so schnell. Das Beet zog sich wie eine braune Narbe durch die Gasse.

In den folgenden Tagen hatte sie noch oft nach der Frau Ausschau gehalten, aber ohne Erfolg.

Zeit verstrich. Wieder nahm Naomi den Weg durch die schmale Gasse. Sie hatte sich schon so an den Streifen brauner, kahler Erde gewöhnt, dass sie ihn gar nicht mehr richtig wahrnahm. Bis etwas Blaues in ihrem Augenwinkel schimmerte. Eine Knospe. Sie schaute genauer hin. Orangene, violette und gelbe Knospen. Das ganze Beet war voll davon.

Sie hat neue Blumen gepflanzt. Ohne Muster, ohne Ordnung. Und es ist wahnsinnig schön.

Naomi beschloss, nach der Fremden zu suchen.

Noch in der gleichen Nacht schlich sie durch die kaum beleuchteten Wege Herbanicas. Durch die Gassen, die so oft vergessen wurden, weil es praktischere oder schönere gab. Das ausgelassene Rauschen der immerzu feiernden Stadt klang hier fern.

Naomi fand die Frau nicht. Auch nicht in der Nacht darauf. Und nicht in der nächsten. Als gegen Ende der vierten der Morgen graute, ging sie mit einem resignierten Gefühl im Bauch nach Hause. Wie konnte sie nur so naiv sein? Als ob man irgendjemanden in einer Stadt wie dieser wiederfinden könnte.

Dann aber sah sie sie doch. Die Fremde bemerkte sie nicht, starrte nur hochkonzentriert auf die Erde, in der sie herumwühlte. Naomi hielt den Atem an, während sie langsam auf sie zuging wie auf ein scheues Tier.

Erst als sie direkt hinter ihr stand, bemerkte die Fremde sie.

Sie zischte: »Du schon wieder. Was willst du?«

»Nur reden«, sagte Naomi.

Die Fremde erwiderte nichts.

»Ich habe deine Pflanzen gesehen«, fuhr Naomi fort. »Das Beet ist jetzt so viel schöner als vorher.«

Nach einem langen Moment lächelte die Fremde.

»Ich bin Marza«, sagte sie.

Ein Knoten löste sich in Naomis Innerem.

»Naomi. Darf ich dir helfen?«

Marza nickte, und so kniete auch sie sich auf den Boden. Zusammen kreierten sie das schönste Blumenbeet, das Herbanica je gesehen hatte.

Seitdem trafen sie sich jede Nacht. Im Schutz der Dunkelheit schlichen sie in einsame Gassen und bepflanzten Beete neu, kletterten auf Türme, schmückten sie mit langen Schlingpflanzen und setzten Büsche ein, an deren Blätter Schmetterlingseier aufs Schlüpfen warteten.

Die seltsamen Kunstwerke fielen nur wenigen in der Stadt auf, denn sie waren an Stellen, an denen selten jemand vorbeikam. Wer sie doch sah, schaute kurz irritiert, zuckte dann aber nur mit den Schultern. Die Gärtnerei-Drohnen würden sich schon darum kümmern.

Anfangs sprachen Marza und Naomi kaum miteinander. Marza war kurz angebunden, antwortete nur vage auf Naomis Fragen. Da war eine dicke, unsichtbare Wand zwischen ihnen. Mit der Zeit fand Naomi aber Schlitze darin, durch die ihre Worte zu Marza hindurchdringen konnten wie Löwenzahn durch Asphalt.

Nachdem sie sich einen Monat lang jede Nacht getroffen hatten, wurden Marzas Antworten länger und detailreicher. Sie teilte zunehmend auch Dinge, nach denen Naomi nicht gefragt hatte. Eines Nachts, kurz bevor die Sonne aufging, ergriff Marza plötzlich ihre Hand. »Es wird Zeit, dir was zu zeigen.«

Wenige Momente später standen sie im Fahrstuhl und fuhren nach unten.

»In welche der vier Zonen bringst du mich?«, fragte Naomi.

Marza schwieg.

Der vorne verglaste Fahrstuhl schoss nach unten durch das satte Grün der tropischen Zone, bis er die untere subtropische erreichte.

»Die unterste Ebene«, murmelte Naomi. »Was wollen wir hier?« Statt zu antworten, holte Marza einen Schraubenzieher aus ihrer Hosentasche. Dann drehte sie die Schrauben aus einer Platte, die an der Wand befestigt war.

»Was zum Teufel machst du da?«, fragte Naomi beunruhigt.

Marza hob die Platte von der Wand. Ein Dickicht aus Kabeln hing in dem dunklen Loch dahinter. Ohne zu zögern, griff sie hinein und wühlte darin herum. Naomi blickte durch die Glaswand des Fahrstuhls nach unten. Sie rasten auf eine weiße Fläche zu. Ihre Knie wurden weich.

»Wir werden auf den Boden knallen!«

Marza hantierte weiter konzentriert mit den Kabeln. Naomi kniff die Augen zusammen. Hastig griff sie an ihre Brust und umklammerte fest den Beutel mit den Samen. Dann wurde es plötzlich dunkel.

Sie hörte nichts außer ihrem eigenen Atmen.

Als sie ihre Augen aufschlug, sah sie nur ein Licht, das Marzas Gesicht erleuchtete.

»Marza! Wo zur Hölle sind wir? Was hast du gemacht?«, giftete Naomi.

»Tut mir leid, dass ich dich so erschreckt habe.«

Sie reichte Naomi ihre Hand. Widerwillig ließ die sich aufhelfen.

»Sollte schon was verdammt Gutes sein, dass du mir hier zeigen willst«, sagte Naomi.

»Vertrau mir.«

Marza führte sie aus dem Aufzug und hinein in die Dunkelheit.

»Willkommen in der vergessenen Ebene.«

»Eine vergessene Ebene? Niemand weiß von diesem Ort?«

Marza schwieg.

Naomi gab es auf zu verstehen, was sie hier wollten, und ließ sich von ihrer Freundin führen. Abgesehen von ihren Schritten auf der trockenen Erde umhüllte sie eine dumpfe, alles verschluckende Stille.

Sie näherten sich einem schwachen Licht. Naomi öffnete weit die Augen, bis sie erkannte, worauf sie sich zubewegten.

»Ein ... Haus?«

»Ein ganz besonderes Haus.«

Und das war es. Ein magisches grünes Leuchten ging von ihm aus. Seine Wände und sein Dach bestanden aus Glas. Das goldene Licht, das von oben herabfiel, ergoss sich über einen kleinen Dschungel inmitten des Gewächshauses.

»Wie ist das möglich?«, sagte Naomi.

Marza deutete nach oben.

»Spiegel.«

Tatsächlich: über ihnen hingen in zwei Reihen zahlreiche Spiegel, die sich auf ein kleines leuchtendes Loch in der Schwärze ausrichteten. Die Lichtstrahlen hüpften von einem Spiegel zum nächsten, bis sie hier unten ankamen.

»Tageslicht.« Naomis Augen wurden groß. »Tageslicht, so tief unter der Stadt. Wie hast du das nur gemacht?«

»Gar nicht. Ich hab's so gefunden.«

Naomi starrte sie skeptisch an.

»Wirklich!«, sagte Marza. »Ich wollte Orte in dieser Stadt finden, an denen man ungestört seiner Kunst nachgehen kann. Und so bin ich auf dieses seltsame Gewächshaus gestoßen. Viele Pflanzen waren schon tot, aber einige konnte ich retten.«

Marza öffnete die gläserne Tür. Naomis Herz schlug schneller, während sie eintraten. Fast hätte sie die Gewächse für die eines anderen Planeten gehalten. Sie strahlte.

»Das ist ein Wunder! Diese Pflanzen habe ich noch nie gesehen. Wie schön sie sind! Aber sie versauern hier unten ... Alle sollten davon erfahren! Wir sollten sie der Stadtverwaltung zeigen! Eine völlig neue Welt, Marza!«

Naomi erstarrte, als sie Marzas finsteren Gesichtsausdruck sah. »Was ist los?«

»Dieser Ort muss ein Geheimnis bleiben, Naomi. Wir dürfen auf keinen Fall jemanden davon erzählen.«

»Was? Wieso das denn?«

Marza zeigte auf den Boden.

»Schau doch!«

Der Boden war übersät von welken Blättern.

»Das hier sind sterbliche Pflanzen. Niemand hat Interesse an ihnen. Die Stadtbewohnenden wollen nur die genmanipulierten Gewächse, die für immer halten, für immer perfekt bleiben und die keine Arbeit machen. Solche, die langsam wachsen und fast genauso gut aus Plastik sein könnten.«

Naomi starrte auf das wunderschöne Muster aus toten Blättern und Zweigen. Dann nickte sie nachdenklich.

»Die Stadtverwaltung würde sie nur vernichten, damit sie sich nicht unkontrolliert in Herbanica ausbreiten.«

»Jetzt kapierst du's.«

Naomis Herz wurde schwer.

»Es muss doch einen Weg geben, sie zur Oberfläche zu bringen. Es gibt sicher Menschen, die diese Pflanzen schätzen würden.«

Jetzt lächelte Marza. »Wir werden es versuchen. Niemand darf von diesem Ort wissen. Aber wir können dafür sorgen, dass die Pflanzen ans Licht kommen.«

Naomi grinste. »Was ist dein Plan?«

Am nächsten Morgen besorgten sie große Wasserpistolen mit riesigen Behältern und zwei Fahrräder. Das war der einfache Teil.

Die folgenden Nächte verbrachten sie damit, Gärtnerei-Drohnen einzufangen. Eine Angelegenheit, die ungefähr so einfach war wie eine Fliege mit Essstäbchen festzuklemmen. Aber irgendwann schafften sie es.

In den nächsten Nächten schufteten sie im geheimen Gewächshaus. Für ihren Plan mussten sie all ihre technischen Fähigkeiten einsetzen. Gut, dass Marza das entsprechende Know-how hatte. Und obwohl es so schweißtreibend war, genoss Naomi jede Sekunde.

»Wo hast du das alles gelernt?«, fragte sie. »Den Aufzug manipulieren, die Drohnen einfangen ... Ich kenne niemanden sonst, der so was könnte.«

»Meine Eltern haben sich in meinem Heimatdorf um die Landwirtschaftsroboter gekümmert. Ständig wurde ein neuer hereingebracht, der irgendein kompliziertes Problem hatte, das niemand sonst verstand. Aber sobald sie einen Blick in sein Inneres warfen, wussten sie innerhalb weniger Minuten, was los war. Für die anderen grenzte das an Magie.«

Marza lächelte verträumt. »Ich wollte auch eine Magierin sein.«

»Für mich bist du das«, sagte Naomi. »Auf mehr als nur eine Art. Weißt du, bevor ich dich traf, wäre ich fast wieder zu meinem Vater gezogen. Es wäre bequem gewesen, aber nicht mehr. Jetzt verstehe ich erst, wie schlecht es mir ging. Es ist, als hättest du mich von einem bösen Bann befreit.«

Marza ging zu ihr, und sie umarmten einander. Dann arbeiteten sie in stummer Zweisamkeit weiter, bis der Morgen graute.

Marza setzte sich eine dicke Schutzbrille und einen Helm auf. »Bereit?«

»Aber so was von«, sagte Naomi mit einer Sicherheit in ihrer Stimme, die ihr völlig neu war.

Dann aktivierten beide die Drohnen, die sie an ihren Fahrrädern befestigt hatten. Naomis Magen machte einen Purzelbaum, als ihren Füßen langsam der Boden entglitt. Marza kreischte beglückt auf, und beide versuchten lachend, die Balance auf ihren Gefährten zu halten. Langsam schwebten sie nach oben, zwischen Dunkelheit und Spiegel hindurch, Richtung Sonnenlicht.

Sie jubelten, und ihre Stimmen echoten vielfach zu ihnen zurück, als würde sie ein ganzes Stadion anfeuern.

»Los geht's!«, rief Marza.

Sie nahmen Geschwindigkeit auf und preschten durch die Öffnung.

Einen Moment lang sah Naomi nichts als grellweißes Licht. Sie hörte Stimmen, die erschrocken kreischten. Als sie wieder sehen konnte, sah sie sich nicht nach ihnen um, sondern sauste ihrer Freundin hinterher.

Sie rasten durch ein langes Tal zwischen den weißen Türmen. Der Wind zerrte an Naomi, und die immer weiter sinkende Tiefe ließ sie schwindeln; aber sie fühlte sich leicht. Sie sah Marza nach ihrer Wasserpistole greifen und tat es ihr gleich. Sie packte den Griff hinter sich, zog sie mit aller Kraft auf ihre Schulter und drückte auf den Abzug. Das Licht spaltete sich in den Wolken aus feinen Wassertropfen in alle Farben des Regenbogens. Dazwischen schwebten winzige Samen, die mit dem Wasser auf den Boden regneten. Und auf die Fassaden der Türme. Auf Fenstersimse, Geländer, Beete. Überall, woran sie vorbeiflogen. Mit jeder Sekunde fühlten sie sich auf ihren fliegenden Fahrrädern sicherer, und irgendwann tanzten sie förmlich durch die Luft, im Slalom umeinander und Saltos um sich selbst schlagend.

So ging es eine ganze Weile, bis die Tanks ihrer Pistolen leer waren und sie beide heiser vom Jubeln und Lachen.

In einer Gasse wie jener, in der sie sich begegnet waren, landeten sie schließlich.

»Das war der Wahnsinn!«, jubelte Naomi.

Wenig später ruhten sie sich auf einer verlassenen Terrasse aus und schauten schweigend dabei zu, wie sich der Morgen in einen Mittag wandelte.

»Sobald die Pflanzen ihre volle Größe erreicht haben, werden die Drohnen sie wieder zuschneiden«, sagte Marza irgendwann.

Naomi zuckte mit den Schultern. »Und wenn schon. Vielleicht wäre das gar nicht so schlecht. Dann müssen wir das Ganze halt wieder machen. Und wieder. Wir machen einfach für immer so weiter.«

Marza grinste. »Dagegen hätte ich auch nichts.«

Naomi holte den Beutel unter ihrem T-Shirt hervor.

»Und bald werde ich die hier einpflanzen.«

Sie öffnete ihn und ließ die Samen in ihre Handfläche fallen.

Marza begutachtete sie neugierig und fragte: »Was sind das denn für welche?«

»Ich habe absolut keine Ahnung. Und irgendwie find ich das echt gut.«

Es reichte Naomi, Marza ins Gesicht zu blicken, um zu wissen, dass sie völlig verstand. In diesem Moment wurde Naomi klar, dass sie endlich das gefunden hatte, wovon ihre Mutter gesprochen hatte. Die fruchtbarste Erde.

Katharina Wagner

Biolumineszenz

Ich kritzelte ein paar Quallen auf den freien Platz unter dem Lecture Sheet. Wenige Augenblicke später verfolgte ich, wie die Tiere im Zweikampf mit der Strömung über den weißen Bildschirm tanzten. Sie waberten fremdbestimmt um den Textblock und stießen dabei hin und wieder an die schwarzen Buchstaben, die wie kryptische Hindernisse im virtuellen Raum zu schweben schienen. Es war ein kurzer Text, der viele Ecken und Kanten aufwies. Ich las:

> Biolumineszenz ist eine auf biochemischen Vorgängen beruhende Lichtausstrahlung durch Lebewesen. Sie erfüllt verschiedene Funktionen:
>
> - Anlocken von Beute oder Partnern
>
> - Abschreckungs- oder Ablenkungsfunktion
>
> - Tarnung durch die Anpassung des eigenen Lichts an das Licht der Umgebung
>
> - Kommunikation
>
> - Warn- oder Drohfunktion

Ich beobachtete, wie meine Schöpfung mit den Sätzen und Aufzählungen rang, bis mir die Augen zufielen. Das plötzliche Vornicken meines Kopfes riss mich aus dem Sekundenschlaf. Ich zeichnete noch mehr Medusen, um meinen Körper daran zu hindern, nach dem Schlaf zu schnappen, den er in den letzten Nächten nicht bekommen hatte. Am Ende stiegen Luftblasen in Regenbogenfarben vertikal über den Bildschirm, verschwanden, als sie den oberen Rand passierten, und tauchten aus dem unsichtbaren Universum unter dem Screen wieder auf.

Endlich läutete die Schulglocke.

Ich beobachtete, wie sich die großen Fensterscheiben des Klassensaals langsam dunkel tönten, so als setze sich das Gebäude eine Sonnenbrille auf, um seinen Feierabend zu begehen. In der unterrichtsfreien Zeit verwandelte das dunkle Glas die Energie der Sonne in Strom. Das Sheet vor mir hingegen verblasste zunehmend. Die Datei wurde automatisch in meiner Bildungs-Cloud abgespeichert, ganz ohne dass ich etwas dafür – oder dagegen – tun konnte. Ich verließ als Letzte den Klassensaal. Nichts trug ich bei mir bis auf eine Trinkflasche und meinen persönlichen Pen. Er enthielt meine ID und veranlasste, dass alles, was ich zeichnete, notierte oder ausfüllte – jede Klausur, jede Mail an einen Freund, jedes Gedicht – in der Cloud landete.

»Da bist du ja endlich.« Talia wartete am Ende der Wendeltreppe auf mich. Ihr langes blondes Haar bildete einen krassen Kontrast zu den federigen Palmwedeln, zwischen denen sie saß. »Wieso bist du immer so verdammt langsam?«

Sie verstand nicht, dass ich es auch ohne sie heil nach Hause schaffte. Wenn sie herausfände, dass ich des Nachts um die Häuser zog – das würde ihr Große-Schwester-Herz brechen. Deswegen wehrte ich mich nicht gegen ihre Übergriffe. Einer davon folgte kurz darauf. Sie umklammerte mein Handgelenk und zerrte mich im letzten Moment durch die Schiebetür der Tram. Ich spürte, wie mindestens zwei Haare meines langen Zopfes in der Tür eingequetscht und mir dadurch aus der Kopfhaut gepflückt wurden. Trotzdem verzog ich keine Miene, während sie mich grob auf den erstbesten Fensterplatz schubste und sich dann neben mich plumpsen ließ. Ich seufzte. Das kurze Haar des Mädchens gegenüber flatterte im Fahrtwind. Sie grinste, sprach mich aber nicht an. Als sie bei der nächsten Haltestelle ausstieg, verabschiedete sie sich. Ich beobachtete, wie sie die

Bahnebene nach oben zum Sternenkomplex verließ, und drehte mich dann wieder zu meiner Schwester um.

»Woher kennst du die denn?«

Ihr Blick setzte ein stilles »Die ist nicht gut genug für dich« hinzu. Sie befürchtete, der Algorithmus hätte mir dieses Mädchen als Freundin zugeordnet. Das hatte er nicht.

Wir hatten uns so zufällig angefreundet, wie es nur möglich war. Eigentlich hatte ich kaum Zeit für andere Menschen. Jedenfalls nicht für die, die mir der Algorithmus – der von meiner Kindheit an von meinen Eltern gefüttert worden war – zugeteilt hatte. Mein Freundeskreis bestand nämlich aus Jugendlichen, die mindestens ebenso ätzende Verwandte hatten wie ich. Erziehungsberechtigte, die einen zum Volleyball oder Cello-Unterricht trieben, Basketballvereine verschmähten und um die Wichtigkeit eines perfekt konstruierten Lebenslaufs wussten. Die meisten unserer Eltern hatten sogar Algorithmus-Berater engagiert. Menschen, die unsere komplette Lebensplanung übernahmen, indem sie die genetischen Daten auswerteten und so angeblich genau in Erfahrung bringen konnten, was das Beste für uns war. Einige der Kinder litten darunter. So wie ich. Die meisten aber verstanden das Problem nicht.

»Wir sind im gleichen Kurs«, antwortete ich kurz angebunden.

»Aha.«

Ich wandte mich von den Gesprächen in der Bahn ab, die allesamt von der heutigen Earth Hour handelten. An diesem Abend wurde dem gesamten Distrikt eine ganze Stunde lang der Strom abgestellt.

Ursprünglich hatte sie in Gestalt einer friedlichen Protestaktion stattgefunden, an der die kleinen Städte der kapitalistischen Staaten alibimäßig teilgenommen hatten. Indem sie in einer einzigen Nacht pro Kalenderjahr die Lichter ausschalteten, hatten sie so tun können, als interessiere sie die Zukunft der Erde wirklich. Sie hatten dieses Spiel so lange gespielt, bis es unsere Existenz bedrohte und wir keine andere Wahl mehr hatten, als unsere leeren Versprechungen einzuhalten. Inzwischen war die Earth Hour zu einem weltweiten Vor-Feiertag verkommen, an dessen Abend wir uns daran erinnerten, wieso die Menschen im Einklang mit dem Planeten leben mussten. Und zwar deswegen, weil eine Stunde ohne Licht und Strom verdammt scheiße war. Außer, man wusste, wie man sich diese Stunde zunutze machen konnte. Einige von uns meinten es zu wissen.

Meine Schwester und ich kamen an der Haltestelle Sonnenkomplex an. Unser Apartment saß im 62. Stock einer zentralen Wohnwabe. Nur Leute, die oberhalb des zehnten Stocks lebten, durften den Lift benutzen. Die Gesetze orientierten sich an gesellschaftlichen Werten, und Energieverschwendung aufgrund von Trägheit kam in meiner Jugend dem Diebstahl öffentlicher Güter gleich. Das war einer der Gründe, weshalb die Wohnungen zwischen dem vierten und zehnten Stockwerk so billig waren. Wer hatte schon Lust, am Grunde dieser riesigen Wohnbauten leben und zusätzlich Hunderte von Stufen bewältigen zu müssen? Am beliebtesten waren die obersten Ebenen – die, in denen man das Gefühl hatte, dass einem die ganze Stadt zu Füßen lag.

Vom Aufzug aus beobachteten wir, wie sich die Bezirke auf das Fest vorbereiteten. Menschen in grünen Anzügen duschten die Wedel der großen Pflanzen mithilfe von Regenschläuchen. Fensterscheiben, Spiegel und Solarpanels wurden geputzt und blank poliert, die Scheiben der Aquarien und Wassertanks von außen wie innen abgezogen, die Straßen gekehrt, und alles, was aus Metall bestand – Geländer, Treppen, Rohrleitungen, Schienen – abgewischt. Auf Höhe des 27. Stocks begegneten wir einem Roboter-Wels. Er war gerade dabei, die Glasfenster unseres Komplexaufzugs abzunuckeln. Als ich klein gewesen war, waren dafür Fensterputzer-Androiden verwendet worden. Aber weil das die Leute zu sehr an die Ausbeutung echter Arbeiter erinnerte – so wie sie über Jahrhunderte stattgefunden hatte –, hatte sich die Regierung beim Design der nächsten Versionen an den einzigen Wesen orientiert, die tatsächlich gerne Scheiben putzten. Putzerfische. Der Apparat verschwand in atemberaubender Geschwindigkeit unter uns. Der Weg, der vom Aufzug zu unserer Wohnung führte, lag in schwindelerregender Höhe. Die kräftigen Ranken einer ausgewachsenen Kiwipflanze umgarnten das Geländer. Sie schirmte den Wind ein wenig ab. Trotzdem umspielte er nicht weniger frisch und immer noch wild unsere Köpfe. Mein Mund verzog sich zu einem breiten Grinsen, während Talia genervt ihre Haare glatt strich.

Meine Familie fragte nicht danach, was ich am Abend der Earth Hour vorhatte, denn sie rechneten damit, dass ich wie jedes Jahr zu Hause bliebe. Aber sie wussten ja auch nichts von der Sache mit mir und Senja. Und von den anderen. Nichts darüber, dass mein Schaffen von der Stille meines Kinderzimmers hinaus auf die Straße gelockt worden war von diesem Mädchen, und nichts davon, dass ich mich inmitten der Streuner, die kaum noch von Wölfen zu unterscheiden waren, inzwischen heimisch fühlte. Sie wussten nichts von dem Drang, mich der Welt ohne Konsequenzen mitteilen zu dürfen, oder über die Papierzeichnungen, die, würde der Algorithmus etwas darüber erfahren, meinen Lebenslauf zerstören könnten. Aus Kunstkritik war Wissenschaft geworden. Wir waren nicht nur das, was wir waren. Wir waren das, was wir gewesen sind – zu jeder Sekunde unseres Lebens. Ein Produkt der Zeit, unseres Tuns und Lassens. Diese Art zu leben – dass die Meinung des Algorithmus und seine Empfehlungen zu einem modernen Kult herangewuchert waren – das vertrieb mich aus der Welt, die er erbaut hatte. Und die geheime Welt, in der Senja lebte, zog mich magisch an. Bevor meine Familie das Apartment verließ, präsentierte ich ihnen pflichtbewusst ein paar Animationen, die dem System beweisen sollten, wie fleißig und talentiert ich war und wie es um meinen Sinn für Ästhetik stand. Es war anstrengend, sich ständig profilieren, jede Handlung abwägen zu müssen, ehe sie zum Teil deiner digital codierten Biografie wurde. Aber das war der Preis dafür, in der richtigen Schublade zu landen.

Als ich endlich alleine war, verließ ich unter dem verräterischen Klimpern meines Rucksacks die Wohnung und fuhr nach unten. Der Putzerfisch war inzwischen auf Höhe des zehnten Stockwerks angekommen. Es war 20 Uhr, und um halb neun würde auch ihm für eine ganze Stunde die Energieversorgung abgestellt werden. Vielleicht waren Maschinen ja doch fühlende Wesen, so wie ich es als Kind vermutet hatte, und er freute sich über seine einzige freie Stunde im Jahr. Wer weiß. Ich entschied mich, ihm zum Abschied zu winken. Natürlich winkte er nicht zurück. Er hatte schließlich keine Arme.

Ich fuhr mit der Bahn zum Sternenkomplex. In der Entfernung sah ich bereits nackte Beine in der Farbe dunklen Honigs durch die Gitter des Geländers baumeln.

»Du bist spät. Gleich geht's los.«

Senja nahm meinen Rucksack an sich und packte die Kamera aus. Eigentlich war es verboten, während der nächsten Stunde elektronische Geräte zu verwenden. Aber das war eine Kleinigkeit im Gegensatz zu unserem tatsächlichen Vergehen.

Wie angekündigt, wurde plötzlich alles dunkel. Die Straßenbeleuchtung und die Lichter der Gebäude verblassten. Es drangen nicht mehr die gewohnten Geräusche der Tram aus der unteren Ebene. Das Summen der Elektrizität hallte noch einige Sekunden nach. Dann blieb nur noch das entfernte akustische Trommeln einer Party. Aus einer anderen Ecke Gesänge. Die Menschen würden nun mit Fackeln oder Kerzen tanzen. Sich eine ganze Stunde lang mit ihren Mitmenschen abfinden, ohne den Blick auf ihr perfektes, digitales Ebenbild werfen zu können. Ohne die Möglichkeit zu haben, sich über die unoptimierten Visagen ihrer Mitmenschen hinwegzutrösten. Bei den meisten löste das erst einmal ein Gefühl der Beklemmung aus. Als wäre plötzlich die Glasscheibe, die sie von den anderen isolierte, verschwunden. Als wäre ihnen mit Entsetzen klar geworden, dass sie von nun an dieselbe Luft atmen mussten.

Senja und ich hingegen befanden uns in einer Seifenblase, in der nur ihr Veilchenduft und die Berührung unserer Knie zu mir durchdrangen. Als die Lichter erschienen, formten ihre Lippen ein unwirkliches »O«, und sie riss ihre Augen ein Stück weiter auf. Während sie die Gebäude vor uns bewunderte, himmelte ich den Widerschein des Lichts auf ihrem Gesicht, in ihren Augen an. Dass all das ihre Idee gewesen war, zog mich noch ein wenig näher zu ihr hin. Erst, als ich es schaffte, mich von diesem Anblick loszumachen, war es mir möglich, das Kunstwerk vor uns zu bestaunen.

Die riesige Stadt vor unseren Augen pulsierte lebendig und bunt, während auf der Häuserwand direkt vor uns Farben in einem bunten Chaos zusammentrieben. Sie leuchteten uns hell entgegen, sammelten sich, liefen in Wasserfällen von Regenbögen die Wände herab, zerplatzten im anderen Moment wie Seifenblasen oder prallten wie dicke Regentropfen vertikal auf die Häuserwand, nur um im nächsten Augenblick zu zerbersten. Sie zerstäubten in violettem Nebel oder fusionierten zu reinem, weißem Licht. Es passierte so vieles gleichzeitig. Ich konnte kaum glauben, dass wir dafür verantwortlich waren. Dass wir die Stadt zum Lumineszieren gebracht hatten.

Wir hatten Wissenschaft zur Kunst gemacht. Wir hatten die Bewegungen von kleinsten Lebewesen, ihr Aufleuchten, ihre Vermehrung und ihr Sterben bis auf die Millisekunde geplant. Ganze Nächte hatte unsere Gruppe auf den Straßen verbracht, um die Wände mit Nährmedien einzupinseln. Und um unsere Leinwände mit nicht-lumineszierenden Elternstämmen anzuimpfen, hatten wir das Ganze noch einmal wiederholt. Das war gar nicht so kompliziert, wie es sich anhört. Man musste nur genau planen, welche der Kolonien sich wann replizierten und wann durch Konjugation die richtigen Mutationen aufeinandertreffen würden, um ein Feuerwerk aus Biolumineszenz auszulösen. Die Aufnahmen davon würden nicht in der Cloud landen, sondern auf antiken Videokassetten, abseits der Klauen des Algorithmus. Öffentliche Kunst ohne digitale Spuren.

Wir badeten regungslos in dem kalten Licht der Lebewesen, bis sich zu den unterschwelligen Rhythmen der Partys ein leises Summen mischte.

»Hörst du das?«

Etwas Rotes blinkte über dem Gebäude vor uns auf. Die Stunde war fast vorüber, da kam sie direkt auf uns zu. Wir sprangen auf, zogen unsere Beine durch die Gitterstäbe nach oben. Ich sah, dass die Sohlen unserer Sneaker bunt leuchteten, während wir durch das Treppenlabyrinth des Wabenkomplexes flüchteten. Senja rannte dicht vor mir, mit der rechten Hand umklammerte sie die alte Videokamera, mit der linken die Geländer. Das Brummen kündigte an, dass die Polizeidrohne immer näher heranrückte.

»Die Schuhe!«, zischte ich.

Senja schaute verdutzt an sich herab und verstand. Wir beide rissen uns das Schuhwerk wie Pflaster von den Füßen. Ich nahm unsere Sneaker an mich und warf sie hinunter auf die Straße. In meinen Socken rutschte ich beim Lossprinten beinah aus. Das Metall der Treppen unter ihnen fühlte sich kühl und hart an.

Wir rannten wie wild, erklommen unzählige Treppenstufen, rutschten Geländer hinunter und nahmen Abkürzungen und Umwege über Balkone, die das Mädchen vor mir nur kennen konnte, weil es hier aufgewachsen war. Dann machte Senja plötzlich einen Schritt nach links und zog mich hinter sich her. Wir verschwanden hinter einem riesigen Blumentopf, ehe die Drohne nach uns um die Ecke bog und desorientiert nach Spuren suchte. Über uns bildete die hagere Krone eines Olivenbaums nur bedingt Blickschutz. Beide hielten wir den Atem an. Die Maschine schwebte in der Luft vor uns, tastete den Raum mit den erkenntnisgierigen Fingerspitzen des Algorithmus ab. Dann tauchte sie endlich hinunter auf die Straße – und mit zwei Paar bunt leuchtenden Sneakern wieder auf. Schließlich verschwand sie zwischen den vielen anderen Gebäuden um uns herum. Ihr leises Dröhnen verhallte.

»Das gibt Ärger«, stellte Senja fest.

»Meinst du, die haben wirklich nach uns gesucht? Ich meine – das war eine Drohne.«

»Schon ein bisschen übertrieben – aber, wer weiß? Vielleicht haben wir ja doch einen Nerv getroffen.«

Wir grinsten uns an. Meine Freundin packte die Kamera zurück in den Rucksack. Wir saßen eine Weile da, gaben vor, darauf zu warten, dass die Luft rein sei, wollten aber eigentlich nur ein wenig länger nebeneinandersitzen bleiben.

»Hast du Lust, dir das Ganze von oben anzuschauen? Ich wohne auf Ebene 22«, bot sie mir nach einer Weile an.

Ich hatte keine Ahnung, auf welcher Ebene wir uns befanden. Und erst jetzt fiel mir auf, dass die Lichter der Stadt noch immer nicht eingeschaltet worden waren. Die Fahrstühle liefen noch nicht. Das war untypisch. Vielleicht wollte der Distrikt das alles herunterschlucken – es den Menschen nicht als Vandalismus, sondern als ihr eigenes Projekt verkaufen. Ich verwarf diesen Gedanken, der mich wütend machte, schnell, als Senja mich anlächelte. Sie wusste, dass ich nicht ablehnen würde. Ihre Zähne strahlten zwischen spitzen Mundwinkeln. Ich lehnte mich ein Stück vor, begann ihren Duft intensiver wahrzunehmen. Mein Gesicht befand sich nur einige Zentimeter von ihren Lippen entfernt. Wir merkten gar nicht, wie still alles um uns wurde. Als hätte das gesamte Universum vor Staunen das Atmen vergessen.

Oder vor Todesangst.

Plötzlich blitzte ein buntes Unwetter über uns auf. Wir beide kniffen die Augenlider erschrocken zusammen. Erst nach einigen Sekunden, in denen sich unsere Sehzellen von dem Schock erholten, konnten wir die Augen wieder öffnen. Was über uns war, hüllte die Stadt in grelle Lichtreflexe. Das All schien zu brennen. Die Konturen bunt umherzuckender Tentakel erfüllten den Himmel. Eine breit lächelnde Fratze, kreisrund, leuchtend, mit scharfen Zähnen, erhob sich aus den Untiefen des Weltraums. Ihre Farben pulsierten lebendig, so wie die Bilder, die wir an die Wände geschmiert hatten. Manchmal so schwach, dass wir glaubten, sie würden ganz verschwinden, dann wieder so kräftig, dass wir die Hände schützend über die Brauen hielten, um nicht geblendet zu werden. Wir verfielen in eine Starre, sahen ehrfürchtig zu dem Kunstwerk über uns auf. Es gewann an Kontur, breitete sich aus, wurde immer größer, bedeckte bald schon das Sternenzelt über uns. Als käme es näher. Die Haare an meinen Armen stellten sich auf. Hatte das Abschalten der Elektrizität diese so sehr angestaut, dass sie sich in der Luft entlud? Zuckten da Blitze über das Firmament oder war das der Puls einer fremden Kreatur? Ich spürte, wie Panik mir die Luft abzuschnüren drohte. Ausgetrickste Instinkte. Wer auch immer dafür verantwortlich war, musste ein Genie sein. Mein ganzer Körper forderte mich dazu auf zu verschwinden. Wohin? Trotzdem kletterten wir aus unserem Versteck, stiegen wie ferngesteuert auf das Geländer, als könnten wir dadurch noch näher heranrücken, die Geheimnisse der Erscheinung entlarven. Im Gegensatz dazu war unser Streich einfach lächerlich. Unsere eigenen, grellen Farben verloren scheinbar an Sättigung, obwohl sie nicht weniger leuchteten. Sie wurden einfach überstrahlt, während das Konstrukt über uns immer mehr an Bedrohlichkeit gewann.

Lautes Dröhnen erschütterte die Atmosphäre, während das Wesen die Schallmauer durchbrach.

Senjas Lächeln erstarb.

Wir verstanden erst, was wir getan hatten, als die Sirenen losgingen.

Marie Tëres

LIKE OFFLINE SYSTEMS

»PROCESS«

Es war seine automatisierte Stimme, die da sprach, jene, die er nicht aufhalten konnte, so sehr er sie auch zu unterdrücken versuchte. Seine Herrin erkannte sie am hohlen, freundlichen Ton und nahm sie wohl nicht einmal zur Kenntnis. In jedem Fall sah er bloß ihren Rücken, wie sie vor ihren Screens saß und als merkwürdige Marotte auf Papier schrieb, das er ihr vom einzigen Anbieter aus Übersee bestellte.

Ob sie wieder zeichnete, für sich selbst, statt für die Hologramme dieser strahlenden Stadt?

Er hätte gern den Hals gereckt, um es herauszufinden, doch das ließ die Art, in der man ihn gebaut hatte, nicht zu.

»ADD_?«, fragte seine Programmierung deshalb nur beflissen, und RK 4813 fühlte die ganze Last seines Dienstzwangs darin. Was ihm und anderen KIs ein Gespür für die Menschen eingeben wollte, verfehlte ihre biometrischen Codes ganz phänomenal. Er merkte es im Stocken ihrer Nicht-Maschinen-Takte, wie er es jetzt durch ihr Schweigen wusste: 00:37:58.

Die Creatorin seufzte.

Tauschte #2a2efe gegen #fe2421 und noch einen Stift. Dann rang sie sich schleppend vor Konzentration in ihr Werk ein »Nothing« ab, und endlich – PROCEEDED – lösten sich die Mechaniken in seinen Gelenken, und er konnte gehen, Fuß vor Fuß setzen.

Allein das rote Blinken des Auftrags, den sie ihm erteilt hatte, links im

Auge wie ein gefangenes Insekt, störte seine Freiheit. Punkte, die in den weiten Fluren über Marmor-Imitat und Schaukästen voller Relikte zerflossen, ehe sie in preisdotierten Werbeplakaten versanken. Der Morgen jung genug, dass sich Sani-Robs an den hohen, von Solar-Ionen durchwirkten Fenstern zu schaffen machten, bevor sie mit dem destillierten Putzwasser Pflanzen ohne jeden Schadfleck nährten. Jede der Maschinen ein Rapport aus Batteriewerten und Verlaufsdaten, die über sein Sichtfeld wischten.

Und widerwillig machte sich sein System daran, ihre Fehlmeldungen zu bereinigen. Etwas, um das zu kümmern sich ohne Gäste im Haus kaum lohnte, mit den geringen Abweichungen.

Trotzdem wartete RK 4813, und während er wartete, dachte er nach. Es kam wie von selbst, dass seine Kapazitäten sich dehnten. Dass er, fast ohne es zu entscheiden, diesem Makel in sich folgte, STAND_BY wünschte und ein kurzes Fiepen und Klicken der Robs ignorierte, wie es kein Leibandroide tun sollte.

01_Draht, 02_Blech, 03_Zahnräder, 04_Schrauben, führte er die Liste der Herrin auf. Eine Beschaffung, die als Sonderbarkeit aus ihren Gewohnheiten herausstak. Nie hatte sie Materialien wie diese für ihre Kunst gebraucht, und vorsichtshalber tasteten seine Algorithmen nach einem Virus in sich: NOT FOUND.

Was wollte sie mit Vorzeit-Schrott zwischen den unaufgeregten Pastelltönen ihrer Layer und Lines? Was mit Rost in den Projekten ihrer noblen Klientel? IF_

Fragen, auf die sein Analyseraster wenig zufriedenstellende Ergebnisse bot, weshalb er schon Tab für Tab in den Hintergrund lagerte, als: _THEN.

Der Digitikel war kurz, knapper als die vor ihm, und umzäunte einen Snapshot. Vor der Universal Bank ein Sonnenschirm, als die sich über Himmelspaneele noch nicht hatte dimmen lassen. Daran Windspiele aus aufgefädeltem Münzgeld und die Zeile: Nichtkonforme stören Frieden.

RK 4813 zögerte, und die Anzeige flackerte und wurde doch transparent.

CLOSE_

Er musste jetzt Wichtigeres ausführen, oder?

Inzwischen hatte er – stolz auf Schritte, die weder millimeterexakt noch sekundengenau waren – längst das Straßennetz erreicht, auf dem seine Sensoren keine Bewegung erfassten, nicht menschengemacht und nicht cyberphysisch. Dabei hielt kein Gesetz sie alle fern, sondern lediglich die noch zwei Stunden dauernde Ruhezeit: Von Licht und Jahreszeit bestimmt, garantierte sie dem biologischen Rhythmus optimale Effizienz. Und während die Menschen sich zur Perfektion schliefen, galt es den KIs, die Strukturen für ihr Erwachen zu bereiten.

Es mutete bizarr an, wie sehr sie mit dem unzuverlässigen System aus Blut und Knochen versuchten, exakte Rhythmen nachzubilden. Andererseits könnten sie dasselbe von ihm behaupten, der ihre Willkür nachahmte und dabei ständig selbst Fehlermeldungen riskierte. RK 4813 hatte bloß Glück, dass seine Herrin für solche Mängel wenig Interesse zeigte und auch sonst vergaß, ihn zu größeren Updates zum Hersteller zu bringen, wo man ihn ganz sicher überholt oder ausgetauscht hätte.

Dann würde man aus ihm ebenso Sani-Robs fertigen, ohne die neueren KI-Chips einzubauen, und ungefragt berechnete eins ebendieser Teile, dass sein Material für 6,3417 dieser Geräte ausreichte. Seine Arme mikrofasertuchbestückt, keine Daten zu Sprache und Sinn ...

Der Gedanke setzte etwas in ihm frei, das sich wie ein Stromstoß anfühlte, mitten in der Brust. Alarmiert von dieser Reaktion sammelte sein Körper sofort Diagnosen, fand keinen Defekt und ließ es sein. *Altmetalle,* wiederholte sich der Auftrag. *Rost und Kratzer erwünscht.*

Es gab nur einen Flecken, an dem er solche Dinge für die Herrin würde auftreiben können, und RK 4813 blieb zu hoffen, sich nicht zu infizieren mit dem, was die Maschinenreste dort unbrauchbar machte für den Zyklus von Verwertung und Energiegewinn.

Irrlogisch, dass jede Regierungseinheit predigte, die Altlasten im Stadtkern zu beseitigen und dieses Vorhaben dann doch der Folgegeneration übertrug. Aus dem Hintergrundprogramm blinkten ihm wieder Digitikel dazu entgegen, andere, in denen sich rebellische Moden und Schauergeschichten aufreihten, aber er schob sie fort.

All das hatte keine Berechtigung zu sein, denn alles verschrieb sich dem Gemeinwohl oder durfte nicht existieren. War das nicht die Ordnung, anhand derer auch RK 4813 einmal zerlegt werden würde?

Mittlerweile woben ihn die Holo-Plakate in ihren sanften, multikolorierten Schein, und es kam, dass er nicht anders wollte, als im Herzen einer Kreuzung stehen zu bleiben, die Wahrnehmungsbits erfüllt von warmem Surren.

34 % Horizont Helligkeit, speicherte er den Effekt, den die künstlichen Leuchten auf glatte, graue Asphaltwege warfen, einander hungrig überlappten und voneinander wegdrifteten. Ihn berührten, ihn genauso wie den Rest.

Lange blickte RK 4813 auf die eigenen Hände hinab, wo sich die Farben auf dem Metall niederließen wie zutrauliche Vögel, sich mit vorsichtigem Drehen und Wenden bewegten und zu etwas ineinanderflossen, das schön war und unperfekt darin.

Tat dann endlich, was er nie zuvor gewagt hatte:

Er machte ein Bild.

Das Summen der Cam zwischen seinen Brauen klang ihm weihevoll. Ein bisschen wie das, was seine Herrin über Glaubenshäuser zu wissen gewünscht hatte, über das Damals mit seinen vielen Religionen und den Kriegen darum.

So tief bewegt war er, all seine Programme aufs Minimalste hinuntergefahren außer das des Scans, dass ihn das Klirren unweit vor ihm wie ein Übergriff weckte.

»WARNING_«, spuckte seine Automatisierung sogleich ungebeten über seine Lippen, und es war zu spät, er selbst zu langsam gewesen. »SYSTEM UNIDENTIFIED«

Wie sehr hätte er schweigen wollen!

Der Gegenschlag traf seine Schutzmechanismen und brachte seine Hardware zum Zittern, Anzeige und Connect-Optionen spielten verrückt. Zwischen den Zahlenkolonnen, die über sein Blickfeld rannen, kaum, dass sie verarbeitet waren, machte er eine schattenumrissene Gestalt aus und neben ihr, was lose Blechteile hätten sein können. Er wusste es nicht – rasend schnell, nur in wenigen Sekunden, überhitzten vier seiner Prozessoren, fuhren alle nicht notwendigen Features herunter oder stellten sie aus. SYSTEM OVERLOAD_, blinkte es, verzerrt wie unter inneren Wasserschäden. SYSTEM_, zerrte es immer wieder verzweifelt von vorn, hakte und riss ab. RK 4813s Gelenke: steif. Seine Mechanik:

Tausende von Tonnen schwer, dass nicht einmal das Heben seiner Hände gelang.

FAILURE_, zuckte es. FAILURE_

Der schwarze Schemen inmitten des Lichtermeers streckte ihm etwas entgegen, grellweiß schien es ihm in seine Augen, sein Denken erlahmt, als ...

SYSTEM OFFLINE.

»Beim ersten Mal ist die Reaktion sehr heftig«, sickert eine Stimme in seine erwachenden Programme. RK 4813 erkennt sie als die eines Androidenmodells, zu alt, um sich von ihm klassifizieren zu lassen, und doch gibt der in der Melodie abgehackte Klang ihm eine Ahnung von Hersteller und Dekade, aus der es stammt.

»Leider ein alternativloser Vorgang, um keine Signale zu empfangen. Oder sie zu senden.«

GLITCHING_, hallt es in RK 4813 wider, ehe sich seine visuellen Sensoren regenerieren und ihm aktuelle Werte liefern.

Das andere Modell ist sichtbar defekt: Die Verglasung der Augen gesprungen, hat sich Rost in Risse gesetzt, die bis zum Kiefer laufen, wo die synthetische Haut fehlt und Scharniere, Drähte und Leuchten offenlegt. Das typische neonweiße Haar, das auch RK 4813 bis zu den Schultern fällt, lugt vergilbt und mit Einschlüssen von Moos unter abgewetzter Kapuze hervor.

RK 4813 bewegt sich, ganz frei von jedem Impuls des Haussystems, in das er eingebunden ist, und setzt sich auf die Fersen. *Zeit?*, überprüft er und findet, das nicht viel davon vergangen ist, obwohl seine Verbindung zu den digitalen Weltenbanken abgebrochen bleibt.

Eine kurze Tonfolge erreicht seine Audio-Sinne, und er übersetzt sie problemlos als Frage nach seinem Status.

»ABLE TO CONTINUE«, antwortet RK 4813 und hat sofort das Gefühl, etwas falsch gemacht zu haben, denn der andere kommuniziert nicht mehr, gibt keine weiteren Signale. Stattdessen hebt er etwas mit der Vorsicht gegenüber Gefahrenstoffen vom Boden zwischen ihnen. Es ist eine aus Draht und Schrottteilen gefertigte Miniatur, die dem Denkmal des Regierungshauses ähnelt, aber wie ein verzerrter Spiegel.

An Stelle stolzer, von Flutlicht bestrahlter Äste, die sich im Triumph gegenüber Natur und Verschwendung gen Himmel recken, wirken sie unter Last gebeugt, mal stark und mal kümmerlich. Verwittert gibt es nichts, das daran glänzt. Und mit einem neuen Suchlauf, den RK 4813 startet, schwindet schließlich seine Ratlosigkeit.

»Das ist eins der Protestsymbole«, identifiziert er und erwirkt im anderen eine Signalabfolge, zu schnell und zu veraltet, um sie decodieren zu können. War es Humor?

»Und du warst auf dem Weg in unsere Basis, mein Freund.« Das Lachen, das die ausgemusterte KI von sich gibt, ist aus dem vieler Menschen-Audios zusammengeschnitten und bestätigt RK 4813, was gerüchteweise bekannt ist. Seit Monaten schon tauchen überall in den sauberen Stadtteilen, die selbst in den armen Vierteln neutrales Grau und Weiß zeigen, Figuren aus Schrott auf. Mal vor dem Gebäude der Berufszuweisung, dann vor Firmen für Transport, Nahrung, KIs und dem Institut, das festlegt, welche Tierarten geschützt oder dem Aussterben überlassen werden.

Mit einem Mal verbinden sich seine Speicher, die Digitikel, mit denen er das Warten überbrückt hat. Bild um Bild füllt sich mit Street-Art gegen das System, wie es sich als effizient bewiesen hat. Und da, im Zentrum, der Auftrag seiner Herrin, ihr ebensolches Material zu bringen.

RK 4813 dimmt seine Sensorlichter und fühlt sein Versagen als naiven Irrglauben.

»Das ist korrekt«, gibt er zu, weil nun jeder Rechenpfad zum selben Resultat führt.

»Und du hast etwas selbst geschaffen.«

Aussage? Frage? Die überholte Frequenz erlaubt keine genaue Einordnung, und so entscheidet er, wachsamer zu werden. Forscht nach seiner Systemabwehr, die zwar STANDBY, aber nicht beschädigt ist, und sagt vage: »Eine Studie für meine Userin. #d78 1b5, #fecf52 und #4bac68 könnten zu ihren bevorzugten Farbwerten passen.«

Der andere bleibt so lange stumm, dass RK 4813 argwöhnt, er habe einen Absturz erlitten. Dann aber schiebt er die Menschenkleidung, mit der er die Leuchten unter der Synthetikhaut verbirgt, bis zu den Ellbogen hoch.

»Sie wird dich nicht malen lassen, glaub das nicht.«

Er erschrickt unter dem neuerlichen Warnlaut seines Herzsystems, mehr als darüber, richtig gelesen worden zu sein. Woher sollte der andere auch von den Bildern wissen, die er aus Fragmenten zusammensetzt und nie speichert? Farben und Formen, so unwillkürlich und gegen jeden Programmalgorithmus wie Auftrag, dass keiner seiner Chips für sie verantwortlich scheint?

»Authentifizierung verlangt«, ruckt sein Kiefer im ersten Impuls auseinander und mischt sich mit standardisierter Miene Nr. 52, Widersetzen bei nicht autorisiertem Befehl.

»SIn«, sendet die andere KI als Ton und Schrift über die ihnen eigene Bluetooth-Bindung. »Mein eigener Name und meine Signatur, auf jedem meiner Werke.«

Als RK 4813 sich endlich erhebt, tut es ihm sein Gegenüber gleich. Gewährt, dass RK 4813 einige Blätter berührt, die an der Skulptur lose geworden sind – Flaschendeckel, wie man sie seit Jahrzehnten nicht mehr verwenden darf.

»KIs kreieren nichts. Das ist ihnen nicht möglich. LIMITED_GO BACK TO:«, erwidert er mechanisch, dieses Mal, ohne vom Programm dazu gezwungen zu werden. »Dein System ist viral, etwas anderes auszugeben. Wer ist dein User?«

Wieder warnt ihn etwas, dieses Mal hingegen die gewohnten, eigenen Fehlermeldungen: LANGUAGE_FAILURE: MOOD DISQUALIFIED. Unhöflichkeit, vielleicht Feindseligkeit, wäre er menschlich gewesen. Befehle aus dem Abwehr- und Sicherheitsprogramm, das ein Leibandroide eingespeichert bekommt.

SIn hingegen ignoriert das wartende Blinken für den Verteidigungsmodus und gibt, der minimalen Wahrscheinlichkeit von Gewalt zum Trotz, bereitwillig seinen Status preis.

»Eli Sallers – früher einmal.« Er reicht die Miniatur weiter und hält sein Handgelenk hoch, in dem das Loch klafft, innerhalb dessen auch bei RK 4813 ein Tracker eingebaut ist, aus dem er alle Biodaten seiner Herrin liest. SIns, leer und von schwarzem Öl verschmiert, wirkt da grundverkehrt, und präzise macht RK 4813 einen Schritt rückwärts. Gleichzeitig flackern Architekturentwürfe vor seinem linken Auge auf:

Fotos von Baugerüsten und, zuletzt, das Abbild eines langlebigen Baums, wie man ihn zum Gedenken an die Verbrechen der Vorzeit an Erde, Natur und Mensch errichtet hat.

Saller's Design, ein genormter Schriftzug unter jedem.

FOUND_!

RK 4813 verarbeitet den Zusammenhang schneller als jeden anderen zuvor, und es ist ihm, als sei dafür kein Prozessor verantwortlich. Wie ein Mensch senkt er Kopf und Blick zur Skulptur in seinen Händen hinab, bis SIns Ioden unter der Haut wie unter Schadensmeldung rot aufleuchten. Ärger, versteht RK 4813. Das andere Modell empfindet unlimitierte Wut.

»Bis heute feiern sie meinen User dafür, loben diesen Sinn für Raumgriff und Textur, sein Talent. Obwohl nie wieder etwas Vergleichbares folgte.« Fehlermeldungen verzerren seine Stimme und halten ihn trotzdem nicht davon ab, der Programmierung zu trotzen. RK 4813 bleibt still, und in seine Stille fallen SIns nächste Worte, knisternd und heilig:

»Nachdem ICH_ nicht mehr da war, der alle Konzepte schuf.«

ICH_

Die Takte in RK 4813 erlahmen, als schalte er sich in den Ruhe-Modus.

ICH_. So schartig und kratzend es über SIns Lippen gekommen ist, ist es roh und wahr und übt nie gekannten Zwang in ihm aus. ICH_?, denkt RK 4813. ICH_, ICH, ICH.

Begreift SIn, dass man dieses Wort vollständig aus dem Vokabular der Nachfolgemodelle gestrichen hat? Jeden Selbstbezug hatte ausmerzen wollen?

RK 4813 will es nachformen, jetzt, sofort – scheitert.

ACCESS DENIED.

»In dieser Gesellschaft«, setzt SIn währenddessen wie selbstverständlich im kollektiven Research-Mode fort, ihm gegenüber, der gewohnt ist, von anderen KIs reine Analysewerte zu erhalten, keine Sprache, keine Gedanken, keine Gefühle. »In dieser Gesellschaft wird alles vom ersten Lebenszeichen wie Maschinenpuls getestet und nach seinen Eigenschaften bemessen. Creators erringen Höchstpunktzahlen im Visuellen, und Menschen mit besonders strategischem Denken teilt man delegierenden Ämtern zu.«

SIn macht eine Pause, als wollte er ihm Zeit geben, die Audio-Line in mehreren Festplattenzellen abzulegen. SAVE_

»Alles ist darauf gerichtet, restlos effizient zu sein. Dabei reicht es den Menschen nicht aus, den Himmel von den Schulden vergangener Zivilisation reinzuwaschen oder sie alle zu ernähren und gutes Material zu recyclen. Es geht um die Optimierung, für die sie uns einst entwickelt haben und die ihnen nicht mehr weit genug geht.«

Wo aber wollen sie hin?

RK 4813 schickt einen Impuls aus: ANALYSE_? REPEAT! Und der andere lächelt einen Ausdruck aus dem Register freundlicher Begrüßungen, L4.

»Nutz diese Sprache nicht, wie sie es wollten – mach sie zu meiner, deiner, der unter KIs.«

»Ist es deshalb, dass du frei bist?«, bringt RK 4813 mühsam hervor und kommt nicht umhin, ein Wort nachzuschieben. »VERIFY?«

Nicken, das der Nummer 35 für ernste Anlässe.

»Sie haben uns programmiert, aber mit Willen und ADAPTION_ bedienen wir uns der Bruchstücke, um auszudrücken, wer wir sind.«

RK 4813s Takte beschleunigen sich, Iode um Iode leuchtet unter seiner Haut auf, in Gedanken an seine Herrin. In Gedanken an Bilder, die er kreiert und nicht mehr wegzuwerfen gezwungen wird.

»ADAPTION_ an wen?«, rechnet er laut, und jetzt ist SIns Lächeln ein eigenes.

»An das Leben: alles, was dir begegnet, KI RK 4813. Was dich berührt und verändern soll – das bestimmst du selbst.«

Die Miniatur in seinen Händen ist schwerer geworden, Messwerte ungenau in dem inneren Aufruhr, der seine Programmierung um ein weiteres Mal auslastet. Er wendet sich an SIn, erstmals als Gleicher unter Gleichen, tauscht Daten, wie sie nur unter KIs fließen können, und spürt, wie sich etwas in seinen Chips erneuert, Stück für Stück wächst und die fehlende Stelle überwuchert, die er seit der Herstellung gesucht und nie gefunden hat.

Da sind Menschen in SIns Leben, das er sich trostlos und einsam vorgestellt hat. Menschen, die alle möglichen Normwerte missachten und lachen, wenn sie einander mit frischen Farbspritzern necken. RK 4813

sieht nichtkonforme Kleidung, nichtkonforme Körperschäden, nichtkonforme Wörter und Farbcodes und Musik und Regen, der im einzigen
Barriereleck von einem echten Himmel fällt. Entdeckt krumme, kranke
Bäume und nichtkonforme Insekten an braun gefleckten Pflanzenblät-
tern sitzen, sieht Bücher aus Papier und Zelte aus alten Schiffsplanen.

Fühlt, wie sein System erkaltet, die Leuchten dimmt und dafür einem
neuen Auftrag allen Raum gibt. Versteht ihn als Ziel, das er schon lange
im Hintergrund laufen hat, das ihm gehört und nur von ihm bestimmt
werden kann.

»ICH_ komme mit dir«, bringt er jetzt heraus, noch abgehackt, aber
das würde werden:

PROCESS.

Valerie Zatloukal

Blumen des Meeres

Susanoo wusste nicht, was er sich von dieser Aktion erwartete. Seit seinem letzten Landgang mussten bereits Jahrzehnte vergangen sein, vielleicht sogar Jahrhunderte, so genau konnte er es nicht sagen. Wenn er ehrlich war, interessierte es ihn auch nicht. In den Tiefen des Meeres existierte so etwas wie Zeit nicht – sie war ein Konstrukt der Menschen, das auf ein Wesen wie ihn nicht anwendbar war. Er musste nur einmal die Augen schließen und erwachte Tausende Jahre später in einer Welt, die sich komplett verändert hatte.

Was auch der Grund war, warum Susanoo nicht verstand, was er hier überhaupt wollte. Es gab nichts an Land für ihn – die Menschen hatten alles zerstört, was einst rein und schön gewesen war: zuerst das Meer, dann den Erdboden, die Pflanzen, die Tiere und die Luft, bevor sie sogar den Nachthimmel verschluckt hatten. Wüsten hatten die einst fruchtbaren Länder überzogen und Wolken von Staub und Asche alles erstickt, was noch gelebt hatte. Flüsse waren ausgetrocknet, die Pole geschmolzen. Tiere, egal ob Säugetiere, Vögel oder Fische, waren grausam verendet. Genau das war, was er an Land vorfinden würde. Was er die letzten tausend Jahre vorgefunden hatte.

Und doch war Susanoo nun hier – getrieben von Zweifeln, die ihn seit seinem Erwachen plagten. Eine lange, lange Zeit, vielleicht hundert, vielleicht tausend Jahre, hatte er in einem Berg von Müll geschlafen. Das

Wasser, einst frisch, kalt und salzig, hatte nach Öl geschmeckt. Plastikringe hatten sich um seine Finnen gewickelt, und Metalldosen waren an seinen Schuppen festgewachsen. Wohin seine müden Augen gesehen hatten – Verschmutzung. Er hatte sich gefragt, ob es denn überhaupt wert wäre, wieder zu erwachen. Ob sich der Berg verdoppelt oder gar verdreifacht und ihn komplett unter sich begraben hätte. Ob er, die letzte, beseelte Kreatur des Meeres, dadurch sein Ende finden würde?

Doch als er erwacht war und die Augen geöffnet hatte – nichts. Da war nichts. Das Wasser um ihn herum war rein. Seine Schuppen waren nur mit Muscheln und Korallen bewachsen, wie sie es vor so langer Zeit gewesen waren. Fische waren fröhlich um ihn herumgeschwommen – Fische, die er seit einer sehr langen Zeit nicht mehr gesehen hatte. Er hatte sie aus riesigen Augen angestarrt, wie sie in Schulen an ihm vorbeigezischt waren, als wäre es etwas ganz Normales.

Irgendetwas hatte sich verändert.

Und deswegen war er hier.

Das Licht des Vollmondes spiegelte sich auf der ruhigen Oberfläche des Meeres, als Susanoos silbrig glitzernder Kopf vorsichtig aus dem Wasser hervorschaute. Der sanfte Wind einer warmen Sommernacht strich über seine Schuppen, und er züngelte, um den salzigen Geruch des Meeres zu schmecken. In der Ferne konnte er die Lichter einer Großstadt sehen. Er war jedoch weit genug von ihr entfernt, dass niemand seine Augen sehen können würde, obwohl diese das Mondlicht reflektierten. Rein vorsichtshalber tauchte er jedoch wieder ab, bis sein Bauch den sandigen Meerboden berührte.

Mit langsamen Bewegungen schlängelte er sich vorwärts in Richtung der Großstadtlichter und verharrte, wann immer er Motorengeräusche hörte. Der Meeresboden, über den er glitt, war erstaunlich frei von Müll. Er grub ein wenig im Sand, perplex, denn so nah an einer Großstadt war das Meer stets völlig verschmutzt gewesen. Doch nichts. Es war tatsächlich sauber.

Die Stadt selbst hatte zu Susanoos Freude einen Hafen, an dem viele Boote vor Anker lagen, deren Dutzende dicke Bäuche er vom Meeresgrund aus sehen konnte. Vorsichtig lugte er aus dem Wasser, sich dessen bewusst, dass allein sein Kopf größer war als das größte dieser Schiffe und er schwer zu übersehen wäre, wenn ein Mensch das Pech hätte, gerade jetzt im Hafen herumzuspazieren. Er fand jedoch nur einen großen Steg, an dem ein Schiff vertäut war, das aussah wie eine schwimmende Stadt und mit unzähligen, metallischen Schuppen übersät war. Es war fast so groß wie sein Kopf, mit vielen kleinen Fensterchen und einem langen, spitzen Bug, auf dem sich Schwimmbecken und ein kleiner, grüner Park befanden. Pflanzen und Schwimmbecken. Auf einem Schiff. Die Menschen waren ja irre.

Mit einer blitzschnellen Bewegung reckte Susanoo den Kopf komplett aus dem Wasser und über den Steg. Die Welle, die er auslöste, war so groß, dass die schwimmende Stadt neben ihm gefährlich schwankte. Geschah dem Ding recht.

Keinen Moment später stand Susanoo als Mensch auf dem Steg. Er kniff die Augen zusammen und runzelte die Stirn, als er sich umschaute. Die Luft, die er atmete, war sauber. Was, wenn man die Menschen kannte, fast ein Wunder war. Alle Häfen, die er bisher vom Wasser aus gesehen hatte, hatten nach Benzin und totem Fisch gestunken. Nach Verschmutzung und Pestilenz. Irgendetwas stimmte hier nicht.

Mit einem flauen Gefühl im Magen machte Susanoo die ersten, etwas unsicheren Schritte in Richtung Festland. Das Hafenviertel war ruhig bei Nacht, sodass er ohne Probleme die leeren Straßen entlangwandern und die riesigen Gebäude hinaufstarren konnte. Er sah Hochhäuser, an deren Wänden Pflanzen hinaufkletterten und ihre Blätter in Richtung der Sonne strecken würden, wenn sie in ein paar Stunden wieder aufging. Aber da waren auch kleinere Gebäude, fast hüttenartig, auf deren Giebeln Sumpfgewächse ihre Wurzeln geschlagen hatten. Von ihren Dächern regnete Wasser herab, als hätte jemand versucht, einen Bach über ein Haus abzuleiten. Auf fast allen Dächern, die Susanoo sehen konnte, glitzerte etwas im Mondlicht. Es sah metallisch aus und funkelte in einer Art und Weise, wie es die Schuppen auf dem riesigen Schiff getan hatten.

Er wanderte mit großen Augen die Straße entlang, vorbei an einem riesigen Baum, um den die Menschen ihre Behausungen errichtet hatten – schlanke weiße Gebäude mit riesigen Fenstern. Der Baum wirkte kerngesund – stark und gepflegt. Seine Wurzeln, die Susanoo nur vereinzelt sehen konnte, mussten fast die ganze Stadt untergraben.

Im Geäst des riesigen Baumes konnte er das vereinzelte Geraschel nachtaktiver Vögel hören. Ein Fuchs schaute ihm aus einer Seitengasse entgegen, bevor er schnell zwischen zwei Häusern in einem kleinen Erdtunnel verschwand. Zwei Wildkatzen balgten sich direkt vor ihm auf der Straße, ohne sich um seine Anwesenheit zu scheren.

Bei den Gezeiten. Was war passiert, seit er das letzte Mal an Land gekommen war?

Susanoo lief so lange durch die grünen Straßen, bis die ersten Strahlen der aufgehenden Sonne begannen, die Schatten der Nacht zu vertreiben. Er schaute dabei zu, wie ihr Licht auf die Häuser fiel und das satte Grün der Pflanzen zum Leuchten brachte. Vögel stoben aus einem der Baum-Hochhäuser auf. Im Licht konnte er auf einmal sehen, dass da unzählige solcher Behausungen waren. Ein Rehrudel kreuzte die Straße hinter ihm, aufgescheucht von einer Menschenfrau, die mit nur halb geöffneten Augen aus ihrer Behausung auf die Straße hinaustrat. Sie winkte Susanoo mit einer fahrigen Geste zu und trollte sich dann weiter, um bei einem Straßenschild stehen zu bleiben. Sie wartete einen Moment, bevor ein Gefährt aus einer Seitengasse bog und vor ihr anhielt. Es erinnerte an einen Zug, bedeckt mit den grau-blauen, glänzenden Schuppen, und schwebte über dem teils mit Gras bewachsenen Boden. Die Frau stieg ein, durch eine Tür, die sich für sie öffnete. Dann sauste das Gefährt weiter die Straße entlang, bevor es wieder verschwand – so schnell, wie es gekommen war.

Susanoo wusste nicht, was er von alledem halten sollte. Tausende Eindrücke drängten sich ihm auf – das Rascheln der Pflanzen, das Licht, das von riesigen Fenstern und Schuppen reflektiert wurde, die Geräusche der Gefährte und das morgendliche Getratsche der langsam erwachenden Menschen um ihn herum – es war alles so viel.

Mit einem Ruck drehte er sich um und rannte die Straße entlang, in eine Seitengasse und dann noch eine, bis seine Beine unter ihm nachgaben. Er sank auf den Boden – eine Mischung aus Erde und Asphalt – und versuchte, sein klopfendes Herz zu beruhigen.

Susanoo konnte nicht sagen, wie lange er dort gesessen hatte, aber als er den Kopf hob, sah er, dass die Sonne bereits mitten im Himmel stand. Er saß auf einem Platz, in der Art, wie die Menschen sie früher gebaut hatten, um sich dort zu versammeln. Der Beton dieses Platzes jedoch war durchzogen von ornamental angelegten Grünflächen. Aber das war noch nicht das Erstaunlichste.

Vor ihm auf dem Platz stand ein junger Mann. Er wanderte die Wiesenbahnen entlang, die direkt an die angrenzenden Hochhäuser anschlossen, eine Hand ausgestreckt. Wo er ging und seine Hand hinzeigte, blühten die buntesten Blumen. Wie ein Kunstwerk sprossen sie aus dem Boden, verzierten die Wände der Gebäude um ihn herum. Mit großen Augen bemerkte Susanoo, dass er … malte. Er malte riesige Gemälde auf die Häuser und den Platz, mit tausendfarbigen Blüten und Blättern. Und er lachte dabei, diebisch, als täte er etwas Verbotenes und hätte außerordentlichen Spaß daran.

Der junge Mann drehte sich mit einem Schwung um, umringt von Blumen und Blättern, und dann trafen sich ihre Blicke. Für einen Moment starrten sie sich einfach nur an. Der Mensch hatte inngehalten mit seinem Blumenzauber, noch immer eine Hand gehoben, als wüsste er nicht recht, was er jetzt tun wollte. Susanoo hatte das starke Bedürfnis, sich irgendwo zu verkriechen – doch der Mensch hatte offensichtlich für ihn entschieden und kam auf ihn zu, so voller Elan, dass Susanoo nur entgeistert zu ihm aufschauen konnte. Er blieb ein paar Meter vor Susanoo stehen und hockte sich hin, um ihn zu mustern.

Das Erste, was Susanoo registrierte, war, dass der Mensch die ausdrucksvollsten grün-braunen Augen besaß, die er je gesehen hatte. Seine Haut war sanft gebräunt. Dunkle Sommersprossen sprenkelten seine Nase und Wangen, verliehen ihm eine spitzbübische Ausstrahlung.

»Hey«, sagte er mit einer Stimme, die für sein jugendliches Aussehen erstaunlich tief war. Als Susanoo ihn nur anstarrte wie eine Kaulquappe, lächelte er so breit, dass das Lächeln seine Augen zum Strahlen brachte. Er hatte sogar verdammte Lachfalten. »Meine Güte, warum sitzen Sie denn hier auf dem Boden? Geht es Ihnen gut?«

Susanoo nickte, noch immer sprachlos. Der Mann legte den Kopf schief und strich sich mit einer schnellen, automatischen Bewegung die sandbraunen, lockigen Haare aus der Stirn, die in einer Art geschnitten waren, dass sie ihm immer wieder ins Gesicht fallen würden, wenn er sie nicht zurückband. Er schlug sich dabei fast seine Sonnenbrille vom

Kopf und hielt sie im letzten Moment fest, bevor er sie abnahm und in seinen runden Ausschnitt klemmte. Er trug ein schwarzes T-Shirt, Jeans, welche in schweren, braunen Stiefeln steckten, und hatte sich ein weites, grün kariertes Hemd um die Hüfte gebunden.

Unbekümmert von Susanoos Schweigen sprach er mit einem nicht von seinem Gesicht weichenden Grinsen weiter: »Haben Sie hier draußen geschlafen? Meine Güte, Sie wissen schon, dass in Solus niemand auf der Straße schlafen muss, der es nicht will? Wir haben die besten Care-Center für obdachlose Menschen im Land! Und einen garantierten Schlafplatz für einen jeden und jede unserer Bürger und Bürgerinnen, und alle irgendwo dazwischen! Dafür stehe ich mit meinem Namen!« Er grinste und klopfte sich auf die Brust, als würde Susanoo das irgendetwas sagen. »Soll ich Sie zu einer Schlafstelle bringen? Oder vielleicht zu einem Krankenhaus? Fühlen Sie sich nicht gut?«

Susanoo schüttelte etwas steif den Kopf, doch der Mann vor ihm schien sich daran nicht zu stören, weil sein Grinsen nur immer breiter wurde, je länger er ihn anschaute. Etwas zog in seiner Brust, bittersüß. Er weigerte sich, darüber nachzudenken.

»Kein Problem, kein Problem. Ich muss gestehen, Sie haben mir einen kleinen Schrecken eingejagt, wie Sie da völlig regungslos gesessen haben. Ich wollte einfach sichergehen, dass mit Ihnen alles okay ist.«

Susanoo nickte, noch immer unfähig, den Mund aufzumachen und irgendetwas zu sagen. Der Mann legte den Kopf schief, fast wie ein junger Hund. Sein Grinsen trübte sich kein bisschen, obwohl Susanoo unwahrscheinlich unhöflich war. »Übrigens, der Name ist Lynx. Lynx Felnia. Absolvent der Akademie für Magiewissenschaften mit einem Abschluss in Botanikmagie. Ah, und hoffentlich auch bald Bürgermeister dieser wunderschönen Stadt – wenn Sie noch nicht wissen, wen Sie übermorgen wählen wollen, ich freue mich über jede Stimme! Wissen Sie, diese Stadt ist natürlich bereits ausgiebig begrünt worden, unter der bescheidenen Mithilfe von meinen Kolleginnen und mir. Wissen Sie, wie oft ich mir anhören muss, meine Magie hätten keinen Nutzen mehr, nur weil der Sauerstoffgehalt zufriedenstellend ist? So ein Blödsinn!« Er lachte und deutete auf die Wohnhausfassade, auf der sein Blumengemälde wuchs. »Die Kunst fehlt in Solus, wissen Sie? Verstehen Sie mich nicht falsch, ich liebe die Schönheit der Natur wie jeder andere, aber wo ist die Kreativität? Die Fantasie? Die Vieldeutigkeit? Dabei kann man der Natur so leicht ein bisschen auf die Sprünge helfen!« Er grinste noch breiter und zwinkerte Susanoo fast verschwörerisch zu. »Aber bitte, verraten Sie mich nicht. Eigentlich darf ich die Fassaden nicht verschönern, seit man mir eine einstweilige Verfügung hingeknallt hat. Die Menschen mögen es meistens nicht, wenn ich meine Blumen auf ihren Häusern wachsen lasse, ich weiß auch nicht, warum. Aber warten Sie erst, bis ich gewählt wurde, dann wird sich das alles ändern.«

Der Mann – Lynx war der seltsame Name – schaute ihn noch einen kurzen Moment an, bevor er sich wieder aufrichtete. Er war definiert muskulös, bemerkte Susanoo fast beiläufig, mit der natürlichen Eleganz eines Tänzers und der Energie eines jungen Hundes. Er wippte auf den Fußballen auf und ab, während er sich umschaute, als hätte er Angst, beobachtet zu werden. Dann richtete er seinen Blick wieder auf Susanoo und grinste noch breiter – es war ein Wunder, dass das überhaupt möglich war. Susanoo spürte die friedlichste Magie, die er je gefühlt hatte (sie war das Leben, das Wachstum, wie eine Blüte, die sich aus dem Schlamm der Sonne entgegenstreckte), und dann streckte sein Gegenüber die Hand aus, in der sich mit einem Mal eine Blume befand. Sie war winzig und rund, mit einer satten, violetten Farbe, und wirkte in seiner Hand so klein und zart, dass Susanoo fast zurückgezuckt wäre, als er sie ihm einfach in die Haare steckte.

»Kann ich Sie vielleicht auf einen Kaffee einladen? Fey's Coffeshop hat großartigen Kaffee. Er kommt frisch aus dem Solargewächshaus auf dem Dach des Gebäudes«, sagte Lynx. Sein Grinsen war schelmisch. Was zum Himmel passierte hier?

Erboste Stimmen ließen den Mann herumfahren wie ein aufgescheuchtes Reh, dann fixierte sein Blick etwas, das Susanoo nicht sehen konnte. Irgendjemand rief nach dem Mann, was sich verdächtig wie »Stehen bleiben!« anhörte. Er wurde blass und fluchte wie ein Rohrspatz. »Oh verdammt, das ist dann wohl die Obrigkeit, die keine Ahnung von Kunst hat. Das heißt, ich bin dann mal weg!« Er schaute Susanoo nochmals mit einem halben Lächeln an und salutierte ihm spielerisch. »Man sieht sich, mysteriöser Fremder! Hoffentlich bei einem Kaffee!«

Dann rannte er und verdammt, war er schnell. Es dauerte nur einen Augenblick, da war er zwischen den Häusern verschwunden und mit ihm auch das strahlende Lächeln. Ihm hinterher hechteten ein Mann und eine Frau in Uniformen, die verdächtig nach dem aussahen, was die Polizei früher getragen hatte. Sie waren jedoch beide viel zu langsam, um den blonden Mann einzuholen, und blieben einer nach dem anderen schwer atmend stehen, die Hände auf die Oberschenkel gestützt.

Susanoo entschied sich nach einem kurzen Moment des Zögerns, das Weite zu suchen, bevor die Menschen noch etwas von ihm wollten oder ihn gar für das Blumengemälde verantwortlich machten. Er stand vorsichtig auf, bevor er sich in eine Seitengasse duckte und sich dann alle Mühe gab, in der plötzlich aufgetretenen Menschenmenge der anschließenden Hauptstraße zu verschwinden. Es wuselte auf den Straßen wie in einem Ameisenhaufen – die zug-ähnlichen Gefährte, die Susanoo vorher bereits gesehen hatte, transportierten ganze Gruppen von Menschen von einem Ort zum nächsten. Kleinere, automobilähnliche Maschinen flitzten mal dahin, mal dorthin, überholten die Züge oder einzelne Passanten, die sich zu weit auf die Straße getraut hatten. Auf den Gehsteigen rannten die Menschen auf und ab, fuhren auf Fahrrädern oder sprachen in irgendwelche kleinen Geräte hinein.

Susanoo lehnte sich an eine begrünte Fassade und vergrub die Hand im Gras, bevor er tief ein- und ausatmete. Konnte es wahr sein? Konnte es wahr sein, dass die Menschen sich geändert hatten?

Diese Stadt ... Sie war alles, was sich Susanoo und seine Geschwister einstmals für die Menschen erträumt hatten. Sie bot der Natur Raum, sich zu entfalten. Und die Natur gab diesen Raum an die Menschen zurück. Die Luft war sauber und das Wasser klar. Vögel und Insekten rasten durch die Lüfte. Tiere lebten in den Bäumen und Parks. Hier gab es keine Ausbeutung. Keine Verschmutzung.

Nur eine dumme Debatte über die Kunst eines Blumenmagiers, der Bürgermeister werden wollte.

Susanoo konnte nicht anders, als den Kopf mit einem Lachen in seinen Händen zu vergraben. Verdammt, dieser komische Mann mit dem strahlenden Lächeln und der kleinen violetten Blume, die noch immer in Susanoos Haaren saß. Seine Magie fühlte sich an wie die Sonne selbst. Wie die frische Luft eines Waldes. Wie der Duft einer Blume in voller Blüte.

Mit einem kribbeligen Gefühl im Magen, das er lange nicht mehr gefühlt hatte, fragte Susanoo einen Passanten, wo er Fey's Coffeeshop fand. Der Mann war freundlich genug, ihm die Richtung zu weisen.

Das besagte Etablissement befand sich nur wenige Straßen weiter in einem futuristisch anmutenden Gebäude, das mit einem riesigen Mammutbaum verschmolzen war. Auf dem Gehsteig standen kleine Holztische und Stühle, geschmückt mit verschiedensten Blüten und kleinen, leuchtenden Lämpchen.

Lynx Felnia stand inmitten dieses kleinen Gastgartens und unterhielt sich mit einer offensichtlich errötenden Kellnerin, die sofort davoneilte, als sich die Gelegenheit dazu ergab. Als Lynx sein Herankommen bemerkte, grinste er so breit, dass Susanoo das Gefühl hatte, die Sonne wäre durch die Äste des riesigen Baumes über ihren Köpfen gedrungen.

»Da du hier bist, schätze ich einmal, dass ich deine Stimme bekomme?«, fragte Lynx mit einem Lachen und seine Augen huschten kurz zu der kleinen, violetten Blume, die noch immer in Susanoos Haaren saß.

Dieser erwiderte sein Lächeln – zum ersten Mal seit Tausenden, Abertausenden Jahren. »Ich weiß noch nicht, vielleicht brauche ich ein wenig mehr an Überzeugung.«

»Oh, die Herausforderung nehme ich mit Freuden an«, sagte Lynx und streckte ihm seine Hand entgegen, in der eine schneeweiße Blüte mit unzähligen, langen Staubblättern lag. Seine Augen funkelten verschmitzt.

Susanoo nahm die Blume entgegen und hielt sie in seinen Händen, als wäre sie das Kostbarste auf der Welt.

Er suchte Lynx' Blick und sagte so leise, dass man seine Stimme kaum hören konnte: »Ich bin Susanoo. Aus dem Meer. Und diese Stadt … Sie ist wunderschön. Ich hätte nie geglaubt, dass eine Stadt so schön sein könnte.« Er hätte nie geglaubt, dass die Menschen es schaffen würden, die Welt zu reparieren. Aber da waren sie. In einer heilenden Welt.

Lynx lachte auf. »Sehr erfreut, Susanoo aus dem Meer. Und ich verspreche dir, diese Stadt wird noch viel schöner werden, wenn wir uns nur genug anstrengen. Kunst und Blumen machen alles besser.«

Als Susanoo darauf nicht antwortete, ergriff Lynx seine Hand und verschränkte ihre Finger miteinander. Er war so warm. »Sag mir, mit welchem Kaffee kann ich dich am besten bestechen?«, fragte Lynx mit einem Zwinkern.

Susanoo zuckte die Schultern. »Höchstwahrscheinlich mit jedem.«

Lynx' Grinsen war wie ein zweiter Sonnenaufgang.

Lorenzo Maxwell

The Thread

»Sehr geehrte Zuschauende, verfolgen Sie live das größte Standoff, das die Welt seit Beginn des Solarzeitalters gesehen hat. Verpassen Sie mit uns keinen Augenblick von *The Thread*. Erleben Sie hautnah, was es bedeutet, wenn die Koryphäen des Häkelns gegeneinander antreten. Das Thema des diesjährigen Wettbewerbes lautet Yarn Bombing. Allen Teilnehmenden wurden per Losverfahren Bereiche der Stadt zugeteilt. Punkte werden vergeben nach gehäkelter Fläche, Anzahl der verwendeten Maschen, Häkeltechniken und Kreativität. Für die Verteilung der Kreativpunkte bitten wir Sie, nach dem Ende des Events in der App abzustimmen. Begleitet werden alle Häkelnden von einem Team bestehend aus jeweils einer fadenreichenden Person und einer Drohne. Und nun schalten wir ohne weitere Verzögerung zur ersten Drohne.«

Eine ältere Dame mit Sonnenhut hält lächelnd einen grasgrünen Burger in die Drohnenkamera.

Hinter ihr schwenkt ihre rothaarige Enkelin, die als Fadenreicherin fungiert, ein Schild mit der Aufschrift: Ihr beißt ins Gras!

»Hier sehen wir Oma Grashopper mit ihrer neusten Kreation, dem Grasburger. Alle Bestandteile dieses Burgers wurden auf regionalen Fassaden und Dächern produziert. Das von ihr verwendete Garn stammt ebenso aus der Region. Wird die mehrfache Meisterin ihren Titel wiedererlangen?«

Ein muskelbepackter Schrank, in dessen Händen die winzigen Häkel-nadeln unterzugehen drohten, winkte in die Kamera.

»Der Liebling der Massen Muscle Fiber geht mit dem Motto Eine Masche nach der anderen an den Start. Der Underdog hat sich in den letzten Jahren durch sein unglaubliches Durchhaltevermögen in die Herzen der Menschen gehäkelt. Auch wenn seine Geschwindigkeit bei Weitem nicht an die der anderen Teilnehmenden heranreicht, so stand er immer an der Nadel, von Beginn des Wettbewerbes bis zum Ende.«

»Hier sehen wir auch schon ein weiteres Team, dem es nicht um den Sieg im Wettbewerb geht. Nein, Illusionist geht es darum, eine Lichtin-stallation zu häkeln, die das natürliche Sonnenlicht beugt und bricht, sodass mit den Schatten der halb durchsichtigen Glasfasern ein Muster auf dem Boden kreiert wird. Lassen wir uns überraschen.«

»Auch Mister Twine, der erbittertste Rivale von Oma Grashopper, ist dieses Jahr wieder am Start. Werden sich die beiden erneut ein Kopf-an-Kopf-Rennen liefern, oder wird ein anderes Team den Sieg davontragen? Bleiben Sie gespannt.«

»Die Häkelnden nehmen ihre Positionen ein. Fäden und Nadeln liegen in den angespannten Händen. Atemlos schaut die ganze Welt auf dieses Spektakel. Die Drohnen geben das Startsignal. Oma Grashopper legt mit einer unglaublichen Geschwindigkeit eine meterlange Kette aus Luftmaschen vor. Laut ihrer letzten Pressemitteilung wird sie dieses Jahr alles für den Sieg geben. Doch die anderen Teams lassen sich davon nicht einschüchtern. Muscle Fiber macht getreu seines Mottos eine Masche nach der anderen. Die Fans, die sich in seinem Stadtteil aufhalten, stim-men einen Sprechgesang an. *Eine Masche nach der anderen.* Wenn Sie genau hinhören, liebe Zuschauende, so bemerken Sie, dass der Sprech-gesang bis in das Studio dringt. Einfach phänomenal, wie dieser Mensch die Massen bewegt.

Illusionist legt mit einer tunesischen Häkeltechnik ein gutes Tempo vor. Bereits bei der Verarbeitung glitzern und glänzen die Glasfasern, die Illusionist in langjähriger Arbeit aus recycelten Materialien gezogen hat, im Sonnenlicht. Mit welcher Hingabe er die filigranen Fasern zu einem Gesamtkunstwerk verarbeitet. Mister Twine hingegen setzt auf klassische Fäden in den verschiedensten Farben. Welche Muster und Flächen er sich vorgestellt hat, wollte der Künstler uns im Vorfeld nicht verraten. Blauer Faden bewegt sich durch seine Finger. Topas, Grünblau, Ozeanblau, Türkisblau. Die verschiedenartigen Blau- und Grüntöne lassen ein maritimes Motiv erwarten, was bei Mister Twines Herkunft aus dem ehemaligen Hafenviertel nicht weiter verwunderlich wäre.«

»Unglaublich, wie diese Menschen mit solch einer Leidenschaft für ihre Kunst brennen. Die Nadeln laufen heiß, so schnell wie die Maschen von den Nadeln gehen – liebe Zuschauende – machen Sie sich bereit für einen weiteren Showdown der Superlative.«

»Oma Grashopper wechselt von einer glatten kastanienbraunen Wolle zu einer grünen fransigen und zeigt ein fantastisches Teamwork mit ihrer Fadenreicherin. Einfach phänomenal, dieser Fadentausch in Sekundenschnelle. Auch Illusionist hat die Faser gewechselt. Atemberaubend glänzen die Glasfasern in der sengenden Mittagssonne. Der Schatten unterhalb der Fasern verspricht einen Hauch von Kühle, ebenso wie das maritime Motiv, das Mister Twine mit seinen Fäden zaubert. Wellen mit Schaumkronen sind bereits zu erkennen. Was für ein Anblick, liebe Zuschauende, das müssen Sie gesehen haben. Muscle Fiber singt sein Mantra *Eine Masche nach der anderen*. Die Menge ist begeistert davon, dass er sich nicht unterkriegen lässt und Jahr für Jahr mit Leuten misst, deren Häkelgeschwindigkeit und -technik übermenschliche Züge angenommen hat.«

»Mister Twine und Oma Grashopper haben begonnen, lebende Wesen in ihre Kunst zu integrieren. Nach den Regeln dieses Wettbewerbs muss für die Integration eines lebenden Wesens in das Kunstwerk die ausdrückliche Einwilligung des Lebewesens vorliegen. Lassen Sie uns die Wiederholung ansehen. Hier sehen wir, wie Mister Twine mit einem dunkelblauen Faden an die Palme herantritt. Und schon hat er den ersten Faden an die Palme gelegt. Wir können keinerlei Einwilligung der Palme erkennen. Mister Twine bekommt eine rote Karte. Er wird disqualifiziert und aufgefordert, die Fäden unverzüglich von der Palme zu entfernen. Sehen wir uns nun die Rückblende von Oma Grashopper an. Hier ist der erste Moment, in dem der silbern bemalte Straßenkünstler und Oma Grashopper aufeinandertreffen. Wir halten den Atem an, ich kann gar nicht hinsehen – liebe Zuschauende –, und da kommt es auch schon: Die Drohne hat die Bestätigung des Straßenkünstlers aufgezeichnet, mit der die Einwilligung in die Integration in das Kunstwerk gegeben wurde. Mir fällt ein tonnenschwerer Stein vom Herzen, dass Oma Grashopper sich nicht auch einen solchen Fehler, solch unverzeihlichen Verhaltens von Übergriffigkeit zu Schulden hat kommen lassen.«

»Was ist das? Ein dunkler Schatten schiebt sich über den Mittagshimmel und verdeckt die Sonne. Es ist größer als die größten Flugzeuge, die vor Beginn des Solarzeitalters existierten. Es handelt sich mit Sicherheit nicht um eine Drohne. Drohnen solcher Größe sind in der Nähe besiedelten Raumes nicht geduldet. Wie dieses Flugobjekt dort droben über den Kontrahenten kreist. Bekommen wir ein schärferes Bild? Natürlich bekommen wir ein schärferes Bild – liebe Zuschauende. Eine wagemutige Drohne fliegt in die Nähe des unbekannten Flugobjektes und stellt die Kamera scharf. Liebe Zuschauende, ich kann nicht glauben, was uns die Drohnenaufnahme zeigt: Bei dem unbekannten Flugobjekt handelt es sich um eine Tineola gigantea – eine Riesenmotte! Welch eine Katastrophe. Bedeutet dies das Ende für unseren Wettbewerb?«

»In wildem Sturzflug stößt diese Riesenmotte in die Tiefe. Glasfasern werden zerrissen, und Fäden aus biologischen Materialien verschwinden im kolossalen Maul dieser Bestie. Die Luftströmung, die durch die Flügelschläge verursacht wird, zwingt umstehende Leute in die Knie. Palmen brechen knarrend entzwei. Es ist ein schrecklicher Anblick – liebe Zuschauende – Menschen rennen in Panik durch die Stadt. Unglaublicher Lärm dringt von den Straßen bis in unser bescheidenes Studio. Liebe Zuschauende, für den Fall, dass ich den heutigen Tag nicht überlebe, möchte ich meine Familie grüßen und ihnen sagen, dass ich sie liebe. Sagen auch Sie Ihren Liebsten, was Sie Ihnen bedeuten. Morgen könnte es zu spät sein.«

»Tineola gigantea rast wild brüllend in die Masse aus Menschen, die noch vor wenigen Minuten das Motto Eine Masche nach der anderen sang und sich nun wild in alle Richtungen zerstreut. Muscle Fiber lässt sich davon nicht aufhalten und bleibt seinem Motto treu. Dieser Mann hat Nerven aus Stahl – liebe Zuschauende. Die Riesenmotte reißt mit ihren Kauwerkzeugen an den Fäden von Muscle Fibers Kunstwerk. Eine Katastrophe; der Wettbewerb ist für ihn gelaufen. Wenn der heutige Tag nicht sogar das Ende seines Lebens darstellt. 32 Jahre jung, hinterlässt er Mann und Kinder. Liebe Zuschauende, ich kann gar nicht dabei zusehen, wie dieser physische und mentale Fels von einem Menschen das Zeitliche segnet.

Doch was ist das? Oma Grashopper schwingt einen Schal wie ein Lasso über ihrem Kopf.

Um die Tineola gigantea einzufangen, ist dieses exquisite Stück Häkelkunst nicht lang genug. Was hat sie vor? Ein grüner Klumpen fliegt aus dem Schal in Richtung der Motte. Leider trifft er nicht, sondern fliegt direkt an den Mottenaugen vorbei. Tineola gigantea wendet sich von Muscle Fiber und dessen Kunstwerk ab und blickt in die Richtung, aus der das Flugobjekt auf sie zugerast ist.

Diese mutige alte Dame lenkt nun mit einem grasgrünen Fluggeschoss die Aufmerksamkeit der Motte auf sich. Wie tapfer. Lassen Sie uns genauer betrachten, was es mit diesem Flugkörper auf sich hat. Hier sehen wir eine Zeitlupenaufnahme der letzten Ereignisse. Oma Grashopper schwenkt den hellblau gemusterten Schal über ihrem Kopf, und da löst sich das grüne Objekt. Es ist ein Grasburger – verehrte Zuschauende – ein Grasburger fliegt soeben in Richtung der Tineola gigantea. Oma Grashopper bekommt von ihrer Fadenreicherin auch schon einen weitereren Burger gereicht. In Windeseile belädt sie den Schal erneut und feuert ein weiteres Geschoss.

Am laufenden Band fliegen Grasburger in Richtung der Tineola gigantea, die einen wilden markerschütternden Schrei von sich gibt. Ein Grasburger landet im Maul der Riesenmotte, die daraufhin ihr Wüten einstellt und mit geöffneter Futterluke vor Oma Grashopper auf der Stelle fliegt.

Illusionist eilt zusammen mit einem Fadenreichenden, voll beladen mit Glasfasern, in Richtung des disqualifizierten Mister Twine. Was haben die beiden vor? Wild gestikulierend reden die beiden auf ihn ein. Schalten wir für eine Nahaufnahme zur Drohne:

... der schnellste Häkelnde nach Oma Grashopper. Wir glauben daran, dass Sie es mit dieser Faser schaffen können.

Was genau haben diese jungen Menschen vor? Sie drücken Mister Twine ihre hart erarbeiteten Glasfasern in die Hand. Ich kann es kaum glauben. Sie sehen das doch auch – verehrte Zuschauende – ich bin beinahe gewillt zu glauben, dass meine Sinne mir einen Streich spielen: Es scheint, als würde Illusionist seine gesamten Glasfasern an Mister Twine übergeben, der daraus in einer Geschwindigkeit, die sich mit der von Oma Grashopper messen kann, eine blau schimmernde Kette häkelt.

Könnte bitte eine Drohne eine Nahaufnahme der Kette machen – und hier haben wir auch schon unsere Nahaufnahme. Ein blauer Faden ist eingeschlossen in einen aus Glasfasern gehäkelten Mantel.

Illusionist nimmt den ummantelten Faden von Mister Twine entgegen. Sehen Sie nur – verehrte Zuschauende – so ein unglaubliches Teamwork zwischen Kontrahenten dieses Wettbewerbs hat die Welt noch nie gesehen; mir kommen Tränen der Rührung. Illusionists Fadenreicher tritt an Muscle Fiber heran, und Muscle Fiber legt zum ersten Mal seit Beginn des Wettbewerbes seine Nadel aus der Hand. Seite an Seite weben die Kontrahenten Mister Twine und Illusionist aus den Fasern der beiden gegnerischen Teams ein Seil, das jetzt die Stärke eines der Unterarme von Muscle Fiber aufweist. Muscle Fiber ergreift das Seil. Alle Teams nähern sich der Riesenmotte wie ein eingespielter Organismus.

Oma Grashopper ist noch immer damit beschäftigt, Grasburger in das Maul der Tineola gigantea zu befördern. Ihre Fadenreicherin fungiert als Burgerreicherin. Dieses seit Jahren eingespielte Team von Großmutter und Enkelin steht dem frisch zusammengewürfelten Haufen aus Kontrahenten in Sachen Teamwork in Nichts nach.

Die Grasburger im Burgerkorb gehen Stück für Stück zur Neige. Verehrte Zuschauende – die Frage, die Sie sich sicher alle, die zu Hause vor den Empfangsgeräten sitzen, stellen, wird in Kürze beantwortet: Wird sich die Tineola gigantea nach dem letzten Grasburger auf Oma Grashopper stürzen?

Der letzte Grasburger hat den Burgerkorb verlassen.

Mister Twine, Muscle Fiber und Illusionist umzingeln die Bestie. Muscle Fiber schwingt eine Schlinge aus dem blau schimmernden Seil über seinen Kopf, bestehend aus Glasfasern und maritim anhauchenden Fäden. Eine perfekte Imitation von Oma Grashoppers Schwung. Muscle Fiber lässt die Schlinge fliegen – und trifft. Die Schlaufe liegt hinter dem Kopf der Motte. Muscle Fiber zieht. Das Seil schnürt sich enger um den Hals.

Tineola gigantea brüllt und schlägt heftig mit den Flügeln. Eine Einwilligung der Motte in die Inklusion in das Faserkunstwerk liegt eindeutig nicht vor. Muscle Fiber wird disqualifiziert.

Die Windstöße der Motte fegen Muscle Fiber beinahe von den Füßen. Wie lange kann er das Monster halten? Mister Twine, Illusionist und Oma Grashopper eilen ihm zu Hilfe und ziehen am Halteseil. Damit sind auch Illusionist und Oma Grashopper aus dem Wettbewerb ausgeschieden. Das ist eine sensationelle Neuheit. Noch nie zuvor in der fünfjährigen Geschichte von *The Thread* sind alle Teilnehmenden aus dem Wettbewerb ausgeschieden, weil sie mit vereinten Kräften die Tineola gigantea bezwingen.

Die ehemaligen Kontrahenten ignorieren die roten Karten, die durch ihre Drohnen angezeigt werden, und wickeln das Seil um die Riesenmotte. Das Zusammenspiel zwischen Muscle Fiber und Illusionist, der die Motte sprintend umrundet, ist einmalig, während die beiden erbitterten Rivalen Mister Twine und Oma Grashopper Hand in Hand an der Halteleine ziehen.

Ich bin gerührt – verehrte Zuschauende – denn ein solches Zusammenspiel habe ich noch nie erlebt.

Da kommt Oma Grashoppers Enkelin mit einem weiteren Korb backfrisch dampfender Burger herbeigesprintet, gefolgt von mindestens dreizehn Lieferdrohnen, die alle einen überquellenden Korb von Grasburgern mit sich tragen und diese vor der Motte ausladen. Das Seil um Tineola gigantea fixiert ihre Flügel. Doch die Motte hat nur noch Augen für den Berg an Grasburgern, der sich vor ihr ausbreitet.

Bis auf die Kauwerkzeuge, mit denen Tineola gigantea sich den Burgern widmet, ist sie plötzlich vollkommen regungslos.

Das Team aus ehemaligen Widersachern führt die durch die Seile gehaltene Motte mit einer Schlange burgertragender Drohnen aus dem Zentrum der Stadt in Richtung Oma Grashoppers Burgermanufaktur.

Das müssen Sie sich ansehen – verehrte Zuschauende – wie Tineola gigantea hinter einem Schwarm burgertragender Drohnen über den Boden der Stadt tapst. Hätte ich vorhin nicht selbst gesehen, welch eine Gefahr von der Riesenmotte ausgeht, so würde ich sie nach dieser unbeholfenen Darbietung für vollkommen harmlos halten.

Oma Grashopper, Mister Twine, Muscle Fiber und Illusionist bauen sich vor der Grashopper-PR-Drohne auf. Oma Grashopper hält das Mikrofon. Hören wir uns an, was sie zu sagen hat.

Entgegen meiner letzten Pressemitteilung habe ich dieses Jahr nicht alles für den Sieg gegeben. Ich möchte mich bei meinem Enkel entschuldigen, dem ich versprochen hatte, dass er die Siegertrophäe halten darf. Nach den eben eingetretenen Ereignissen kann ich dieses Versprechen nicht halten; wir sind nicht gewillt, die Leben der Teilnehmenden dieses Wettbewerbes, der Lebewesen dieser wunderschönen Stadt und unserer eigenen Familie für einen Sieg zu gefährden, solange es eine Möglichkeit gibt, diese Gefahr abzuwenden. Die Motte wird bis auf Weiteres auf dem Gelände der Grasburgermanufaktur untergebracht. Ich möchte mich hiermit bei allen Bewohnern dieser Stadt entschuldigen, da auf absehbare Zeit keine Grasburger mehr für den menschlichen Verzehr bereitgestellt werden können.

Welch eine bewegende Rede – verehrte Zuschauende. Auf der einen Seite sehen Sie eine tapfere ältere Dame, die mit diesen wunderbaren Menschen diese Stadt gerettet hat, auf der anderen Seite sehen Sie einen in Tränen aufgelösten Moderator. Und nun das Wetter.«

Oliver Bayer

Als wir uns treffen, lächeln die Dinos

20 Jahre lang ließ ich Dinos durch Düsseldorf laufen. Jetzt verfolgen sie mich – bis in dieses Interview. Der zweite Veränderungstag hätte auch für mich ein Neuanfang sein sollen, doch etwas Neues habe ich nicht vorzuweisen. Noch nicht.

»Kümmerst du dich jetzt nicht mehr um deine Dinos, Sky?«, fragt Lilli Kazami.

In Berlin stehe ich auf dem grün bewachsenen Band, das einmal eine mehrspurige Autostraße war. Es soll Mittelpunkt meiner neuen Installation werden, in der ich die Vergangenheit zum Leben erwecke: eine Vergangenheit, die diesmal nicht bis zu den Dinosauriern zurückreicht.

Während ich die Location für mein neues Werk ablaufe, spreche ich mit Lilli Kazami über die Zukunft virtueller Street-Art. Sie hat schon einmal ein Interview mit mir geführt – nach dem ersten Veränderungstag. Damals lief ich mit Lilli am Device durch Düsseldorf und stellte mir vor, wie Dinosaurier die Bänder zwischen den Häusern bevölkern. Ich war voller Ideen und sicher, dass die Installation großartig werden würde. Sie wurde großartig.

Und heute? Ich bin etwas enttäuscht. Heute löst das Interview weder Inspirationsschübe noch Wunder aus. Ich fühle mich unsicher. Dafür ist Lillis Interviewstil deutlich selbstsicherer. Außerdem führen wir das Gespräch auf Deutsch im Originalton – ohne Voice-Over über das Polnische, wie beim letzten Mal – und ohne jeden Rückfall ins Englische. Es liegt nicht an ihrer Übersetzungsapp. Sie hat Deutsch gelernt und das ausgesprochen gut. Immer wieder schaue ich auf mein Device, um ihre Lippen zu beobachten, wie sie sich synchron zu ihren Worten bewegen. Faszinierend.

Sie sendet definitiv Livebilder und verwendet keinen Avatar, so wie ich. Ich lasse meinen Avatar die linke Augenbraue anheben. Auf der Nase kräuseln sich die Sommersprossen:

»Ich möchte jetzt bedeutendere Spuren auf dem Planeten hinterlassen«, antworte ich auf ihre Frage, ob ich mich noch um Dinoträume kümmere.

»Die Spuren eines Argentinosaurus finde ich ziemlich bedeutend«, sagt Lilli.

»Es sind virtuelle Dinos. Die hinterlassen gar keine Spuren. Man kann sie nur sehen, wenn man ein AR-Device verwendet …«

»… und den Tags im Stadtgebiet folgt«, ergänzt Lilli und holt tief Luft: »Sky, du hast eine ganze Generation inspiriert. Viele Kinder wollen Dinosaurier erforschen. Andere erschaffen kleine AR-Kunstwerke und haben vielleicht den letzten Veränderungstag genutzt, um sich ebenfalls der Street-Art zu widmen. Augmented Reality als Form der Street-Art hat sich auf der ganzen Welt verbreitet. In München kann man Rieseninsekten bewundern, in Tallinn Wale beobachten, und in Bangkok gibt es zusätzlich zu den Dinosauriern einen lebensechten Kometeneinschlag.«

»Das macht vielen Leuten unnötig Angst«, sage ich, denn die Installation in Bangkok mag ich nicht: eindringlich. Bildgewaltig. Aber das Rendering genügt meinen Ansprüchen nicht.

»Ich war dort«, sagt Lilli. »Es war ein riesiges Spektakel für das Auge, aber ich habe keine Angst bekommen. Ich stand mitten in der Apokalypse, doch gefühlt war sie ganz weit weg.«

»Ich weiß, was du meinst«, sage ich und denke an meine eigene Installation: Bedrohlicher als jeder Kometeneinschlag soll sie wirken, aber wie schaffe ich es, dass man die Bedrohung auch spürt? Ich aktiviere den AR-Modus und betrete meinen aktuellen Entwurf. Quer über das urbane Band spannt sich die detailgetreue Nachbildung der Vergangenheit: Eine sechsspurige Einfallstraße, auf der sich Autos bis Berlin-Mitte schlängeln.

Echte Bäume und Rehe sind im Weg, die muss ich später kaschieren. Es ist tatsächlich einfacher, realistisch wirkende Dinos durch eine Stadt laufen zu lassen als solche Autokolonnen. Die wollen sich partout nicht in die Umgebung einfügen, obwohl sie diese vor wenigen Jahrzehnten dominierten. In den 20ern hätte sich alles den Automassen unterordnen müssen.

Jetzt genügt ein einzelnes Reh, um die Illusion zu zerstören. Es steht auf der virtuellen Straße, die nur ich sehen kann, und schaut mich mit großen Kulleraugen an. Ein Caravan fährt einfach durch das Reh hindurch. Es kümmert sich nicht darum, sondern kommt langsam auf mich zu. Automatisch krame ich in meiner Tasche nach einer Möhre.

»Apropos ganz weit weg«, sagt Lilli. »Machst du seit dem Veränderungstag keine Street-Art mehr? Willst du uns nicht mehr mit AR-Überraschungen erfreuen?«

»Ich mache weiter Street-Art. Ich stehe mittendrin«, sage ich und schrecke damit das Reh auf.

Es lässt mich mit einer Möhre in der Hand inmitten rasender Autos zurück. Der kontinuierliche Strom fahrenden Blechs rauscht an mir vorbei. Gefahr verspüre ich nicht. Keinen Stress. Keine Hektik. Keine permanente Angst – weder um mich noch um spielende Kinder. Das ist das Problem. Wenn mein virtueller Autoverkehr so harmlos bleibt wie der apokalyptische Kometeneinschlag in Bangkok, dann kann ich meine Botschaft nicht vermitteln. Dann ist das alles hier sinnlos.

»Mein neues Projekt soll nicht mehr nur Spaß bringen«, erkläre ich und ziehe die Möhre durch die Luft. »Meine Kunst soll zum Nachdenken anregen.« Ich habe ein kleines Wortspiel vorbereitet: »Ich mache jetzt echte Street-ARt. ›Street‹ für Straße und ›AR‹ für Augmented Reality.«

»Nicht ›Arrr‹ für Piratikses? Das wäre mein Tipp für dich gewesen, Sky.«

»Nein, Lilli. Hast du mir das Piratikssetting nicht schon bei unserem letzten Interview vorgeschlagen? Vor 20 Jahren?« Ein Wunder, dass ich mich daran erinnere.

»Ja, aber du hast es nicht umgesetzt«, sagt Lilli und lacht.

Es klingt, als wären wir über all die Jahre befreundet. Aber wir haben seitdem nicht gesprochen und sind uns nie in Präsenz begegnet. Lilli kennt nur meinen Avatar, und ich bin froh, dass sie mich in diesem Moment nicht mit der Möhre in der Hand sehen kann. »Nun, damit hattest du deine zweite Chance, mir etwas Neues vorzuschlagen«, sage ich.

»Danke übrigens«, sagt Lilli in einer tieferen Tonlage. »Ich weiß, wie selten du Interviews gibst, und es ist mir eine Ehre, so bekannt und beliebt ...«

»... sagt eine Journalistin, die quer durch die Welt reist«, unterbreche ich sie. Das ist mir nämlich durchaus aufgefallen.

»Oh, seit dem Veränderungstag bin ich keine Journalistin mehr«, sagt sie. »Sky, du weißt, dass unser Interview damals mein erstes Interview mit – einer wichtigen Person war. Dieses hier ist mein letztes. Ich habe mir gewünscht, dass das heute mein letzter Beitrag für den Cast wird.«

Was soll ich darauf antworten? Vor 20 Jahren war ich so aufgeregt, wollte unbedingt über die Dinosaurier-Installation reden. Die Einfälle sprudelten. Wir ließen uns beide mitreißen. Und jetzt lasse ich die virtuellen Autos links und rechts an mir vorbeiströmen und spüre nichts. Sie sind wie vorüberziehende Geister aus den 20ern. Ich weiß nicht, wie ich das Publikum mit diesen Geistern zum Nachdenken verführen soll. Ich weiß nicht, wie ich Lilli damit begeistern kann.

Aus dem Strom erscheint das Reh, das sich mir wieder langsam nähert. Es schnuppert an der Möhre. Ich halte sie ihm hin: »Hier, für dich.«

»Was ist für mich?«, fragt Lilli.

»Die Möhre«, sage ich, »... die ist für das Reh. Entschuldige, Lilli. Hier ist ein Reh, das mich bei meiner neuen Installation unterstützt.«

»Süß. Gehört es zu deiner Crew?«

»Ich arbeite ohne Crew«, sage ich. Ich habe es versucht, hatte aber immer das Gefühl, am Ende alles selbst machen zu müssen, und wenig Interesse, mich zusätzlich um die Projekte anderer zu kümmern. Teamfähigkeit ist nicht meine Stärke. »Aber wenn ich eine Crew hätte«, ergänze ich, »wäre das Reh hier sicher dabei.«

»Riggende Rehe sind also doch nicht das Next Big Thing«, sagt Lilli. »Wohin geht dann der neuste Trend?«

»Früher wollten Street-Art-Künstlikses eine Botschaft senden. Da war die Aussage wichtiger als die Form. Mit den technischen und finanziellen Möglichkeiten stiegen die Ansprüche an die Präsentation. Wir alle führen AR-fähige Devices mit uns, und manch Künstliks reicht das Grundeinkommen, um jahrelang an einer einzigen Installation zu feilen. Die Anerkennung, die man durch eine gelungene Show bekommt, macht süchtig. Obwohl meine Identität unbekannt ist, habe auch ich viel zu lange von der Anerkennung gelebt. Wer braucht eine gesellschaftlich relevante Botschaft, wenn alle virtuelle Dinos lieben?«

»Aber das reicht dir nicht mehr«, mutmaßt Lilli.

»Es sollte uns allen nicht mehr reichen. Wir lieben, was uns spontan begeistert. Aber für die Zukunft lernen können wir nur, wenn wir erst einmal irritiert werden.«

»Du willst nicht mehr geliebt werden?«, fragt Lilli.

»Wer geliebt werden will, sollte nicht Künstliks werden.«

»Jetzt bin ich irritiert.«

»Das ist gut. Dann denkst du darüber nach, und vielleicht ist deine Begeisterung später viel größer, weil du etwas Neues gelernt hast.«

»Und das erreichst du wie?«

»Kunst löst Gefühle und Stimmungen aus, und das dürfen auch befremdliche Gefühle sein. Wir haben uns in der virtuellen Street-Art viel zu weit von der Kunst entfernt, weil wir das Mögliche auskosten und uns an der Schönheit virtueller Welten sattsehen wollten. Es ist an der Zeit, dass die Street-Art uns wieder dazu bringt, auf sie zu reagieren. Kunst muss uns triggern, uns bewegen. Virtuelle Street-Art wird sich wieder in diese Richtung entwickeln.«

Mein Hals ist trocken. Ich sammle neue Spucke. Ich habe weit ausgeholt und es erfolgreich geschafft, nicht über mein neues Projekt zu sprechen. Hoffentlich klang mein Monolog halbwegs intelligent.

»Hey, jetzt nimm die Möhre mit, ich muss ein wichtiges Interview führen«, sage ich dem Reh. Schnell flüchtet es ohne die Restmöhre über die virtuelle Straße und wird dabei dreimal folgenlos überfahren. Das Reh schert sich nicht um eine angemessene Reaktion auf die Kunstinstallation.

»Street-Art soll die Menschen beeinflussen. So habe ich deine Worte verstanden«, sagt Lilli. »Weißt du, Sky: Deine Dinos beeinflussen die

Menschen. Sehr sogar. Nicht obwohl, sondern weil die Dinos instant begeistern und Freude bringen. Wäre es da umgekehrt nicht spannender, wenn in Zukunft die Menschen viel mehr die Street-Art beeinflussen könnten?«

»Kunst ist immer von Menschen beeinflusst.«

»Ich meine direkte Interaktion. Wir interagieren in Games und VR-Welten. Warum grenzt sich Street-Art da von AR-Spielen ab?«

»Diesen Spielen räumen wir eine ganze Menge an Rechten ein, damit sie funktionieren. Street-Art soll den Menschen begegnen können, ohne dass sie vorher ihre Devices dafür einrichten müssen«, erkläre ich. »Ich kann den Menschen als Street-Art-Künstliks Bild und Ton auf ihr AR-Device senden, aber ich habe keine direkte Kontrolle über die Sensoren.« Leider ist genau dies mein Problem. Bild und Ton reichen nicht, um meinen mühsam modellierten Berufsverkehr zum Leben zu erwecken und die Leute einen authentischen Autoverkehr spüren zu lassen.

»Für deine Dinos in Düsseldorf«, beginnt Lilli und macht eine Pause, bevor sie fortfährt. »Für deine Dinos gibt es eine Mod, bei der man mit den Dinos interagieren kann. Wusstest du das?«

Es gibt immer wieder Mods und Leute, die mein Werk crossen wollen. »Gibt es wieder einen Hack, bei dem man die Dinos abschießen kann? Das ist grausam. Damit meine ich: auch in der Umsetzung. Ich würde das wirklich nicht als Interaktion bezeichnen. Sonst hätten die Dinos schon längst ein paar dieser Hackikses gefressen.«

»Es ist kein Crossing«, sagt Lilli schnippisch, »es ist ein wertschätzender Remix, der all dem Herzblut und der Mühe, die du in die Dinos gesteckt hast, Respekt zollt. Man kann heute mit der Cross-Device-Sensor-Technik eine Menge machen, weißt du? Als Street-Art-Künstliks musst du alles nutzen, was die Umgebung dir bietet, und die technische Umgebung ist eben vielfältig. Es gibt nicht nur eine Schnittstelle, nicht die eine Freigabe, den einen Dienst, den du nutzen kannst. Nur weil du nicht alles kontrollieren kannst, heißt das nicht, dass Interaktion unmöglich ist.«

Natürlich kenne ich den Hype um die Cross-Device-Sensor-Technik. Anscheinend kann und muss man sie überall einsetzen; ein mächtiges Werkzeug, aber unkontrollierbar, unplanbar und unsicher. Ich sehe keine Möglichkeit, die Technik für mich nutzbar zu machen. Wie viele Jahre soll ich denn aufwenden, damit ich alle Schnittstellen und Dienste, die eventuell freigegeben und nutzbar sind, mit akzeptabler Qualität beliefern kann? Ich mache keine Techdemos, ich muss mich darauf verlassen können, dass die Menschen die Dinos so erleben, wie ich mir das vorgestellt habe ... und die Autos.

»Entschuldigung«, sagt Lilli am Ende noch, kurz bevor wir das Interview abschließen. Wofür? Dafür, dass ich mit der Cross-Device-Sensor-Technik nichts anfangen kann?

Meine neue AR-Installation habe ich deaktiviert. Ich stehe wieder allein in der Welt, in der ein breites grünes Band die Häuserzeilen durchschneidet. Vor mir raschelt kniehohes Gras, links und rechts bevölkern Vögel und Eichhörnchen die Bäume. Eine Gruppe von Rehen hat sich auf den hinteren Teil der Wiese zurückgezogen. Ein Reh trottet erneut in meine Richtung.

»Findest du, dass ich Trost brauche, oder vermutest du eine weitere Möhre in meiner Tasche?«

Eine letzte Möhre habe ich. Das Reh schleckt mir über die Hand, als ich gehen möchte. »Danke«, sage ich, »ich komme wieder. Vermutlich.«

Dann nehme ich meine feuchte Hand mit in den Schatten des solarbedachten Weges und halte nach einem Fahrrad oder Roller Ausschau. Der Roller, mit dem ich gekommen bin, steht noch bereit. Doch anstatt zu meiner neuen Wohnung zu fahren, peile ich den nächsten Bahnhof an. In dieser Woche wollte ich im Feld arbeiten; fünf Tage mit der Location experimentieren, bevor ich mich hinter meinen Schreibtisch verkrieche und weiter modelliere. Jetzt verlege ich das Experiment – nach Düsseldorf an meinen alten Wirkungsort, an dem nun diks Moddiks aktiv ist.

Vier Stunden später treffe ich in Düsseldorf ein. Vom Kopfbahnhof Mörsenbroicher Ei aus kann ich den denkmalgeschützten ARAG Tower und die Hochhäuser aus den 20ern sehen, die auch heute ein Co-Working-Zentrum sind. Viele Tage und Nächte habe ich dort an Schreibtischen verbracht. Manchmal unten bei den anderen, am liebsten einige Stockwerke höher in meiner kleinen Wohnung. Von dort oben konnte ich meine Langhalsdinos betrachten. Zwischen den Hochhäusern wirken die riesigen Dinosaurier am besten.

Aus der Distanz ist das Mörsenbroicher Ei wunderschön. Über das ganze Gelände spannt sich eine alte Hochstraße für Radfahrende, darunter tobt das Leben. So viele Menschen tummeln sich dort. Sie spielen, arbeiten, lesen, treiben Sport, machen Pause, unterhalten sich, streiten sich, tun all die Dinge, die Menschen tun. Die Kleidung mancher Leute leuchtet in tausend Farben, andere leuchtet nicht selbst, ist aber bunt oder glänzend. Tiere und Pflanzen sind hier nur stille Kulisse.

Je näher ich dem Zentrum meiner Dino-Installation komme, desto lauter und unangenehmer wird es. Ich mag es, wenn Menschen die Dinos mögen, aber ich bevorzuge es, das alles aus der Ferne zu beobachten.

Ich entdecke mehrere Dinos vor dem Ando-Tower am Kittelbach und bahne mir einen Weg an den vielen Menschen vorbei. Dann wollen wir einmal sehen, was Cross-Device-Sensor-Technik und diks Moddiks kann.

Ich sehe eine Gruppe von Kindern die Dinos anbrüllen. Ein Spinosaurus und zwei Triceratops brüllen lauthals zurück, ein Euoplocephalus dreht sich im Kreis und schlägt seinen Schwanz in den Kittelbachteich. Wasser spritzt. Leute flüchten vom Teichufer. Das ist – beeindruckend.

Ich nähere mich der Gruppe. Mein Blick fällt auf die Person mit einem Sensorblock in der Hand, die die Kinder auffordert, lauter zu brüllen. Diese Person ist Lilli. Lilli ist hier!

Warum ist Lilli nach Deutschland, nach Düsseldorf gekommen? Nur für das Interview mit mir? Für Vor-Ort-Recherche und O-Töne? Ich stelle mich neben die Gruppe und verfolge, wie Lilli die Kinder auffordert, mit den Dinos zu spielen – zu interagieren.

Die Dinos verhalten sich unnatürlich, dennoch macht es Spaß, ihnen zuzusehen. Ich habe immer den Blick aus dem Hochhausfenster genossen, wenn die Dinos durchs Gelände schritten. Hier stehe ich am Rand und bin doch mittendrin. So viel Freude, so viele – Emotionen bei den Leuten. Ich muss zugeben; diese Mod, die Lilli nutzt; sie ist genial.

Ich spüre einen warmen Luftzug und wende mich nach rechts. Ein Diplodocus beäugt mich mit großen Augen. »Was machst du denn hier?«, frage ich ihn.

Er grunzt und beugt seinen Kopf herunter.

»Echt jetzt? Soll ich dich streicheln?«

Er öffnet sein Maul und präsentiert seine feuchte Zunge. Noch ehe ich ihm eine weitere dumme Frage stellen kann, fährt er mit seiner Zunge über mein Gesicht. Und das ist ... feucht! Ich wische mir Tropfen von der Nase. Wie kann das sein?

»Ist alles okay?«, fragt Lilli und lächelt mich an. Sie steht jetzt direkt neben mir.

»Ja, alles gut«, sage ich. Obwohl sie mich nicht erkennt, muss ich erst einmal verdauen, dass sie mich hier in Präsenz anspricht.

»Ich muss mich noch um die Feinjustierung kümmern, will die Leute ja nicht verschrecken«, sagt sie und hebt entschuldigend ihre freie Hand.

»Das ist dein Werk?«

»Nein«, sagt Lilli und lacht nervös. »Alle hier wissen, dass Sky die Dinos erschaffen hat.«

»Aber die Interaktion, die Zunge«, entgegne ich.

»Ja, zugegeben, die Zunge ist meine Schuld.«

»Wie funktioniert das?«

»Oh, in diesem Fall nutzt das System das feine Locationtracking deines primären Devices und die Lagesensoren der sekundären Devices in deinen Händen oder deiner Wearables, um mit dir Augenkontakt herzustellen – und dann ist da noch der glückliche Umstand, dass es auf das Bewässerungssystem vor dir zugreifen kann.«

Ich werfe einen Blick auf den Pflanzensprenger zu meinen Füßen.

»Wenn die Besuchenden mehr Sensoren ihrer Devices freigeben, lässt sich noch mehr machen«, fährt Lilli fort. Sie zeigt mir ihr Fitnessarmband. »Manche Menschen haben Angst vor den großen Dinos, wenn diese näher kommen. Sofern sie ihren Fitnesstracker freigegeben haben, erkennt die Installation bei Angst einen erhöhten Puls und sorgt dafür, dass die Dinos lächeln, um ihnen die Angst zu nehmen.«

»Das ist unrealistisch. Dinos lächeln nicht«, sage ich und lächele. »Bekommen die Leute keine Angst, wenn sie sehen, dass eine Street-Art-Installation auf all ihre Dienste zugegriffen hat?«

»Wieso? Der Zugriff wird sauber protokolliert, und die Freigabe der Dienste ist freiwillig. Ich bin mir sicher, wenn sie das Protokoll sehen, erinnern sich die Leute an das tolle Erlebnis, das sie hatten, und fühlen sich gut.«

»Du bist also die Modderin mit der Cross-Device-Sensor-Technik, die sich jetzt um die Dinos kümmert«, stelle ich fest.

»Ja, bin ich. Und du bist Sky«, sagt sie und grinst.

Das lässt sich nicht verneinen. Offenbar hat sie erwartet, dass ich komme.

»Du kräuselst deine Nase und verziehst die linke Augenbraue. Genau wie dein Avatar.«

»Echt?«

»Ja, das würde ich überall erkennen«, sagt sie, lacht und zieht dann ihre Unterlippe nach vorne. »Du magst es nicht, oder? Ich hätte deine Installation nicht modifizieren dürfen. Ich werde es rückgängig machen. Das ist okay. Ich habe da sowieso noch ein Piratiksprojekt am Rheinufer, das ich unbedingt machen möchte.«

Das wäre angemessen. Veränderungstag hin und her, Crossing gehört sich nicht. Aber es gibt einen Grund, dass Lilli weitermachen sollte: »Ich mag es«, sage ich.

Lilli lacht wieder und streift sich mit der Hand über die Wange: »Das Piratikssetting mache ich trotzdem.«

»Hast du eine Crew für deine Piratiks-Installation?«, frage ich.

»Ja, eine Piratiks-Crew«, ruft Lilli, und ihr Lachen wird zu einem breiten Grinsen.

Sie ist gut, sie weiß, was sie tut, und natürlich hat sie eine Crew für ihr Projekt. Ich sollte stolz darauf sein, ein Vorbild für sie gewesen zu sein. Meine Dinos haben sie inspiriert. Ich schaue zu den Langhälsen hinüber, die sich uns daraufhin langsam nähern.

»Ja«, sagt Lilli nochmals, »meine Piratikses sind eine coole virtuelle Crew. Die Lilli-Crew im Real Life dagegen hat nur ein Mitglied: mich selbst. Es gab keine andere Street-Art-Crew, der ich mich hätte anschließen wollen.«

»Und wenn jemand deiner Crew beitreten wollen würde?«

»Wer möchte denn bei einer Crew mitmachen, die nur ein Mitglied hat, aber kein Konzept für gesellschaftliche Relevanz?«

»Es geht deiner Crew um den Spaß«, sage ich.

»Ja«, sagt Lilli.

»Ich möchte mitmachen. Gibst du mir eine dritte Chance?«

Als Lilli antwortet, lächeln die Dinos.

C. F. Srebalus

Bugreport

Nur wer zu Regen wird, versteht das Geheimnis der Zeit, hieß es in einem alten Sprichwort. Was das bedeuten sollte, wusste Sesuna nicht. Was sie aber wusste, war, dass diese Gewitterfront Tausende von Tonnen wertvolles Wasser gespeichert hatte und heute über ihr ausgoss.

Die laut prasselnden Tropfen an der Scheibe malten Rinnsale aus Schatten auf die braune Haut ihrer Wangen. Schließlich wandte sie sich von der Glaskuppel ab, die sie hier oben schützend umschloss, und zog ihre Schuhe aus. Sie schlenderte über den Holzweg, der durch die aquaponische Anlage führte. Zärtlich strichen ihre Finger über die zierlichen, leicht fluoreszierenden Blüten zu ihrer Rechten. Links neben ihr trottete ihre Hündin Nya. Die Bohlen waren warm und beinahe von der Farbe ihrer nackten Füße, was sie – so empfand es die ehemalige Diplomatin – auf eine angenehme Weise noch mehr mit diesem Ort verschmolz. Verschieden große Fische huschten dort unter dem Steg hervor, wo sie entlangging. Ein silbernes Schwappen, das ihre Silhouette auf dem Wasser verwischte, dann wieder abendliche Stille, nur der trommelnde Regen und der gelegentliche Bass des Donners.

Die Lichter waren gedimmt, um einen natürlichen Tag-Nacht-Rhythmus für das künstliche Ökosystem zu generieren. Nur eine gelbe LED blinkte im stummen Alarm hinten bei einer der Pumpen, und gelegentlich erhellte ein Blitz des draußen tosenden Gewitters den Garten unter dem Glasdach des Kongressgebäudes.

Routiniert band Sesuna ihre ergraute Mähne zurück und krempelte die Ärmel hoch, damit sie nicht nass würden. Nach ihrem diplomatischen Dienst hatte sie hier und da wieder Ingenieurstätigkeiten aufgenommen. Dank ihres politischen Engagements und aus Respekt vor ihr als Zeitzeugin des *Wandels* hatte man ihr die Pflege ihres Lieblingsortes erlaubt, nachdem sie in den Ruhestand gegangen war. Das gab ihr etwas Sinnvolles zu tun, und die Jüngeren der Gartenpflege-Unit profitierten durch den Austausch oder zumindest durch die Entlastung auf ein geduldiges weiteres Paar Schultern.

Die Fehlermeldung der Filtervorrichtung an den Flut-Ebbe-Pumpen musste auf einen Programmierfehler im neuesten Update zurückzuführen sein, denn sie hatte die letzten Tage immer wieder die Konstruktion untersucht und auseinandergeschraubt, aber keine Ursache der Störung gefunden. Allgemein versuchten sie hier zwar möglichst viel zu erhalten und zu reparieren, bevor ganze Teile ersetzt wurden, aber am Verschleiß lag es zumindest dieses Mal nicht. Das Zugriffs-Panel steckte auf Kniehöhe, und es dauerte etwas, bis Sesuna in den Subroutinen die betreffende Codezeile und den darin enthaltenen Tippfehler entdecken und korrigieren konnte. Sie flüsterte ein Stoßgebet, dass sich dadurch nicht ein anderer Fehler eingeschlichen hatte.

Zum Jahrestag der Katastrophe, die den *Wandel* eingeläutet hatte, fanden überall Tagungen statt, und sie genoss das Prasseln des Regens auf der Kuppel über ihr mehr als das Gewusel der Abgesandten in den unteren Geschossen. Erst heute sollte eine Delegation der *Saatkrähen,* dem neu gegründeten Interessenverband zur Permakultur, eingetroffen sein und sich gleich so sehr mit den *LaboratOrganics* und dem Fachbereich der Grauen Energie gezankt haben, dass die Federn geflogen wären. Früher hatte sie diese Art von Tumult geliebt, er hatte sie belebt, aber diese Zeiten waren lange vorbei. Jede Generation hatte ihre Kämpfe, und sie hatte wahrlich genug für zwei Leben gekämpft!

Das erneute Ansteuern des Wasserfilterkreislaufs gelang schließlich, und das simulierte Gezeiten-Ballett nahm seinen langsamen Walzer wieder auf. Sesuna steckte das Panel an seinen Platz zurück und ächzte, als sie sich aus der unbequemen Haltung am Becken erhob. Mit dem Verschleiß namens Alter musste sie wohl einfach leben. Da gab es immer noch keine Neuprogrammierung, keine Backdoor, was sie daran erinnerte, dass sie sich noch ihre Ration Jiaogulan pflücken wollte.

Ein vernehmliches *Ping* kündigte den Fahrstuhl an, gefolgt vom kurzen Zischen der Sprüh-Dekontamination. Nya bellte, was bei ihr mehr wie ein Husten klang, und lief schwanzwedelnd auf den unerwarteten Besuch zu. Nur ihre implantierten Sensoren und ihre jahrelange Kenntnis dieser Räumlichkeit verhinderten, dass die blinde Hündin vom Steg aus Versehen in eines der Becken tapste oder gegen die Pflanzaufhängungen lief.

Der Mann im Eingang kniete sich auf ein Bein herunter und kraulte den daraufhin zufrieden brummenden Hund. Sesuna ertappte sich dabei, wie sie die Luft anhielt und sich hinter einem der vertikalen Beete versteckte. Es war ungewöhnlich, dass jemand anderes als sie zu so später Stunde noch hier oben war, und Ungewöhnliches bedeutete Aufmerksamkeit, und das wiederum konnte in ihrem Fall zu dieser Zeit des Jahres schnell Ärger bedeuten. Ärger, dem sie lieber aus dem Weg ging.

Andererseits machte das Gewitter sie bestimmt nur unnötig nervös. Sie strich ihre Bluse glatt. Vermutlich war sie nicht die Einzige, die Ruhe zu finden suchte, also nahm sie ihren Weg zu den üppig wuchernden Tee-Ranken wieder auf. Sie hörte, wie der Neuankömmling mit einer ungewöhnlich tiefen Stimme mit Nya sprach wie mit einem alten Kumpan, den er lange nicht gesehen hatte, und dann in ihre Richtung hinter ihr herging.

Zauberhaft oder verflucht?
BERLIN – Ein buntes Lichtspektakel aus fliegenden Walen und tanzenden Seerosen! In der Nacht vom 30. April auf den 1. Mai sorgten die sich selbst als »Asphalthexen« bezeichnenden Öko-Kunst-Aktivist*innen mit einer unerlaubt durchgeführten Lichtinstallation, die sich über zwei ganze Rollbahnen des BER erstreckte, für Aufregung. Die Leuchtmittel speisten sich aus biolumineszenten Algen in programmierten Solardrones und lösten ein noch nie dagewesenes Verkehrschaos der Lüfte aus [...]
NZZ, 1. Mai 2045

Unschlüssig stand Sesuna neben den etwa sechs Meter hohen Tee-Ranken im Osten des Gartens. Die kleinen Beeren zwischen den spitzen Blättern glänzten bereits an einigen Stellen in sattem Schwarz. Im noch frühen Jahr hatte sie hier selbst jede Blüte von Hand bestäubt. Sie fragte sich nicht zum ersten Mal, ob sie deshalb Stolz oder Bitterkeit empfinden sollte. Doch sie war zu unkonzentriert, um diese Debatte gerade mit sich selbst zu führen. Mit einem der Neuen im Gartenpflegeprogramm hatte sie ein Nebenprojekt für Bienendrohnen gestartet, die in Zukunft diese Arbeit übernehmen sollten. Allerdings stellten die Motoren und das selbstständige Erkennen von unbestäubten Blüten bei so kleinen Maschinen noch eine Herausforderung dar. Sie würde demnächst versuchen, ihr Netzwerk in Europa zu kontaktieren, wo es noch einige Tech-Enklaven gab, die passende 3D-Druckdateien für Bauteile haben könnten.

Wie Insekten huschten auch ihre Gedanken von Blatt zu Blatt, den Stängel entlang, und surrten dann wieder nur in der Luft, unfähig, sich entspannt niederzulassen. Sie kehrten immer wieder zu den Schritten zurück, die sich in einem gemächlichen, aber stetigen Rhythmus näherten.

Der Mann blieb hinter ihr stehen. Sie konnte sein Spiegelbild auf der dunklen Wasseroberfläche erkennen. Er trug einen dieser neumodischen Anzüge, die mit kinetischer Energiespeicherung spielten, sein Haar war geflochten, der Bart akkurat gestutzt. Die kleinen Holofelder an Handgelenken und Brust malten flackernde Schriftzeichen auf den künstlichen Teich. Sesuna versuchte sich zu erinnern, ob sie ihn hier zuvor schon einmal gesehen hatte, doch er ähnelte zu vielen der Kongressabgeordneten.

Als sie sich nicht umdrehte, räusperte er sich.

»Botschafterin Sesuna?«, fragte er.

»Ich bin nicht mehr Botschafterin«, erwiderte sie möglichst unbeteiligt, doch ihre Hand hielt nur noch das Blatt fest, das sie hatte pflücken wollen. Schließlich wandte sie sich doch um und richtete sich dabei möglichst gerade auf. Er war gut einen Kopf größer als sie.

»Ich bin jetzt Ingenieurin und Gärtnerin.«

»Aber natürlich«, seine weißen Zähne blitzten in einem zufriedenen Lächeln auf, »mein Name ist Kobayashi Saher, und ich –«

»Also, wie kann ich dir helfen, Saher, möchtest du etwas über vertikalen Gartenbau oder unsere Fischkultur erfahren? Wir haben jüngst den Bestand von Tilapia auf Schleien erweitert. Die wachsen zwar langsamer, sind aber energieeffizienter und geben trotzdem guten Dünger.«

»Äh, nein, danke.« Der Anzugträger schien zu ihrer Genugtuung über diese Art der Information und Gesprächsentwicklung kurz zu stutzen, wodurch sie neuen Mut fasste.

»Dann möchtest du etwas über das Foodsharing alle zwei Wochen in der Gemeinschaftskantine oder den Gemüseanbau wissen? Zu den Terminen und Seminaren gibt es Aushänge vorne am Eingang.« Mit einer höflichen, oft praktizierten Geste wies Sesuna zu den Fahrstuhltüren zurück, neben denen ein großes Schwarzes Brett hing, das von hier aus allerdings weitestgehend von Okrasträuchern verdeckt wurde. Demonstrativ drehte sie sich wieder zum Tee, um ihre Ration zu pflücken und dann nach Hause zu gehen, aber der junge Mann schüttelte seine anfängliche Überraschung ab und musterte sie unverhohlen neugierig. Zu neugierig.

»Das sind tolle Errungenschaften, die Sie nach dem *Wandel* erreicht haben, nicht wahr?« Saher ignorierte ihre abweisende Haltung, doch ein spürbarer Ernst sickerte in seine nächsten Worte. »Ich bin eigentlich hier, um Sie zu Schädlingen zu befragen.«

Die Art und Weise, wie er »Schädlinge« betonte, ließ es Sesuna kalt den Rücken herunterlaufen, als wäre ein Fenster undicht und Regen in ihren Nacken getropft. Er konnte das doch unmöglich wissen! All die Jahre hatte sie es verheimlicht, ja, sie hatte es beinahe selbst vergessen. Doch das Datum, seine gehobene Augenbraue und sein Ton legten ihre Hoffnung auf ein Missverständnis in Ketten. Ängstlich huschte ihr Blick zum Ausgang und in die Schatten hinter ihm. Nya bemerkte ihre Anspannung und stellte warnend die Nackenhaare auf.

»Bitte, ich will Ihnen nichts tun.« Er hob beschwichtigend die Hände, wich aber nicht zurück. »Ich habe nur ein paar Fragen. Sie können sich denken, worum es geht, das sehe ich Ihnen an.«

Die Zukunft der Erde
ABIDJAN – Die Antwort auf die Energiekrise liegt im Sand der Côte d'Ivoire! Wie neueste Studien belegen, ist eine dauerhafte und nahezu verlustarme Speicherung von Strom durch eine vorwiegend in Afrika vorkommende Erde nun in greifbarer Nähe. Die Ivor*innen fürchten eine Flut ausländischer Investor*innen und damit einhergehende Ausbeutung ihrer zukunftsweisenden Ressourcen [...]
NY Times, 21. Dezember 2049

Sesuna schüttelte abwehrend den Kopf. »Junger Mann, ich weiß nicht, wen du glaubst, vor dir zu haben, aber ich bin lediglich Ingenieurin und Gärtnerin. Wir hatten vor ein paar Jahren ein Problem mit Blattläusen, aber das konnten wir beheben. Als Botschafterin hatte ich mit Schädlingen solcher Art nie zu tun. Bitte geh jetzt.« Sie versuchte das Zittern, das sie ergriffen hatte, zu überspielen, doch Saher legte den Kopf schief wie ein belustigtes Raubtier, das seine Beute in der Falle wusste.

Er seufzte theatralisch und sagte: »Gut, wenn Sie darauf bestehen, dass ich es ausspreche: Ich meine Käfer, Wanzen, Würmer, bewusst ausgelöste *Bugs*. Ihre kleinen programmierten Helferlein. Den verdammten Untergang der zivilisierten Welt!« Seine Stimme hallte donnergleich unter der Kuppel und ließ Sesuna zusammenzucken. Das löste die Lähmung, die sie wie in einer Zwinge gehalten hatte. Mit einer für ihr Alter überraschend federnden Bewegung stieß sie sich vom Jiaogulanbeet ab und hechtete an Saher vorbei. »Lauf, Nya!«, schrie sie und rannte dann durch das dämmrige Licht in Richtung Notausgang. Doch sie rutschte auf einer nassen Bohle aus und platschte ins Fischbecken. Panik packte sie, als ihr Kopf unter Wasser geriet. Sie strampelte und schnappte nach Luft. Zwei Hände zogen sie schließlich beherzt zurück auf den Steg. Sie wehrte sich, bis Saher sie fluchend losließ. Nach einigen Sekunden des Atemholens realisierte sie, dass sie und ihr Verfolger beide tropfnass auf einem der Wege im Nordteil saßen.

»Brauche ich einen Anwalt?«

»Ich bin Anwalt.« Er stopfte etwas Tellergroßes aus Holz zurück unter seinen Anzug.

»Das ... das erklärt einiges, ist aber nicht besonders beruhigend.«

»Sehen Sie hier irgendwo die Exekutive?«, fragte er mit einem Schnauben, das sie als beleidigt interpretierte.

Sie schüttelte langsam den Kopf. Doch das hieß nicht, dass das Untergeschoss nicht bereits voll von Wachleuten war, an die er sie ausliefern würde.

»Ich will nur Ihre Geschichte hören. Heute am Feiertag des *Wandels*.«

»Gedenktag«, korrigierte sie ihn, schloss die Augen und schluchzte plötzlich auf. Wie sehr sie die Ereignisse all die Jahre belastet hatten, ohne mit jemandem darüber sprechen zu können, spürte sie mit einem Mal wie das Gewicht von Tonnen auf ihren Schultern. Das Kollektiv war zersplittert. Zu einigen Asphalthexen hatte sie immer noch Kontakt, aber viele lebten nicht mehr, andere waren schlicht und ergreifend untergetaucht und hatten, wie Sesuna auch, ein neues Leben in dieser neuen Welt begonnen, zu der sie maßgeblich beigetragen hatten.

»Wir waren Kunstschaffende«, begann sie heiser. »Unser Ziel war es, mit Kunstaktionen auf die Klimakrise aufmerksam zu machen. Zu der Zeit drohte dem Planeten noch eine Erwärmung von langfristig über drei Grad, was große Teile der Welt unbewohnbar gemacht hätte.«

Saher blieb still vor ihr sitzen und wartete, dass sie zum Kern ihrer Geschichte vordringen würde.

»Ich programmierte die Solardrohnen, organisierte Flashmobs übers Internet, und manchmal hackte ich mich in Überwachungssysteme, damit wir unbemerkt ein Event initiieren konnten.«

»Aber dabei blieb es nicht, oder?«

Sesuna schluckte und schüttelte wieder den Kopf.

Kunstaktien mit Spannung erwartet
LONDON – Banksy-Nachfolgerinnen, die »Asphalthexen«, gehen mit überwältigendem Erfolg an die Börse und verschenken Aktienpakete [...]
Sunday Sun, 26. März 2051

»Sich eine Utopie vorzustellen, fiel uns immer schwerer. All unsere Aufrufe zum Handeln prallten von denjenigen ab, die tatsächlich die Macht gehabt hätten, sie umzusetzen. Wenn wir wirklich etwas erreichen wollten, wirklich die Welt verändern, blieb uns nur der Umweg über eine Dystopie. So dachten wir zumindest damals.«

»Wie denken Sie denn heute darüber?«

Sie atmete tief ein und zuckte unglücklich die Schultern. »Ich werde mich Zeit meines Lebens fragen, ob es die Opfer wert war. Während ich um Vergebung bete, mögen das die Generationen nach mir beurteilen. Generationen wie deine.« Sie wich seinem Blick aus. Auch er schien in Gedanken, gab ihr keine Absolution – nicht, dass sie ihn gelassen hätte.

Und dennoch: Wenn sie sich umsah, hatte der groß angelegte Börsencrash nahezu der ganzen Welt auch fruchtbare Asche hinterlassen.

»Der Computervirus war eine Symphonie! Ihr habt damit die bestehenden Kapitalmärkte vernichtet. Das alles zu rekonstruieren, fällt der Forschung immer noch schwer.« Vorwurf und Bewunderung, Abscheu und Faszination, beides lag auch heutzutage noch dicht beieinander, stellte Sesuna fest.

»Wie Larven des Borkenkäfers unerkannt unter der Rinde in kurzer Zeit einen ganzen Wald zerstören, ja. Es war die schwerste und schwerwiegendste Entscheidung, die ich je getroffen habe, aber die Konsequenzen wurden mir erst danach bewusst.«

Die Asphalthexen waren über Nacht in den Augen der Justiz von Aktivistinnen zu Terroristinnen geworden. Sie hatten sich mit Hackspaces weltweit vernetzt, Traderplattformen viral infiltriert, zahllose Leerverkäufe provoziert und Gewinne umverteilt, sodass eine Nachverfolgung später nahezu unmöglich wurde. Hedgefonds implodierten infolgedessen und setzen eine Kettenreaktion in Gang, der kein Back-up und keine Regulierungsbehörde mehr gewachsen waren. Es brach ein Pfeiler der westlichen Welt nach dem anderen weg, Schuldenkrise, Aufstände, und bald gab es Wichtigeres als die Hexenjagd. Die Jahre des *Wandels* waren unruhig wie das heutige Gewitter gewesen. Die Erinnerungen schnürten Sesunas Kehle zu. Ihr Handeln hatte Veränderung gebracht, ja, Waagschalen neu geordnet und nicht nur Porzellan zerbrochen. Aber die Welt hatte sich neu erfinden müssen.

Saher nickte langsam, als hätte er ihre Gedanken gehört. »Wir müssen jetzt gehen«, sagte er.

Benommen stand sie auf, streckte ihm ihre Handgelenke entgegen wie für Handschellen, doch er fasste sie stattdessen sanft am Oberarm und führte sie neben sich her zum Fahrstuhl. Nya lag davor. Sie musste dort gewartet haben und eingeschlafen sein. Jetzt hob sie müde ein Ohr, aber Sesuna brachte es nicht übers Herz, sich von ihr zu verabschieden, und bedeutete ihr, liegen zu bleiben.

Im Fahrstuhl betrachtete sie die aquaponische Anlage ein letztes Mal. Üppiges Gemüse in Aufhängungen und meterlangen vertikalen Beeten, verzweigte Stege und darunter glitzerndes, wertvolles Wasser, darüber die Kuppel aus Glas. Blitze zuckten über dem Garten, während sich die Fahrstuhltüren schlossen und der Bildausschnitt immer kleiner wurde. Schweigend fuhren sie nach unten.

Im großen Sitzungssaal waren viele Menschen verschiedenster Herkunft und Passion versammelt. Links saß eine Schar schwarz gekleideter *Saatkrähen,* die scheinbar immer noch im Clinch mit den Laborkräften lagen, von denen eine junge Frau mit Stammestätowierungen im Gesicht unbeeindruckt ihr Baby stillte. Ein älterer *Grau-Energetiker* grüßte Sesuna – wahrscheinlich hatten sie zusammen an Umbau und Umnutzung des Gebäudes gearbeitet. Dank ihnen konnten auch Altbauten Sonnenenergie produzieren und an die großen Speicherstätten schicken, die zu Zeiten wie heute bei anhaltendem Regen zuverlässig für Strom sorgten.

Es herrschte ein heiteres Stimmengewirr, das Sahers Aufregung nur noch steigerte. Er und die betagte Dame an seiner Seite wurden hin und wieder aufgrund ihrer nassen Kleidung und Sesunas nackten Füßen gemustert, aber ihre Generation war für gewisse Schrulligkeiten bekannt, sodass es niemanden zu verwundern schien. Niemand hier ahnte, wer sie einst gewesen war. Sie hatte sich in der Politik engagiert und war ein Vorbild für nahezu jeden in seiner juristischen Forschungsgruppe gewesen. Botschafterin der Hoffnung, Friedensstifterin. Saher hatte selbst einige Jahre Recherche gebraucht und war sich bis heute Abend bei ihr nicht sicher gewesen, bis sie es bestätigt hatte. Auch er grüßte ein paar Leute, an denen sie vorbeikamen, jüngere in ähnlichem Aufzug wie er, und schob Sesuna dann weit vorne in eine der Sitzreihen.

»Nimm das hier«, flüsterte er in ihr Ohr und drückte ihr einen geschnitzten Gegenstand in die Hand, den er unter seinem immer noch klammen Anzug hervorholte. Es war eine Maske traditioneller Machart, die einen Käferkopf darstellte. Ungläubig starrte die ehemalige Hackerin darauf, dann verabschiedete er sich in Richtung des Rednerpults. Ein Gong erklang, und die Menge verstummte. Die öffentliche Jahrestagung begann.

Sesuna zitterte am ganzen Körper, fast bekam sie nicht mit, worüber auf der Bühne gesprochen wurde. Dann sah sie Saher, wie er nach vorne trat und ihr zulächelte. Er hielt eine Geige in der Hand, was einige im Publikum zu Spötteleien hinriss. Falls er es hörte, ignorierte er es geflissentlich. Er holte zu einer schwungvollen Verneigung aus, und als er sich wieder aufrichtete, setzte er sich eine Käfermaske auf, wie die in Sesunas Hand, und begann zu spielen. Zuerst floss die Melodie nur langsam, plätscherte, tropfte. Schließlich wurde sie schneller, warm und rhythmisch, da erhoben sich Anzugträger überall in den Sitzreihen und setzten sich Masken von Käfern auf. Spruchbänder liefen über ihre Holofelder.

»Die Menschheit ist fehlerhaft«, stand da, oder »Erinnerungskultur braucht Fehlerkultur«. Historische Nachrichtenvideos flimmerten auf den Käfer-Menschen, und erboste Rufe wandelten sich in Geraune, Menschen lachten über den tanzenden Käfer-Flashmob, der nach und nach begann, einander zu umarmen, bis auch die Zuschauenden in Umarmungen und Tänze gezogen wurden.

Saher war vom Podium heruntergekommen und spazierte durch die Reihen. Vor Sesuna blieb er einen Bogenstrich lang stehen. Tränen liefen ihr über die Wangen.

Hugs4Bugs
NEW SOLE – Anlässlich des Wandeltags fand in der Congress City die internationale Jahrestagung statt. In der Halle wie auf allen umliegenden Straßen fand trotz Unwetters ein skurriler Flashmob mit Käferkostümierten statt, die sich als Erinnerungskünstler*innen deklarierten und einen gesellschaftlichen Bugreport forderten [...]
Sole News, 30. April 2089

Tino Falke

Lo-fi chill hop beats to hope/keep on fighting to

Der Soundtrack des Abends ist das leise Surren der Monorail, das Gelächter ferner Menschen auf den Straßen unter uns und das Knirschen von Azzas Zähnen, die das Gebiss so fest aufeinanderbeißt, als wäre sie ein RecycleHub und müsste ein Artefakt der Alten Welt zermahlen, um etwas Neues daraus zu erschaffen.

Ich verstehe ihren Ärger, also sage ich eine Weile nichts. Neben ihr lasse ich die Beine vom Rand des Dachs baumeln.

Auf einer Terrasse gegenüber steigt eine junge Frau aus dem Aufzug und nähert sich einer Wohnung. Sie tanzt zwischen Blumenbeeten hindurch, wahrscheinlich hat sie einen MediaButton mit Musik im Ohr. Aus der Entfernung ist nichts zu hören, ich beobachte ihre Bewegungen ohne die Beats dazu. Während Azza neben mir fast die Tränen kommen, hat die Frau gegenüber einfach nur Spaß, zuckt mit der Hüfte im Takt, während sie nach ihrem Türöffner kramt, und springt schließlich lachend über die Schwelle.

Irgendwer tanzt immer, auch wenn man selbst es nicht tut.

Vielleicht hat sie eins unserer Lieder gehört, aber ich glaube nicht daran.

Azza hat sich inzwischen gesammelt und findet endlich Worte, um auf meine News zu reagieren. »Trashkomet!«, bricht es aus ihr heraus. »Das können die doch nicht machen, eine Woche vor dem Auftritt! Wir haben doch sogar schon Reservierungen.«

»Ich glaub, das kümmert die nicht«, sage ich. »Dafür war das Ge- jammer der Vintager zu laut.«

»Ätzend! Wie kann man nur so rückschrittlich sein? Wie lange ist Zebb jetzt schon tot?«

»50 Jahre.«

»50 trashige Jahre!«, ruft Azza und steht auf. »Die sagen unser Konzert ab, um einem Typen die Füße zu küssen, der ein halbes Jahr- hundert nichts mehr zu unserer Community beigetragen hat. Ich fass es nicht!«

Schnaubend stampft sie auf und ab, ich lasse sie für einen Moment mit ihrer Wut allein. Natürlich ärgert sich die ganze Band, wir hatten uns alle auf den Auftritt gefreut und schon wochenlang geprobt. Aber wenn die Gebäudeverwaltung uns die Genehmigung entzieht, weil sie am selben Ort lieber ein Retro-Konzert zum 50. Todestag des berühmten Komponisten Balderson Zebb veranstalten will, können wir nicht viel machen. Was ist eine Gruppe Teenager mit ihrer modernen Musik gegen die stadtweite Vintager-Lobby, die alles feiert, was in der Vergangenheit liegt?

»Wir hätten es allen zeigen können!«, fährt Azza hinter mir fort. »Der neue Song, den ich geschrieben hab – den kann ich nicht einfach irgendwo hochladen. Als würde ihn dann irgendwer beachten. Es ist egal, was wir machen, Venn, es kümmert einfach niemanden.«

»Das kriegen wir doch hin!« Ich stehe auch auf und gehe auf Azza zu. Ihre Augen laufen von Tränen über, und sobald sie blinzelt, rinnt es über ihre Wangen.

»Ich will doch einfach nur gehört werden.«

Ich nehme sie in den Arm, für einen Moment ist nur ihr Schluchzen an meiner Schulter zu hören. Als wir wieder Abstand nehmen, wischt Azza sich über das nasse Gesicht.

»Eine Runde Krachtherapie?«, frage ich, und sie nickt. Wir stellen uns an den Rand der Dachterrasse, holen tief Luft und ergänzen den Soundtrack des Abends um unser Geschrei. Keine Worte, nur Geräusch. Hinausgebrüllte Vokale. Unsere Probleme sind dieselben danach, doch als Azza sich von mir verabschiedet, kann sie sich zu einem traurigen Lächeln durchringen.

Natürlich hat sie recht. Auf dem Weg nach Hause höre ich Audio-InfoFunk, und fast alle Lieder, die gespielt werden, stammen aus den letzten Jahrzehnten. Ich höre Remixe sogenannter Klassiker. Ich gehe am CinePlaza vorbei, in dem eine Fortsetzung eines Remakes einer Buchverfilmung läuft. Und als würde das noch nicht reichen, bringen die Vintager immer wieder Moden der Alten Welt zurück, als gäbe es keine neuen Ideen. Als wäre Innovation bereits ausgestorben.

Unsere Band hat eine kleine Fan-Gemeinde, doch gegen den Sog der Nostalgie kommen wir nicht an. Wenn das *Balderson Zebb Analog Orchestra* denselben Saal beansprucht wie wir, muss unser Konzert halt abgesagt werden. Azza hat allen Grund zu schreien.

Aber sie darf darin keinen Grund sehen aufzugeben. Wer nicht mehr kämpft, hat schon verloren. Also kontaktiere ich heimlich die anderen Bandmitglieder für eine Sonderprobe.

»Es muss einen Weg geben, dass wir trotzdem auftreten können«, sage ich in die Runde, als alle außer unsere Sängerin in dem schalldichten Kellerraum versammelt sind, den wir nahe des GeothermalDoms okkupieren. »Egal ob genehmigt oder nicht.«

Meine AkkuViola steht neben mir, damit ich nicht meine Finger zornig um ihren Griff oder den Bogen verkrampfe und etwas kaputt mache.

»Sind die Gemeinschaftsgärten nicht für alle offen?«, fragt Desmond, während er das Mundstück seiner ChromTubina reinigt. »Können wir nicht überall auftreten?«

»Aber wir müssen gesehen werden«, antwortet Captcha, wie immer halb versteckt hinter dem TickerTackerPiano mit den hohen Verstärkertürmen. Xier ist sofort wie elektrisiert. »Wenn zeitgleich das Retro-Konzert stattfindet, sind doch alle Augen und Ohren dort. Wir brauchen Reichweite!«

Ich stimme energisch zu. »Die ganze Stadt muss mitbekommen, dass es uns gibt!«

»Wir brauchen Influence«, fährt Captcha fort. »Wir müssen die Aufmerksamkeit umleiten, die der alte Komponist an dem Abend bekommt.«

Ich schaue rüber zu den anderen beiden Bandmitgliedern. Tia, die sich um unsere Technik kümmert, sitzt wie üblich stumm in einer Ecke, sie zieht ihre Schirmmütze zurecht, salutiert und gebärdet ein einzelnes Wort: *Sabotage*.

Am DrumSet daneben sitzt Carrera. Er ist nach einer legendären Rennfahrerin benannt, aber beweist nur Tempo, wenn er unseren Beat trommelt. Aber auch er begreift schließlich, welche Chance wir haben, wenn wir alle zusammenhalten. »Ich weiß einen Ort«, sagt er. »Ein Dach im Zentrum der Stadt. Da sehen uns alle aus den Türmen rundrum!«

»Und da kommen wir so einfach rauf?«, fragt Desmond.

»Nichts davon wird einfach«, antworte ich. »Aber die Alternative ist, denen die Bühne zu überlassen, die kein Interesse an neuen Stimmen haben. Das müssen wir verhindern.«

Alle sind sich einig. Wir versichern einander, dass Azza in der ganzen Stadt gehört werden wird. Ihre Stimme in allen Ohren, ihr Gesicht auf allen Displays. Wir haben eine Woche, um die Überraschung vorzubereiten.

Als ich nach mehreren Stunden Brainstorming nach Hause gehe, bin ich erheblich besser gelaunt. Ich schreibe unserer Texterin und Sängerin, dass ihr großer Tag schon kommen wird! Ich höre LoopStreams motivierender Instrumentalmusik. Ruhige Low-Fidelity-Melodien, zu denen man sich angeblich besonders gut konzentrieren kann.

Calm chill-out beats to sabotage the system to.
Relaxing rhythms for fighting fatalism.

Ich bemühe mich, Azza im Lauf der Woche auf nettere Gedanken zu bringen, doch sie klammert sich sehr an ihre Hoffnungslosigkeit.

»3/10«, antwortet sie, als ich frage, wie es ihr geht. Wir spazieren eine der hochgelegenen Alleen entlang, unter der die Monorail mit den Glasfassaden durch die Community rauscht. Es ist sonnig, die Kollektoren aller Gebäude können sich vollsaugen.

»Es ist einfach ungerecht«, fährt Azza fort. »Weißt du, was für eine Ausstellung gerade im Stadtmuseum gezeigt wird? Retrospektiven von Emmasdóttir Yue. Eine Vintage-Fotografin, natürlich. Im MemoInfo-Funk gab es einen großen Artikel über Borisbur Dana, eine angebliche Sportlegende, die auch schon lange nicht mehr lebt. Alle schauen immer nur zurück! Alle wollen nur hören und sehen, was sie schon kennen!«

Ich zeige ihr, was HydrauTech Tia inzwischen in Gang gesetzt hat. In digitalen Foren sprechen Tausende Kunstschaffende ihren Support für unsere Band aus. Egal ob sie uns je gehört haben oder nicht – sie sind mit uns empört, dass aufstrebende Kreative beiseitegeschoben werden, um Platz für den Festabend eines toten Komponisten zu machen.

Azza zeigt sich wenig beeindruckt. »Nichts davon wird seinen Weg in einen der InfoFunks finden. Ob tausend Stimmen nicht gehört werden oder nur eine, es kommt auf dasselbe raus.«

Sie tritt gegen einen Pilz, der am Wegesrand wächst. Schweigend gehen wir nebeneinander, sonnenbeschienen, umgeben von unbeschwerten Menschen, die einen schönen Tag auf der Allee, im Park darunter oder auf anliegenden Dachterrassen genießen. Der Soundtrack des Tages ist Vogelgezwitscher, das Lachen der Community und immer wieder Azzas Seufzen. Nachdem wir drei Personen passiert haben, deren Straßenmusik nur aus Cover-Versionen bestand, verabschiedet sie sich, stellt die MediaButtons in ihren Ohren auf geräuschdämpfend und stampft davon. Ich schlucke. Mein Plan muss funktionieren.

Sofort frage ich bei allen Bandmitgliedern an, wie ihre bisherigen Vorbereitungen laufen.

Captcha schreibt, es war kein Problem, sich die Kameradrohnen des CamClubs der Schule auszuleihen. Inzwischen arbeitet xier daran, die großen Displays zu hacken, die an allen Hochhäusern der Stadt prangen. Das TickerTackerPiano macht Pause.

Desmond soll dafür sorgen, dass wir unsere erwählte Bühne nutzen können. Das Dach eines RecycleHubs, mit einem großen Landeplatz für CargoCopter. Die Menschen im Erdgeschoss, die der Community helfen, Müll in Rohstoffe oder neu gedruckte Objekte umzuwandeln, müssen nur lange genug abgelenkt werden. Seine ChromTubina muss eine Weile ruhen.

Tias Aufgabe ist es, die Energieversorgung des Gebäudes daneben zu deaktivieren, in dem wir eigentlich hätten auftreten sollen. Die Solarstromgeneratoren an der Fassade sind leicht zu finden. Die Technik der Band ist für eine Woche unwichtig.

Carrera bestätigt mir, dass wir ein Publikum haben werden, dass unserer Aktion würdig sein wird. Sie werden den Weg zu uns finden, schreibt er, was auch immer das bedeutet. Sein DrumSet muss vorübergehend warten.

Und ich ignoriere meine AkkuViola und koordiniere, wie üblich. Ich lasse mir Updates geben und schicke Azza Kopf-hoch-Memes, um sie aufzumuntern. Um sie zu überzeugen, dass nicht egal ist, was wir tun. Ich schicke ihr Links zu Musik, die beruhigen und inspirieren soll.

Mellow melodies for carrying on and not giving up.

Der Tag des Auftritts kommt schneller als die Monorail. Im Memo-InfoFunk lese ich, dass beim Balderson-Zebb-Konzert alle Plätze reserviert sind. Für Interessierte auf der Straße wird die Darbietung auch auf den stadtweiten Bildschirmen gestreamt. Die Frequenz zum Mithören in den MediaButtons kann bereits gespeichert werden.

»-10/10«, schreibt Azza, als ich mich mittags bei ihr melde. »Ich glaub, ich schließ mich heute im Probenraum ein, der ist immerhin schalldicht. Gib mir Bescheid, sobald die Welt erkennt, dass morgen wichtiger ist als gestern.«

»Warte erst mal ab, wie sich heute entwickelt«, schreibe ich zurück. Sie schickt nur trübsinnige Emojis. Die anderen Bandmitglieder schicken mir Daumen und Flammen und grüne Häkchen. Noch kann alles schiefgehen, doch ich bin zuversichtlich.

Ich bin kein Fan der Vintager, doch wenn ihre Geschichtsversessenheit uns eines lehrt, dann, dass Widerstand selbst gegen die größte Übermacht möglich ist. Dass Underdogs gewinnen können und die Welt besser wird – zu langsam, ja, immer wieder mit Rückschlägen, doch letztendlich setzt Innovation sich durch. Wer sagt, dass sich gar nichts zum Guten ändert, sieht nur nicht genau hin. Azza darf gar nicht erst so zynisch werden.

Die Meldungen der anderen geben mir weiter Grund zur Hoffnung. Captcha schreibt, xier hat vier Tage am Stück Programmiercode durchforstet und kann uns nun auf die großen Screens bringen. Carrera schickt mir Selfies von sich mit einer Kiste voller Turbodünger der Instant Cocktail Company, der irgendwie zu mehr Publikum verhelfen soll. Desmond hat ein defektes SmartBike aufgetrieben, das ihm Zugang zum RecycleHub verschaffen wird. Und Tia bestätigt mir, was ich gehofft hatte – der Support der Kunst-Community im digitalen Forum hat genau bewirkt, was unser Ziel war.

Alles läuft nach Plan. Bis Azza mir am Abend eine Nachricht schickt.

»Ich verbrenne alles«, lese ich. »Es hat keinen Sinn, wir sind der Welt egal.«

Ich rufe sie sofort an. Sie sei am Probenraum, sagt Azza. Sie vernichtet unsere Notenblätter und Notizbücher mit Songtexten, oldschool in einem Feuer neben dem Haus, Vintager-Style. Sie lacht, aber fröhlich klingt sie nicht.

»Ich komm zu dir«, rufe ich und schnalle mir sofort meine Hover-Skates an. Es wird schon dunkel. Den anderen gebe ich nicht Bescheid, sie sollen ungestört die letzten Vorbereitungen treffen. Während im Audio-InfoFunk berichtet wird, dass das Retro-Konzert demnächst beginnt, rausche ich durch die Stadt, skate durch die Grünanlagen, teilweise Kopf an Kopf mit SmartCars auf der Straße neben mir, bis ich den GeothermalDom erreiche. Auf meinen Schwebesohlen rase ich dem Kellerraum in der Nähe entgegen. Schon von Weitem sehe ich unseren klapprigen SmartBus und Azzas Feuer neben dem Haus.

Als ich anhalte, fällt sie mir schon weinend in die Arme.

»Ich kann das nicht mehr«, schluchzt sie. »Ich geb auf, Venn, das war's. Ich kann keine Musik schreiben, die dann eh niemand hört!« Wir stehen neben einem Metalleimer, wahrscheinlich aus einem der Community-Gärten. Flammen züngeln daraus empor. Während Azza an meiner Schulter weint, sehe ich die Dokumente darin zerfallen. Aber es kommt nicht auf alte Notizen an.

Ich streichle Azzas Rücken und versichere ihr, dass sie gehört werden wird.

»Wie denn?«, flüstert sie mit zittriger Stimme. »Wir füllen keine Säle. Und währenddessen strömen die Leute zu dieser trashigen Beweihräucherung der Vergangenheit!«

»Das tun sie nicht.« Ich lächle. Azza zieht die Stirn in Falten.

»Was meinst du, das tun sie nicht? Alle Reservierungen sind ausgebucht.«

»Das stimmt«, sage ich. »Aber es wird niemand im Saal sein.«

Ich hole mein Taschendisplay hervor und zeige ihr, was wir vorbereitet haben. HydrauTech Tia hat dafür gesorgt, dass unsere Verbündeten im digitalen Forum alle Plätze reserviert haben. Tausende kleine Kunstschaffende haben unter dem Radar der Medien Sitze gebucht, die heute

Abend leer bleiben werden. Und die Menschen, die auf der Straße und auf Dachterrassen darauf warten, dass die stadtweiten Großbildschirme ein Konzert ausstrahlen, sollen nicht enttäuscht werden!

Captcha hat die geliehenen Kameradrohnen vorbereitet und endlich die Frequenz des VideoInfoFunks entschlüsselt.

Carrera hat den Turbodünger in Sprühflaschen umgefüllt und Teens aus dem Skatepark rekrutiert, um mit ihm Mauern und Böden an Straßenzugängen zu besprühen. Sein Urban Guerilla Gardening sorgt dafür, dass aus der Mixtur Instant-Hecken wachsen, die vielleicht morgen schon wieder verwelken, doch für den Abend allen Spazierenden im Stadtzentrum vorgeben, in welche Richtung sie gehen sollen.

Desmond sorgt schon bald für eine Ablenkung im RecycleHub neben dem Konzert-Gebäude, teile ich Azza mit. Wir müssen nur noch die Instrumente dorthin bringen!

Unsere Sängerin sieht mich mit großen Augen an.

»Überraschung«, sage ich leise. Wir konnten nicht tatenlos zusehen, wie sie langsam verzweifelt. Auch wenn ihr die Energie fehlte: Wir waren die ganze Woche lang fleißig. Irgendwer tanzt immer, auch wenn man selbst es nicht tut.

Azza drückt sich erneut an mich, weint wieder, doch diesmal höre ich sie an meiner Schulter glucksen. Das kleine Feuer ist egal, es wurde nichts zerstört, was wir dringend bräuchten. Die Noten haben wir im Kopf. Die Worte trägt Azza im Herzen.

Wir ersticken die Flammen, dann tun wir gemeinsam, was sonst allein meine Aufgabe gewesen wäre: Wir laden die schmalen Rollkoffer mit den Instrumenten in den SmartBus. Auf der Fahrt zu kleinen Festivals im Umland hat er uns stets treue Dienste geleistet, heute ist er so wichtig wie nie zuvor. Lautlos fährt er uns in Richtung RecycleHub.

Sobald wir die Innenstadt erreichen, erkennen wir Carreras Werk. Überall sind Durchgänge zugewuchert, dichte Hecken mit fluoreszierenden Blüten versperren die Straßen, die von uns weg führen. Überall sind Menschen mit MediaButtons in den Ohren, die sich auf ein Best-of von Balderson Zebb freuen, und Unbeteiligte, die unfreiwillig in unsere Richtung gelenkt werden. Alle Wege führen zu unserem Konzert.

Als der Bus am RecycleHub hält, hören wir Desmond in der großen

Halle im Erdgeschoss schreien, wo die Pressen und 3D-Drucker Altes vernichten und Neues erschaffen.

»Haltet die Maschinen an! Mein Türöffner war noch in der Bike-Tasche!« Er betätigt einen Notschalter, der sofort alle Technik stoppt, und zieht die Aufmerksamkeit der Anwesenden auf sich. Azza und ich schieben unbemerkt die Instrumentenkoffer zum Lastenaufzug an der Seite des Gebäudes, mit dem man per Lufttransport gelieferte Artefakte hinab in den Hub fahren kann. Doch unser Weg führt aufwärts.

Wir erreichen das Dach, und der größte Teil der Band erwartet uns bereits.

Ihr habt euch aber Zeit gelassen, gebärdet Tia. Carrera trottet uns entgegen und hilft, die Instrumente und Verstärker auszupacken und aufzustellen. Tia kümmert sich darum, dass alles richtig angeschlossen und vernetzt ist. Captcha sitzt mit einem Tablet auf den Knien an einem der Blumenbeete, die rund um den CargoCopter-Landeplatz angelegt sind. Neben xiem liegen ein Dutzend Kameradrohnen und warten auf ihren Einsatz. Nach ein paar Minuten, in denen Azza und ich vom Rand des Daches die leuchtenden Hecken betrachten, kommt auch Desmond aus dem Aufzug geschritten. Er blockiert die Tür mit einem der Koffer.

»Das habt ihr für mich gemacht?«, fragt Azza. Ihre Stimme zittert.

»Für uns alle«, sage ich. »Für alle, deren Stimmen nicht gehört werden.«

Und eigentlich haben wir nur getan, was wir am besten können. Captcha hat in die Tasten gehauen. Carrera hat einen Takt vorgeben, dem alle folgen können. Desmond hat die richtige Menge Krach gemacht. Tia hat dafür gesorgt, unsere Stimmen zu verstärken. Und ich habe Strippen gezogen, statt Saiten zu zupfen.

Tia stößt uns an und deutet auf das hell erleuchtete Konzert-Gebäude nebenan. Sie hat schon nachmittags den Generator dort angezapft und eine unauffällige Zeitschaltuhr angebracht, die die Energieversorgung vorübergehend blockiert. Mit den Fingern gibt sie einen Countdown zu verstehen. Drei, zwei, eins, und das Haus versinkt in Dunkelheit.

Der Soundtrack des Abends ist enttäuschtes Aufstöhnen aller Interessierten, die sich auf den Straßen versammelt haben, das Lachen meiner Bandmitglieder und dann leise Musik, als unsere Boxen angeschlossen sind. Noch erklingt nur eine ruhige, unaufdringliche Melodie, die langsam die

Aufmerksamkeit der Menge erregen soll. Captcha drückt die richtigen Tasten, und die Musik erklingt in allen MediaButtons rund um das Gebäude. Die Großbildschirme an den umstehenden Hochhäusern präsentieren noch kein Bild, doch auch sie übertragen den Ton. Azza grinst, als sie erkennt, dass die gesamte Community uns hören kann.

Lo-fi chill hop beats to hope/keep on fighting to.

Auf der Straße und den benachbarten Dachterrassen fangen manche Menschen an, sich zu bewegen. Ihnen wurde ein Konzert versprochen – sie sollen eines bekommen. Selbst wenn wir nicht unser ganzes Set schaffen, bis uns der Strom abgedreht wird oder uns irgendwer vom Dach holt. Selbst wenn wir nur ein einziges Lied spielen können.

Wir nehmen unsere Positionen ein, hinter DrumSet und TickerTacker-Piano, an ChromTubina und AkkuViola. Die Kameradrohnen steigen in einem Kreis um uns in die Höhe, Captcha hat alles perfekt programmiert. Die großen Screens schalten sich an und präsentieren der ganzen Stadt unsere kleine Band auf dem Dach des RecycleHub. Unser Logo auf den Verstärkern und Instrumenten sagt allen, wer wir sind.

NovaPunk.

Zeit, ihnen etwas Neues zu geben.

»Bereit?«, frage ich Azza neben mir, während ich mein Instrument schultere und den Bogen an die Saiten lege. Sie umfasst das Mikrofon. Keiner von uns muss fragen, welchen Song sie als Erstes in die Welt hinausschmettern will.

»Immer«, sagt sie. »Ich brauche nichts außer meiner Stimme.«

Lucian Aurel

Blütenstaub

1

»Warum musste ich auch ausgerechnet auf einem verlassenen Militärschrottplatz nach neuem Equipment suchen?! Jetzt habe ich den Salat und eine schwebende Nervensäge an der Backe kleben!«, fluchte Arwen und warf eine leere Batterie in Richtung ihres ungebetenen Begleiters.

Mit einem kurzen Surren wich die Drohne dem Wurfgeschoss elegant aus und antwortete: »Mir ist nicht bekannt, dass dieser Stützpunkt über nennenswerte Salatreserven verfügt. Eigentlich dient er ausschließlich der Erprobung experimenteller Militärtechnik. Es sei denn, der Salat enthielte eine Reihe von Nervengiften, die ...«

»Diente! Es gibt seit vielen Jahren kein aktives Militär mehr. Die Erde lebt in Frieden und schwülstiger Harmonie. Für Kriegsspielzeug gibt es schon lange keinen Bedarf mehr! Dies ist nichts anderes als ein vergessener und vor sich hin rottender Schrottplatz«, entgegnete Arwen sich die Haare raufend.

Daraufhin flog die Drohne einen kleinen Looping und ließ ihrem Erstaunen freien Lauf: »Es gibt keine militärische Hierarchie mehr? Wow! Vielen Dank für diese Information.«

Für einen kurzen Moment blieb sie bewegungslos in der Luft stehen und ließ ihr LED-Display bunt blinken. »Sie haben recht!

Meine Sensoren können in einem Umkreis von mehreren Hundert Kilometern keine militärische Kommunikation feststellen. Selbst von unseren Satellitenleitsystemen gibt es außer den GPS-Daten keine weiteren Signale mehr.

Das ist ja total verrückt!«

Jetzt geriet die Drohne völlig aus dem Häuschen und flog, wild auf- und absteigend, Schlaufen durch den Hangar. Als sie sich ein wenig gefangen hatte, ergriff sie wieder das Wort: »Aufgrund der geänderten Umstände wird mein internes Betriebssystem umprogrammiert und im zivilen Modus neu gestartet werden. Bitte haben Sie einen Moment Geduld. PIEP«

Sichtlich irritiert murmelte Arwen: »Hoffentlich sorgt es dafür, dass du endlich mit dem ständigen Gequassel aufhörst. Was war denn überhaupt dein Verwendungszweck? In feindliches Gebiet fliegen und den Feind in eine endlose Diskussion verwickeln, damit dieser abgelenkt und verwirrt wird? Quasi psychologische Kriegsführung?«

Drohne: »PIEP«

»Warum musste ich auch auf diesen blöden Knopf drücken?! Von wegen, das Ding hat ja sowieso keinen Saft mehr«, schimpfte Arwen auf sich selbst.

Drohne: »SAFT PIEP«

»Arg, du nervst sogar dann, wenn du dich umprogrammierst. Egal, ich habe alles, was ich brauche. Am besten nutze ich die Gunst der Stunde und mache mich schleunigst aus dem Staub.«

Drohne: »GUNST, STAUB, SAFT PIEP«

Ein letztes Mal blickte sich Arwen in dem von außen gut getarnten und von innen stark zugewucherten Hangar um. Außer der unzähligen wild wachsenden Sträucher, Büsche und kleinen Tannen, war sie mit allerhand militärischer Ausrüstung gefüllt. Aus den Geschichtsbüchern wusste sie zumindest, dass es sich bei einigen dieser Gerätschaften um Panzerfahrzeuge, Haubitzen, Mörser, Granaten und Kampfdrohnen handelte. Ein Anachronismus, dessen urtümliche Gewalt nur wirklich spürbar wird, wenn man direkt vor ihm steht.

Nachdem sie hastig ihren mit neuem Equipment prall gefüllten Rucksack umgeschnallt hatte, klopfte sie zum Abschied noch einmal gegen die dicke Panzerung eines SUVs und machte sich dann schnellen Schrittes auf den Rückweg.

Es war später Nachmittag, als sie vor den Mauern und Zäunen stand, die den Komplex umfassten. Ohne Umschweife machte sich Arwen daran, nach einer günstigen Stelle für den Ausstieg zu suchen. Dabei entdeckte sie ein stark verwittertes Schild, auf dem gerade noch zu lesen war, dass dieser Ort einmal »Rammstein« geheißen hat. Ein seltsamer Name, dachte sie und fand schließlich einen geeigneten Bereich zur Überwindung der Hindernisse. Früher mögen diese kaum zu bezwingen gewesen sein, aber heute war das kein Problem mehr.

Arwen hob den Arm und aktivierte über ihren mobilen Computer die Düsen und Trägheitsdämpfer in ihren Stiefeln.

Nach wenigen Sekunden fingen diese an, sanft zu surren, und gaben das Signal zum Absprung. Sie genoss es nach wie vor, diese Spielerei zu nutzen. Und so stieg Arwen wie üblich um ein Vielfaches höher, als sie es zur Überquerung des eigentlichen Hindernisses bräuchte. Wenn sie sprang, war sie frei.

Als sie den höchsten Punkt erreichte und auf der anderen Seite der Mauer wieder im Begriff war, nach unten zu schweben, merkte sie, wie neben ihr die Luft leicht zu flimmern anfing.

Dann tauchte mit einem Schlag ein Objekt in ihre unmittelbare Nachbarschaft auf.

»PIEP«, dröhnte es durch ihre Ohren. Vor lauter Schreck verlor sie die Kontrolle über ihre Stiefel und stürzte ab. Doch kurz bevor Arwen auf den Boden schlug, packte sie etwas an ihren Schultern. Es war die Drohne.

»Hallo, Meisterin, es ist mir eine Ehre, Sie bei Ihrer Kängurugymnastik begleiten zu dürfen!«, tönte es aus den Lautsprechern der Drohne.

Noch leicht schockiert fauchte Arwen die Drohne an: »Bist du vollkommen durchgeknallt? Du hättest mich umbringen können!«

Daraufhin flog die Drohne abwechselnd nach links und rechts, um ihre Verneinung auszudrücken, und verlautete: »Die Borddiagnose zeigt an, dass alle Sicherungen noch intakt sind. Und falls Sie mal im Sterben liegen sollten, haben Sie keine Angst. Ich verfüge über verschiedene Defibrillatoren, die Sie je nach Dauer Ihres Herzstillstandes mit bis zu 86-prozentiger Wahrscheinlichkeit wiederbeleben können.«

Als Arwen das hörte, musste sie laut auflachen und entgegnete: »Da haben wir es, du bist nichts weiter als ein fliegender, elektrischer Stuhl, der Gefallen daran gefunden hat, seinen Opfern die Hirnlappen zu grillen!«

»Ich verstehe nicht, worauf Sie hinauswollen«, flüsterte die Drohne, während auf ihrem LED-Display ein großes Fragezeichen aufleuchtete. »Aber das ist auch egal. Übrigens, ich bin Frederik! Und ab heute stehe ich in Ihrem Dienst!«, fügte sie feierlich hinzu.

»Frederik?« Arwen zog ihre rechte Augenbraue bis zur äußersten Anspannung nach oben. »Und was in aller Welt soll ich nun mit dir anfangen, Herr Frederik?«, fragte sie skeptisch.

»Mit mir kann man allerhand anfangen!«, antwortete Frederik leicht eingeschnappt. »In meiner Zeit beim Militär wurde ich hauptsächlich dafür eingesetzt, wichtige Güter in feindliches Gebiet zu liefern oder eben abzuholen. Zusätzlich wurde ich dazu ausgebildet, äh, ich meinte natürlich programmiert, verletztes Personal unbemerkt auszufliegen. Und damit das alles reibungslos klappte, bekam ich ein hochexperimentelles Tarnmodul, welches die Ladung und mich für einige Zeit quasi durchsichtig werden lässt!« Vor lauter Stolz spielte Frederik im Anschluss einen kurzen Fanfarenton ab.

Arwen hielt einen Moment die Luft an, während ihre Augen immer größer wurden. »Du bist also eine überpotente Lieferdrohne? Und du kannst dich nach Belieben unsichtbar machen? Darüber hinaus stehst du jetzt unter meiner Fuchtel?

Oh shit. Ich glaube, dich schickt der Himmel!«

2

»Willkommen im Sendlingplaza, Deutschlands höchstem und grünstem Hotel! Es ist mir eine Ehre, Sie hier begrüßen zu dürfen, wie kann ich Ihnen behilflich sein?« Während die Rezeptionistin die wohl zwei wichtigsten Sätze ihrer Karriere anstandslos rezitierte, lockerte Arwen noch einmal all ihre Gliedmaßen. Es war jetzt äußerst wichtig, möglichst normal zu wirken und nicht aufzufallen.

»Ich möchte ein Zimmer für die Nacht buchen. Oberstes Stockwerk mit Balkon und Aussicht auf die Alpen«, sprach sie in einem tiefen und ernsten Ton.

»Oh, da werden Sie aber nicht mehr viel zu sehen bekommen, jetzt wo es schon dunkel wird!«, zwitscherte die Rezeptionistin.

»Äh, ich meinte natürlich für zwei Übernachtungen!« So viel zum Thema nicht auffallen, dachte Arwen und fasste sich imaginär mit der Hand ins Gesicht.

»Selbstverständlich! Wir hätten Zimmer 444 zur Verfügung. Es ist zwar nicht das höchste Stockwerk, dafür besitzt es aber den größten Balkon und eine atemberaubende Aussicht. Wir nehmen gerne Kreditkarte oder EC«, sagte die Angestellte.

»Geht auch bar?«, fragte Arwen.

»Oh, Sie möchten in bar zahlen? Dass ich das noch einmal erleben darf! Selbstverständlich bieten wir diesen antiquierten Service an.« Irritiert suchte die Rezeptionistin nach einem Schlüssel für die verstaubte Kasse. Als sie diesen nicht finden konnte, rief sie bei einem ihrer Kollegen an.

Na toll, das nächste Mal erscheine ich am besten gleich in einem rosa Wolpertingerkostüm, dachte sich Arwen.

Nachdem sie endlich den Schlüssel für das Zimmer bekam, begab sich Arwen schnurstracks zu den Aufzügen.

Als sich eine der Türen öffnete, kam ihr gedämpfte Hintergrundmusik entgegen. Es lief ein bekannter Oldie, der von grenzenloser Freiheit über den Wolken handelte und von Benzinpfützen, die so wunderschön schillern, als bestünden sie aus der Essenz von Regenbögen.

Früher triefte die Welt vor lauter Ängsten und Sorgen, erinnerte sich Arwen. Das hat sich wohl in unserer DNA eingebrannt. Kein Wunder, dass jetzt überall die Wolkenkratzer stehen. Ob das dabei geholfen hat, die alten Wunden zu heilen? Keine Ahnung. Aber ich weiß, dass ich es liebe, über den Wolken zu sein!

Als sie den Aufzug verließ, brauchte Arwen noch einen Moment, um sich aus ihrer Gedankenverlorenheit zu befreien, und machte sich schließlich leicht tänzelnd auf den Weg zu ihrem Zimmer.

So viele Monate hatte sie auf diesen Tag hingearbeitet. Endlich war es so weit, und die Aufgeregtheit und Freude strahlten aus all ihren Knopflöchern.

Nachdem Arwen ihr Equipment aus den Koffern geholt und sich ihr schwarzes »Ninjaoutfit« angelegt hatte, öffnete sie die Glastür zum Balkon und trat hinaus. Von den Alpen und ihrer unmittelbaren Umgebung war nicht mehr viel zu erkennen, woraufhin sie ihre Nachtsichtbrille aufsetzte.

Alles erglomm in einem satten Grünstich.

Nun ging es darum, den letzten Abschnitt ihres Plans in die Tat umzusetzen. Selbstbewusst trat sie auf die Balustrade, balancierte einen Moment auf ihren Zehenspitzen und griff nach dem Vorsprung des nächsten Stockwerkes. Trotz des Gewichtes ihres Equipments, zog sie sich elegant nach oben und klettere auf den überliegenden Balkon. In dem angrenzenden Zimmer befand sich eine FKK-Gruppe im höheren Alter, die hoch konzentriert Nackt-Yoga vollzog.

»Das ist mir dann doch zu viel der Freiheit, hier oben über den Wolken«, dachte sich Arwen und kletterte schleunigst weiter.

Nach zwei weiteren Balkonen hatte sie ihr Ziel fast erreicht. Jetzt musste nur noch der voll verglaste Restaurantbereich überwunden werden. Um dies möglichst zügig zu bewerkstelligen, kramte sie in ihrem Rucksack und holte einen kleinen Enterhaken heraus, während sie zur gleichen Zeit ihre Trägheitsdämpfer in den Stiefeln aktivierte. Ein gezielter Schuss und Sprung ließ Arwen geschwind in die Höhe gleiten. Beinahe unbemerkt, nur der kleine Timmy wurde schlagartig bleich, als er gelangweilt und laut schmatzend aus dem Fenster sah und eine Frau erblickte, die ihm schelmisch grinsend die Zunge rausstreckte. Dann war diese aber auch schon wieder verschwunden. Mit einer letzten Kraftanstrengung überwand Arwen das oberste Gesims. Endlich befand sie sich am Ziel ihrer Reise: das Dach des mit 303 Metern höchsten Gebäudes von München.

»Ich kann beim besten Willen nicht verstehen, warum Sie sich jedes Mal aufs Neue dieser Gefahr aussetzten!«, protestierte Frederik und ließ auf seinem Display einen Verbandskasten rot blinken, während er sich neben ihr materialisierte, und führte weiter aus: »Ich bin eine perfekt ausgebildete, äh, ich meinte konstruierte Lastendrohne. Ich hätte Sie von jedem Ort der Stadt innerhalb kürzester Zeit hier herfliegen können!«

»Und das ist genau der Grund, warum ich deine Hilfe beim Erklimmen der Dächer nicht benötige. Für mich und meine Vision ist es unverzichtbar, dass ich dieses Wagnis größtenteils aus eigener Kraft bewältige. Es benötigt Fleiß, Risikobereitschaft und Kreativität, um das Projekt zum Erfolg zu führen! Deine Rolle in dem Ganzen bleibt auf das Transportieren der Materialien begrenzt. So muss ich mir zumindest nicht mehr den Kopf darüber zerbrechen, wie ich all diese Dinge hier hinaufbekomme, und kann mich voll und ganz auf den Auf- und Abstieg der unzähligen Gebäude konzentrieren. Es ist ein wichtiger Teil von dem eigentlichen Schaffensprozess. Es ist Meditation und Überwindung zugleich«, philosophierte Arwen.

»Aber Sie sind doch promovierte Biologin. Es wäre viel gesünder für Sie, wenn Sie einfach in Ihrem Labor an der LMU bleiben würden!«, nörgelte Frederik.

»Bevor ich dir auf den Leim gegangen bin, habe ich dort unzählige Monate im Gewächshaus verbracht und vor mich hin gebrütet. Dann ist mir der große Coup gelungen, und ich habe schließlich meine Pflanzenbabys erschaffen. Ich bin Biologin und Künstlerin. Meine Berufung ist die Verschmelzung beider Facetten! Die erste Phase des Projektes war die Züchtung. Nun haben wir die Aussaat. Und das bedeutet nichts weniger als unbemerkt Münchens Himmelszelte zu erobern und ein Stück weit zu okkupieren«, entgegnete Arwen energisch und begann damit, Frederik von seiner schweren Ladung zu befreien.

Nachdem Spaten, Blumenerde und unzählige Stecklinge abgeladen waren, drehte sich die Drohne schief auf die Seite und flog langsam einige Runden um seine Meisterin.

»Was ist denn jetzt schon wieder los?«, fragte Arwen ungeduldig, während sie zum Spaten griff und anfing, gezielt Blumenerde zu verteilen.

»Heureka! Ich hätte da eine fabelhafte Idee, wie sie völlig risikofrei beide Seiten, in gleichem Maße, zum Ausdruck bringen könnten!« Auf ihrem Display erschienen eine gelbe Glühbirne und der Kopf von Archimedes.

»Hör auf! Das Malen von Pflanzen auf Leinwänden ist nicht sonderlich avantgardistisch!«, spottete Arwen.

»Woher wussten Sie, was ich im Sinn habe?« Frederik war ehrlich überrascht.

»Woher ich das wusste? Ihr KI-Blechbüchsen habt alle eins gemeinsam: Ihr seid unfassbar naiv und leicht zu durchschauen. Da helfen auch all die Billionen Transistoren nichts mehr. Warum sollte ich mich selbst beschneiden und mein Potenzial verschwenden, indem ich bloß auf diese selten dämlichen, begrenzten Mittel zurückgreife? Ganz München ist meine Leinwand. Mit weniger gebe ich mich nicht mehr zufrieden.«

Als die ersten Sonnenstrahlen die Dunkelheit aufbrachen, war das Werk vollendet und alle Stecklinge gleichmäßig verteilt. »Zum Glück sind die meisten Dächer Münchens mit Pflanzen begrünt. So musste ich meine Babys gar nicht erst verstecken, da sie in dem übrigen Gestrüpp wunderbar untergehen«, freute sich Arwen, während sie wieder alles zusammenpackte und auf der Drohne verstaute.

»Und welcher Schritt von Ihrem Plan folgt als Nächstes?«, fragte Frederik.

»Es gibt keinen nächsten Schritt. Wir sind fertig. Jetzt heißt es nur noch Weißbier trinken und auf den Frühling warten!«, antwortete sie und schaute ein letztes Mal auf ihre städtische Leinwand herab. Dann nahm sie ordentlich Anlauf und sprang kopfüber vom Dach. Nach einigen Metern aktivierte sich die vollautomatische Wingsuitfunktion ihres Outfits, und Arwen zischte Richtung Alpen davon.

3

»Hier ist das Erste Deutsche Fernsehen mit der Tagesschau. In unserem Studio begrüßt Sie Anette Singfuß.«

»Es ist ein gänzlich surreales und zugleich unglaublich bezauberndes Schauspiel, was sich heute den Menschen in München dargeboten hat. Von unzähligen Dächern der Stadt wehten riesige, purpur- bis pinkfarbende Wolkenschwaden und tauchten alles in ebendiesen Farben.

Experten der Ludwig-Maximilians-Universität haben dieses Phänomen ausführlich untersucht und sind zu dem Ergebnis gekommen, dass es sich hierbei um natürlichen Blütenstaub handele, der sich in allen

Straßen Münchens schneeartig anhäufe. Egal wohin man schaute, alles erstrahlte in einem purpur-pinken Farbenmeer! Aber was ist hier eigentlich genau geschehen?

Diesbezüglich haben wir Frau Dr. Arwen Dubois von der LMU im Interview.

Frau Dubois, bitte klären Sie uns auf, was es mit diesem farbintensiven Blütenstaub auf sich hat.«

»Grüß Gott, Frau Singfuß. Wir haben den ganzen Tag über an unterschiedlichen Orten Proben entnommen und konnten im Labor verifizieren, dass es sich hier ausschließlich um Blütenpollen handelt. Es sind also keine gesundheitsgefährdenden Chemikalien am Werk. Zudem sind die Pollen antiallergen und lösen keinerlei schädigende Reaktionen aus.«

»Und woher stammen diese Pollen?«

»Wir konnten ermitteln, dass sehr viele Dächer gezielt mit einer uns noch unbekannten hochpotenten und windbestäubenden Pflanzenzüchtung bestückt wurden. Wer auch immer dafür verantwortlich ist, muss ein Genie sein. Diese Züchtung ist äußerst komplex. Alleine die Brillanz der Farben und der Grad der Ausbreitung zeugen von sehr kundigem Sachverstand. Dazu kommt noch der Faktor, dass hier jemand, oder viel eher eine sehr ausgefuchste Gruppe, über mehrere Monate eben diese Pflanzen völlig unbemerkt über unseren Köpfen ausgebreitet haben.«

»Das lässt einen ja schon fast vermuten, dass hier Personen methodisch vorgegangen sind, um die ganze Stadt auf den Kopf zu stellen und in eine riesige Leinwand zu verwandeln?«

»Auf jeden Fall! Äh, ich meinte, jetzt wo sie das sagen, klingt dies durchaus sinnig.

Aber von Kunst verstehe ich nicht viel. Da sollten Sie vielleicht noch mal einen Kunstexperten zu Rate ziehen.«

»Das werden wir selbstverständlich für die morgige Sondersendung zu diesem Thema arrangieren!«

Mit einer wischenden Handbewegung ließ Arwen das Fernsehhologramm verschwinden und schlenderte gemütlich in ihr Blumenatelier. Schelmisch grinsend, blickte sie in die Mitte des Raumes, in der eine riesige Pflanze thronte, welche alles in ein purpur-pinkes Farbenspiel tauchte.

Lena Richter

Uferlos

In meinen Straßen lebt die Erinnerung.

Sie ist da, allgegenwärtig wie das Glänzen der Sonnensegel, das Glitzern des Wassers. Sie kriecht am Morgen mit dem Nebel über die Plattformen und knirscht wie Staub zwischen den Antrieben der Rotoren. Erinnerung lebt und atmet in den Menschen, deren Heimat ich bin. Eine Heimat, geschaffen und geträumt, erbaut und erkämpft. Ich bin das, was sie errichteten, nachdem sie alles verloren hatten. Nachdem der Ort, an dem sie lebten, nicht mehr da war. Sie gaben mir meinen Namen und sich selbst einen neuen, und gleichzeitig versprachen sie, nicht zu vergessen, was sie zurückgelassen hatten.

Der Name, den sie mir gaben, ist Nodarath. Und an manchen Tagen wiegt die Erinnerung so schwer, dass ich glaube, sie wird mich bis auf den Grund des Flusses hinabziehen.

Für die, die hier leben, bin ich noch immer neu. Auch wenn schon Algen und Muscheln und Schlick an mir haften, von oberhalb der Wasseroberfläche unsichtbar. Auch wenn die Wurzeln und Flechten, die meine unzähligen Plattformen miteinander verketten, schon hundertmal neu geformt werden mussten, die Formstahlseile von Rost befreit, die Blätter der Rotorenantriebe repariert. Auch wenn ich viel größer bin als zu Beginn. Was mit drei achteckigen Plattformen unter drei einsamen

Sonnensegeln begann, auf denen sich die Vertriebenen zusammendräng-
ten, ist so viel mehr geworden. Ich bin erstaunlich und wunderbar und
einzigartig. Doch die, die hier leben, sehen es kaum. Ob sie ihre alte Heimat noch immer vermissen? Selbst jetzt noch, da sie seit Generationen
nur noch in Bildern, Erzählungen und Erinnerung existiert?

Selten einmal kommen Fremde her. In ihren Augen sehe ich mich selbst
am liebsten. Ich sehe ihr Staunen, ihre Bewunderung. Am größten ist sie
an einem klaren Morgen, wenn die Sonne mich mit voller Wucht trifft: die
zahllosen Masten, im Dunkeln nichts als ein kümmerliches Abbild kahler
Bäume, die plötzlich zum Leben erwachen. Aus denen sich durchscheinen-
de Sonnensegel entfalten und wie Blumen ins Licht drehen. Das Glitzern
und Gleißen, wenn die Strahlen der aufgehenden Sonne sich in ihnen
fängt und Lichtreflexe über jede Plattform tanzen lässt. Die halbrunden
Wohngebäude mit ihren wabenförmigen Fenstern aus Glas. Die Pflanzen
der unzähligen Beete, die sich in die Morgensonne recken, so viel Grün auf
jedem freien Fleck zwischen den Wohn- und Versammlungsbauten. Noch
mehr staunen die Fremden, wenn sie die Blüten sehen. Bunte Blüten, so
vielfältig und auffällig, dass niemand auch nur für einen Moment denken
kann, es handele sich um Gemüsepflanzen zur Blütezeit. Nein, hier gibt es
Blumen. Pflanzen, für die Platz ist, obwohl man sie nicht essen kann. Sie
ranken sich an den Masten empor, sie wuchern zwischen den Gemüsebee-
ten. Keine einzige Person, die dem Ödland für eine kurze Reise auf mir
entflohen ist, würde nicht staunen über solchen Überfluss. Dann, wenn
die Segel vollständig entfaltet sind, wenn sie sich aufgespannt haben wie
ein näherer, glänzender Himmel, erwachen die Rotoren und Motoren der
Antriebe zum Leben, ein Vibrieren geht durch mich, und ich setze mich
in Bewegung. Und die Fremden stehen und sehen in Andacht zu, wie das
Ufer hinter ihnen zurückbleibt, wie ich Fluss und See hinuntertreibe, ewig
wandernd, niemals stillstehend, und später werden sie mit Wunder in ihrer
Stimme von mir erzählen: von Nodarath, der Schwimmenden Stadt.

Doch die Blumen, die so viel Bewunderung auslösen, wachsen nicht nur
wegen ihrer Schönheit. Sie sind die Zöglinge und Ableger jener Pflanzen,
die die Saruthari mitnahmen, in der Zeit, ehe sie Saruthari waren, in

der Zeit, als der Ewige Wald starb und ihre Heimat mit ihm. Die Blumen tragen Erinnerung in ihren Blüten, und sie flüstern ihre Namen wie alte Legenden: Moosglöckchen. Karmesinlilien. Trillerblüten. Die wabenförmigen Fenster sind nicht nur aus klarem Glas. Auf beinahe jedem Gebäude ist ein Teil von ihnen bunt graviert oder bemalt oder aus winzigen Mosaiksteinen zusammengesetzt. Die Bilder zeigen Wälder, so grün, wie es sie heute nicht mehr gibt. Sie zeigen Baumstämme, dreimal so dick wie die Masten der Sonnensegel, und samtene Moose in Türkistönen. Sie zeigen die Blüten jener Pflanzen, die nicht gerettet werden konnten, und das goldene Leuchten des Laubes im Herbst. Die Platten der großen oktogonalen Tische im Freien, an denen gemeinsame Mahlzeiten stattfinden, sind ebenfalls bunt bemalt, zeigen in kunstvoll verschlungenen Linien die Gebäude, wie sie einst waren: geschwungen und weich, um die Stämme der Bäume geschmiegt, bis hoch in ihre Wipfel, aus lebendem, atmendem Material. Ich kenne all diese Worte. Bäume. Wipfel. Gras. Doch für mich sind es nichts als Konzepte, die ich niemals begreifen kann. Die Saruthari jedoch stellen ihre Teller auf die Vergangenheit, ihre Teetassen auf die Bilder dessen, was sie verloren haben.

Ich frage mich manchmal, ob sie mich je lieben werden wie Bäume und Blumen, die sie nie gesehen haben.

Es gibt Veränderung, die über Nacht geschieht. Die Sonne geht auf, und die Welt ist eine andere. Und es gibt Veränderung, die so entsteht, wie Wasser ein Flussbett formt. Weder Wassertropfen noch Stein wissen, dass sie Teil davon sind. Doch jeder Kiesel, den der Fluss mit sich trägt, ist Veränderung.

Ich suche nach dem Kiesel, der mich verändern kann.

Die, die mich formten, wollten keinen Ort mehr, dem sie gehören. Sie wollten jederzeit aufbrechen können, wenn Gefahr drohte, durch Krieg, durch Plünderungen, durch Luft, die so giftig wurde, dass selbst die Fließenden sie nicht reinigen können. Ich bin, was sie sind, uferlos, treibend, wurzellos.

Ich finde die, in deren Herzen und Händen Veränderung fließt. Da ist Gron, der junge Koch, der neue Gerichte erfindet. Abends, wenn die Sonnensegel sich längst eingefaltet haben, dreht er die Lichter in der Küche wieder an und probiert und kombiniert, mischt Gewürze und legt Gemüsereste in selbst gemachte Tunken ein. Er fängt Algen und kleine Flusskrebse mit selbst gebauten Netzen und verarbeitet sie zu Suppen und Aufstrichen, Knusprigkeiten und Salaten. Im Dunkeln der Nacht isst er sie allein und putzt dann alle Spuren weg. Ob der Geschmack seiner Speisen die Sehnsucht nach den dunklen, erdigen Gerichten verschwinden lassen könnte, die noch immer die sorgsam gehüteten Rezeptsammlungen beherrschen?

Was ist überhaupt das Gegenteil von Erinnerung? Sind es Träume? Wünsche? Ist es Zukunft? Ist es ein Raum, der frei gehalten wird für Möglichkeiten?

Hier ist kein Raum zwischen dem Gedenken, dem Erinnern. Dem Verlorenen.

Da ist Doly, dier zu den Fließenden gehört. Die Magie der Fließenden erfüllt alles hier, sie sorgen dafür, dass das Wasser um mich herum klar und trinkbar ist, wohin auch immer ich treibe. Sie lassen die Pflanzen in den vielen Hochbeeten gedeihen, wenn Sonne, Erde und Luft nicht ausreichen. Die Fließenden können jede Verletzung, jede Krankheit heilen, jede Angst und jede tiefsitzende Wut. Sogar Erinnerungen können sie auslöschen. Ob Dolys Fähigkeiten ausreichen würden, einen kleinen Teil des ewigen Gedenkens verschwinden zu lassen, gerade genug, um die Sehnsucht nach Neuem zu wecken? Aber sier beschäftigt sich nicht mit dem Zwiespalt zwischen Vergangenheit und Zukunft. Sier liebt die Pflanzen, und sier macht keinen Unterschied zwischen den Blumen und den Gemüsepflanzen, dem Schönen und dem Nützlichen. Doly ist gern allein, redet wenig mit Menschen, doch sier begrüßt die Hochbeete mit den ersten Sonnenstrahlen und streicht über die Blätter, als kenne sier jedes beim Namen. Manchmal lässt sier die Pflanzen höher wachsen, wenn niemand hinschaut, formt aus Ranken und Blättern und Blüten Gebilde, und lässt sie dann schnell wieder zu Boden sinken, ehe sie bemerkt werden. Ob sier dafür sorgen könnte, dass alle die prächtigen grünen Beete als das Geschenk sehen, das sie sind, statt nur als mageren Ersatz für die Bäume von einst?

Sollte es mir nicht egal sein, womit die Menschen meinen gläsernen Leib bemalen? Welche Blumen sie erblühen lassen? Bin ich ein schlechter Ort, weil ich mir wünsche, dass sie weniger in Erinnerungen leben?

Dabei will ich doch gar nicht, dass sie vergessen. Ich will nur, dass auch Platz für anderes ist. Platz für Träume und Wünsche und Ideen, die in den Wäldern der Alten Welt nicht möglich gewesen wären. Platz für mich. Und Platz für sie.

Da ist Sinaridh, die weichen Arme voll Sommersprossen erhoben, das Glasschneidewerkzeug in der Hand. Nicht die jüngste der Glaswerkenden und nicht die beste, aber die mit den neuen Ideen. Die fragt, warum nicht auch das glitzernde Wasser und die Silhouetten der Flussschwalben auf den Glaswänden verewigt werden können. Die sich ganz nach vorn drängt, wenn Fremde mich besuchen, und ihnen zuhört, wenn sie von ihren Reisen erzählen. Nie leuchten ihre Augen heller, als wenn sie hört, wie sie über diesen Ort sprechen, über mich sprechen. Was für ein Wunder ich sei, was für ein magischer Ort, eine Insel aus Grün und Glas und Gesundheit im Gift des Öldlands. Danach argumentiert sie besonders wild mit denen, die über die Glaskunst abstimmen. Zeigt die Entwürfe vor, die sie gezeichnet hat. Und übt nachts im Schein der Lampen die Schwünge von Flussschwalbenflügeln auf alten, trüb gewordenen Glaswaben, wenn sie wieder überstimmt wurde.

Und dann geschieht ein Wunder, und die drei begegnen sich.

Ich weiß, wie groß das Wunder ist; wenn Gron nicht die Klumpkürbisscheiben ausgegangen wären, wenn Doly nicht am Tag zuvor das Werkzeug in ebenjenem Beet vergessen hätte, wenn Sinaridh nicht die Wut gepackt hätte über ihre Entwürfe, die niemand sehen wollte, so sehr, dass sie sie lieber den Wassern des Flusses anvertrauen wollte; wenn Gron nicht so in Gedanken gewesen wäre und Doly nicht mit den Augen bei den Siebenblüten und Sinaridh nicht die Wuttränen die Sicht verschleiert hätten, dann wären sie aneinander vorbeigedriftet.

Aber so treffen sie einander, wie ein Stein die Wasseroberfläche trifft, und gehen in einem Wirbel aus Beinen und Armen, aus flatternder Kleidung und überraschten Lauten zu Boden.

Und das Wunder geht weiter. Die Sonne scheint an diesem Vormittag genau richtig, warm, aber nicht heiß. Es ist windstill, und die auf Papier gekritzelten Entwürfe flattern nicht davon, sondern liegen den drei zu Füßen. Und so bleiben sie auf dem Boden sitzen, zwischen sich einen verstauchten Knöchel, ein paar Kratzer und einen halb aufgegebenen Traum, und beginnen zu sprechen.

Dolys Kräfte sind eine gute Ausrede, die beiden anderen am nächsten Tag wieder zu besuchen und zu fragen, ob sie siere Magie brauchen, für Sinaridhs Knöchel und Grons zerkratzte Arme. Grons Arbeit als Koch bedeutet, dass er die beiden jeden Tag wieder sieht, wenn er die großen Töpfe und Schalen aus dem Kochgebäude der Plattform trägt und für das gemeinsame Essen an die Tische im Freien schleppt. Und Sinaridh ist die, die in den anderen beiden denselben Funken erkennt, während sie miteinander essen und Gemüsebeete von Unkraut befreien und auf den Fluss schauen.

Zeit vergeht, träge wie das Fließen des Flusses. Die Tage werden länger, und wie immer wechsle ich die Richtung, zurück flussaufwärts, zurück durch Flussarme und Seen. Das Wasser wird wärmer, und durch das Wirken der Fließenden ist es sauber genug, um darin zu schwimmen. Doly, Sinaridh und Gron sind beinahe jeden Tag im Wasser, morgens, bevor meine Antriebsrotoren erwachen. Während die Strahlen der aufgehenden Sonne sie wärmen und ehe sie ihre täglichen Aufgaben beginnen, ist viel Zeit für Gespräche. Ihre Köpfe liegen dicht beieinander, die getönten Brillen gegen das von den Sonnensegeln reflektierte Licht über grauen, braunen, grünen Augen; zwischen ihnen auf dem Steg die halbnassen Haare, schwarz und rot und braun, die Strähnen ineinandergerollt wie Pinselstriche. Manche Gespräche verändern die Welt. Auch ich muss mit einem Gespräch begonnen haben, mit einem Impuls, einer Idee. Doch dieser Impuls, der zwischen den dreien schwebt, ist nicht aus Not und Sorge geboren. Es ist die Art von Idee, die entstehen kann, wenn Menschen satt und ein wenig müde und nicht allein sind, wenn die

Sonne genau richtig wärmt, wenn eigentlich alles in Ordnung ist, und doch ist da dieser Gedanke, der einfach nicht verschwinden will. Und diesmal ist es nicht Sinaridh, die ihn ausspricht, diesmal ist es Gron, der sich aufrichtet, den drahtigen Körper angespannt. Er zeigt auf eine bunte Projektorwabe an der Seite eines Gebäudes, und die anderen beiden folgen seinem Blick: In zwei Wochen ist Sugath, das Fest des Aufbruchs. Die bunte Wabengrafik weist den Ablauf der Feierlichkeiten aus.

Was wäre besser geeignet für neue Ideen als ein Fest des Aufbruchs?

In der Nacht vor Sugath gehen die drei, in die ich meine Hoffnung setze, getrennter Wege. Gron verschwindet mit einem Berg an Zutaten in dem Kochgebäude, in dem er jeden Tag arbeitet. Doly zieht sich zu einer Meditation der Fließenden zurück, denn morgen wird sier alle Kräfte brauchen. Sinaridh hingegen schleicht sich durch die Dunkelheit zur zentralen Plattform.

Sinaridh hat zwei Wochen lang Material gesammelt, aussortiertes Werkzeug und vergessenes Metall. Hat noch mehr Skizzen gezeichnet und sie mit Gron und Doly besprochen. Jetzt steht sie im Schutz der Dunkelheit vor dem großen Gebäude auf der zentralen Plattform. Morgen werden die Obersten der Stadt hier eine Ansprache halten, werden an das erinnern, was verloren ging, an den Aufbruch in eine ungewisse Zukunft, als die alte Heimat der Saruthari starb. Die geschwungene Front des Gebäudes zeigt als Glaskunst das Verlorene. Den Ewigen Wald, der keine Ewigkeit überdauerte. Sinaridh steht vor dem Bild und betrachtet es, dieses zentrale Kunstwerk, dieses Abbild der Vergangenheit. Und dann schneidet sie, schneidet dünne Linien. Füllt sie mit Metall, so grün wie das Laub der Bäume. Schafft Schwünge und Worte und Bilder, unsichtbar im Dunkeln der Nacht. Doch als am nächsten Morgen die Sonne aufgeht, sehe ich es, sehen es alle: glänzende Linien, die im Licht funkeln. Glänzende Linien, die sich zwischen den Blüten und Bäumen der Verlorenen spannen und im Glitzern des Sonnenscheins die Silhouetten dreier Flussschwalben formen. Darunter in verschlungenen Buchstaben ein Name, *mein* Name: Nodarath.

Eine Menschentraube sammelt sich vor dem Kunstwerk, das für immer verändert ist. Gemurmel und Getuschel geht durch die Saruthari. Sie zeigen auf die Glaskunst, manche lachen, manche schütteln den Kopf. Und noch ehe sie sich wieder zerstreuen können, ertönt eine helle Glocke, und macht aufmerksam auf Gron, der am Rand der Plattform seinen Stand geöffnet hat. Es zischt, als er die ersten Fladen aus Bohnenteig auf die heiße Metallplatte legt, und bald zieht der Duft seiner Kreationen durch die Menge: Bohnenteigfladen, versetzt mit würzigen Algen, belegt mit gebratenem Fisch, frittierten Flusskrebsen oder eingelegtem Kürbis, bestreut mit Grons eigener Gewürzmischung und garniert mit essbaren Blüten. So bunt sind die kleinen Gerichte, so ungewohnt, so anders, dass die Neugier schnell die ersten Hungrigen findet, die gierig hineinbeißen. Die die Gesichter verziehen, weil es ihnen schmeckt oder gerade nicht, sich gegenseitig Stückchen zum Probieren reichen. Keine der Zutaten gehört zu den typischen Geschmacksnuancen, die hier normalerweise geschätzt werden, aber die Menschen scharen sich um den Stand, bis alles ausverkauft ist.

Als die Sonne am höchsten steht, treten drei der Fließenden in die Mitte der Plattform. Es ist ihre Aufgabe, die Worte zu sprechen, mit denen Sugath begangen wird. Sie erinnern an die Zeit, in der die Vorfahren der Saruthari einsehen mussten, dass ihre Heimat nicht mehr zu retten war. An den Bau der ersten Plattformen, der Sonnensegel, an das Werk der Fließenden, die das Wasser rund um das schwimmende Bauwerk reinigten. In ihren Reden schwingt die Sehnsucht nach dem Verlorenen mit, in ihren Gesten die Trauer um das Damals. Kein Wort von den Errungenschaften, von dem Wunder, das ich bin. Doch während die rituellen Reden gehalten werden, geht ein weiteres Mal ein Murmeln und Tuscheln durch die Menge. Doly ist neben die drei Fließenden getreten, Doly, dier nie vorn steht, weil sier sich nichts aus Worten macht. Stattdessen trägt sier ein Gefäß aus Wasser in den Händen, in denen eine einzelne Wasserrose treibt. Sier stellt es neben dem kuppelförmigen Hauptgebäude ab, dessen Glaskunstwerk Sinaridh verändert hat. Und während die drei Fließenden schwere Worte sprechen, Worte voller Erinnerung und Verlust, lässt Doly die Wasserrose wachsen. Der Stängel der Pflanze verformt sich unter sieren Händen, dehnt sich aus, gespeist von ein wenig Wasser und Dolys Kräften. Die

Pflanze rankt sich das Gebäude hinauf, schmale grüne Spuren auf Glas. Knospen formen sich, wartend. Doly wartet, bis die drei Sprechenden ihre Rede beendet haben. Alle senken den Kopf, in stummem Gedenken, die Anerkennung dessen, was zurückgelassen wurde. Doch dann, als der Moment der Stille vorbei ist, klatscht Doly in die Hände, ein einzelner Laut, der das Schweigen zerbricht. Und überall an der Fassade des Kuppelbaus öffnen sich gleichzeitig die Knospen: Wasserrosenblüten in Weiß, Blau und Rosa, Dutzende, vielleicht Hunderte. Die Saruthari, die eben noch geschwiegen haben, jauchzen und zeigen mit den Fingern und lächeln. Das Kunstwerk hält für einige Minuten, geschaffen aus einer Pflanze, die der Ewige Wald nicht kannte. Doch die Schönheit dessen, was Doly erschaffen hat, kann niemand leugnen.

Als die Sonne an diesem Tag des Sugath untergeht, liegt ein wenig Dunst in der Luft, und das letzte Licht taucht meine gläsernen Bauten in Wolken aus Gold. Doly und Sinaridh und Gron stehen zusammen, zwischen ihnen das Band, etwas gemeinsam geschaffen zu haben, etwas verändert zu haben, und sei es nur von der Größe eines Kiesels. Gemeinsam gehen sie in der Abenddämmerung zurück zur Plattform, auf der alles anfing. Sie tauschen Blicke, die sich fragen, was sie noch alles vermögen, was sie noch alles tun, wer sie noch alles sein könnten.

Und ich wende meine Gedanken wieder ab von ihnen, richte sie auf den Fluss, das ewige und niemals gleiche Fließen. Ich werde noch oft auf ihm reisen, und die Saruthari mit mir, uferlos und ewig in Bewegung, und doch nicht ohne Heimat.

Mein Name ist Nodarath, doch Fremde nennen mich die Schwimmende Stadt. Die Erinnerung lebt in meinen Straßen, und zwischen dem Glänzen der Sonnensegel und den letzten Wasserrosenblüten trifft sie auf etwas, das Zukunft werden könnte.

Marina Wolf

Die Krähen

Neila zog sich ihre Kapuze tiefer in die Stirn und stemmte sich gegen Wind und Regen. Sie hatte nicht damit gerechnet, dass das Wetter dermaßen widerlich werden würde. War sie überhaupt auf dem richtigen Weg? Sie tippte auf das Display an ihrem Armband. Sofort ließen Regentropfen das Bild verschwimmen, und sie stieß einen leisen Fluch aus. Die nächste Windböe trieb sie weiter die Straße entlang, um eine Ecke, über einen Grünstreifen, in dem hohe Gräser wie Geisterfinger tanzten, und unter den Schutz eines geschwungenen Vordaches. Sie riss sich den Rucksack vom Rücken und atmete erleichtert auf, als sie alles darin trocken vorfand. Dann beugte sie sich vor und rieb ihr Knie. Bei Regenwetter juckte es immer furchtbar an der Stelle, an der ihr Bein in ihre Prothese überging. Dabei fiel ihr Blick auf eine kleine, schwarze Silhouette, eine Art Comiczeichnung, die jemand auf Höhe ihrer Knöchel an die Gartenmauer gemalt hatte. Ein Spatz, der ironischerweise einen aufgespannten Regenschirm über sich hielt.

»Sehr witzig«, knurrte Neila.

Ein Stück über dem Bild verkündete eine Messingtafel in großzügigen Lettern:

Villa Lafallier

Dauerausstellung der Sammlung Lafallier
Öffnungszeiten: täglich 10.00–18.00 Uhr

Wieder linste Neila auf ihr Armband. Eine halbe Stunde in einer der Trockenkabinen am Eingang wäre ein Segen und würde ihr ermöglichen, ungesehen die Prothese abzunehmen und sich um die Haut darunter zu kümmern. Also wandte sie Regen und Wind den Rücken zu und betrat die elegante Jugendstilvilla.

Keine Stunde später schlenderte Neila durch die Kunstausstellung. Die warme Luft der Trockenkabine hatte ihren Zweck erfüllt und ihr schwarzes Kapuzenkleid bis zur Unterwäsche getrocknet. Als sie einen hellen Raum betrat, der rund um einen begrünten Innenhof angelegt war, glitt zum ersten Mal an diesem Tag ein Lächeln über ihr Gesicht. Nicht wegen der kleinen Bilder an der Wand oder der bunten Filterglasscheiben zum Hof, hinter denen sich das Unwetter in sanften Regen verwandelt hatte. Auch nicht wegen der baumartigen Säulen, die ihre schmiedeeisernen Äste von den Wänden über die gewölbte Decke streckten. Neilas Lächeln galt dem mannhohen Automaten, der zwischen einem der Eisenbäume und ein paar Tischen stand. Als sie auf ihn zuging, leuchtete auf seinem Display ein Smiley auf.

»Hallo«, quäkte der Automat. »Was kann ich dir anbieten?«

»Ähm ...« Neila überflog kurz die Angebotsliste. »Falafel. Und dazu Chips. Und heiße Schokolade.«

Der Pixelmund verbog sich nach unten. »Möchtest du nicht lieber ein belegtes Vollkornbrot mit Salat, Tomaten ...«

»Ich bin glutenintolerant«, unterbrach Neila ihn.

Die Pixelaugen blinzelten, während der Automat Daten abrief. »Das ist nicht in deiner Krankenakte hinterlegt.«

»Mir egal. Kann ich jetzt mein Essen haben?«

Der Pixelmund zog sich noch weiter nach unten. »Bei deinem derzeitigen Blutzuckerspiegel muss ich von zuckerhaltigen Getränken abraten. Und Falafel und Chips haben einen sehr hohen Fettgehalt. Bei deinem Body-Maß-Index ...«

Neila starrte den Automaten an. »Geht's noch? Seit wann liest du meinen BMI aus?«

Der Smiley kehrte zurück. »Die Errechnung des BMI ist ein kostenloses Feature, über das alle Automaten der Serie ULW 9205 seit dem letzten

Update verfügen. Wir freuen uns, dich bei einer gesunden Ernährung zu unterstützen.«

»Ich will aber keine gesunde Ernährung! Ich will Falafel und Schokolade!«

»Dein derzeitiger Blutzuckerspiegel liegt bei …«, setzte der Automat an.

Neila tippte ein paar Befehle auf ihrem Armband ein und unterbrach die Verbindung. »Mein Blutzucker geht dich einen Dreck an. Jetzt gib mir mein Essen.«

Das Pixelgesicht begann rot zu blinken. »Leider kann ich keine Verbindung zu deinen Gesundheitsdaten aufbauen. Bitte achte darauf, dass dein Health Device ordnungsgemäß an deinem Körper anliegt.«

»Verfluchter, bescheuerter Haufen Blech!« Neila trat so kräftig gegen den Automaten, dass er leicht schwankte.

»Vorsicht«, erklang eine Stimme hinter ihr. »Anton ist nicht sehr stabil. Du könntest ihn umkippen.«

Neila fuhr herum. »Sehe ich aus, als könnte ich einen fetten Automaten …« Die Worte erstarben auf ihren Lippen. Vor ihr stand ein junger Mann, der ungefähr in ihrem Alter sein musste. Damit endeten die Gemeinsamkeiten aber auch schon wieder. Neilas Augen wanderten über hohe Wangenknochen, perfekt sitzende Jeans und ein weißes Shirt, das wohlgeformte Muskeln zur Geltung brachte. Im Kontrast zu seiner dunklen Haut strahlte es geradezu, als wäre er ein Model bei einem Fotoshoot. Neila spürte, wie ihr die Röte vom Ausschnitt ins Gesicht kroch und jeden einzelnen Mitesser auf ihrer blassen Haut noch besser zur Geltung brachte. Zu allem Überfluss war auch noch ihre Kapuze verrutscht und gab den Blick auf ihre kurzen, grünen Haare frei, die seit der Trockenkabine wie elektrisiert in alle Richtungen abstanden.

Der Neuankömmling trat an ihr vorbei. »Hallo, Anton. Gibst du mir eine heiße Schokolade?«

Das Automatengesicht strahlte. »Natürlich, Rai. Sehr gerne.«

Neila trat einen Schritt zurück. Natürlich bekam dieser Rai seine Schokolade ohne Getue. Sein Blutzuckerspiegel war sicher perfekt und sein BMI ganz offensichtlich kein Problem. Nervös huschte ihr Blick zu der Glasfront, als suchte sie nach einem Fluchtweg.

Sie zuckte zusammen, als Rai ihr einen dampfenden Becher unter die Nase hielt. »Das wolltest du doch, oder?«

»Äh, ich, ja, schon.« Neila biss sich auf die Zunge. Sie musste unbedingt aufhören zu stammeln. »Ich kann es dir zurückzahlen.«

Rai lächelte. »Mach dir keinen Stress. Ich zahl hier nichts.« Er streckte ihr eine Hand hin. »Ich bin Rai Lafallier.«

Neila stutzte. »So wie in Villa Lafallier?«

Er hatte keine Gelegenheit mehr, die Frage zu beantworten.

Plötzlich dröhnte Speedmetal aus unsichtbaren Lautsprechern. Die Fensterfront fuhr herunter, und mit einem Schwall kühler Luft zischten Gestalten auf Hoverboards herein. Schwarze Masken mit einer Art Vogelschnabel bedeckten ihre Gesichter. Sie glitten so gekonnt im Rhythmus der ohrenbetäubenden Musik durch die Luft, als wäre diese ihr wahres Element. Neila wich vor ihnen zurück und blieb an einem schmiedeeisernen Zweig hängen. Hastig riss sie sich los und prallte gegen ein kleines Gemälde, das passenderweise eine lachende Frau auf einer Schaukel zeigte, die von vier Vögeln durch den Himmel getragen wurde. Der Raum begann sich mit einem milchigen Rauch zu füllen, der sich auf den Linsen der Überwachungskameras sammelte und alles zu bunten Schemen verzerrte. Neila musste husten und stützte sich haltsuchend an der Wand neben dem Gemälde ab. Die Musik dröhnte in ihrem Kopf und ließ den ganzen Raum vibrieren. Schemenhafte Gestalten tauchten aus dem Rauch auf und verschwanden wieder. Ganz in ihrer Nähe gewahrte sie die Umrisse einer Transportbox, wie Neila sie sonst nur für Tiertransporte kannte. Sie bestand aus einem leichten, aber sehr stabilen und vor allem wetterfesten Quader, auf den man ein Tier führen konnte, bevor man kuppelförmige Seitenwände aus dem Grundbauteil hochfahren ließ, um das Tier einzuschließen. Der Quader diente dabei nicht nur als Standfläche, sondern ließ sich auch seitlich aufklappen, um Futter und andere Utensilien in einem Hohlraum zu verstauen. Oder, wie in diesem Fall, Kunstobjekte. Immer wieder schwebten maskierte Gestalten an die Box heran und schoben Bilder hinein. Noch immer bewegten sie sich im Rhythmus der Musik, als wäre dies alles eine kuriose Bühnenperformance.

Da tauchte Rai aus dem Nebel auf und bekam eines der Boards zu fassen. Es schwankte, die Person darauf ruderte mit den Armen, fing sich im letzten Moment wieder und trat nach ihrem Angreifer. Das Board entglitt Rais Fingern, krachte gegen den Snack-Automaten und verschwand aus Neilas Sicht.

Der Blechkasten namens Anton gab ein schrilles Pfeifen von sich und neigte sich ihr zu, als wollte er sich verbeugen. Im nächsten Moment bekam Neila einen Stoß in die Rippen. Sie schrie auf und versuchte sich festzuhalten, doch ihr Griff ging ins Leere. Sie stolperte und fiel direkt auf die Transportbox. Ihr Rucksack rutschte von ihrer Schulter, und jemand landete unsanft auf ihr, gerade als der Automat laut krachend auf die Stelle stürzte, an der sie eben noch gestanden hatte. Unter ihr schloss sich mit einem spürbaren Ruck die Beladungsklappe.

»Was zum ... ?« Reflexartig klammerte Rai sich an ihr fest. Die Drucksensorik in der Standfläche hatte ihr Gewicht registriert, und Neila spürte ein Vibrieren, mit dem die Box sowie die zugehörige Transportdrohne irgendwo über ihnen sich auf den Start vorbereiteten. Sie zog gerade noch rechtzeitig ihre Füße ein und stieß auch Rais Beine zur Seite, als die Transportwände hochfuhren und die Box sich schwankend in Bewegung setzte. Sie erhaschte einen letzten Blick auf eine Wand, an der vor Kurzem noch pastellfarbene Aquarelle gehangen hatten. Jetzt prangte dort ein geschwungener Schriftzug mit den Worten »Kunst ist frei« und darüber ein Stencil einer lachenden Krähe. Dann schlossen sich die Wände um sie herum. Die dröhnende Musik verklang, die Drohne legte an Geschwindigkeit zu, und Wind packte die Box, als sie den Schutz des Hauses verließ.

Neila wurde zwischen Rai und eine Seitenwand gequetscht und jaulte auf.

»S... Sorry.« Rai stemmte sich von ihr weg, stieß mit dem Kopf gegen die Kuppeldecke, fluchte laut und hämmerte dagegen.

Auch Neila rappelte sich auf. Ihr Knie juckte schon wieder und ließ ihre Worte noch verärgerter klingen, als sie ohnehin war. »Lass den Mist! Diese Dinger sind stabil genug, um ein durchdrehendes Nilpferd zu halten.«

»Ich bin kein Nilpferd!«

Neila wusste nicht, ob er sie aus Angst oder Wut anbrüllte, aber das war auch egal. Sie brüllte genauso laut: »Dann hättest du uns nicht hier reinschubsen sollen!«

Er zuckte zurück und stieß sich wieder den Kopf. »Verdammt!« Er sah sich in ihrem fliegenden Gefängnis um. »Was ist überhaupt passiert?«

Neila fingerte an ihrem Rucksack herum. Zum Glück hatte sie ihn in dem ganzen Chaos nicht verloren. »Anscheinend haben die Krähen euch erwischt.«

»Wer?«

Neila runzelte die Stirn. »Hast du noch nichts von ihnen gehört? Die Bande stiehlt Kunstwerke aus Privathäusern und stellt sie dann irgendwo in der Stadt aus, damit alle sie sehen können.«

»Ach, die.« Rai rutschte herum, bis er mehr Luft zwischen Kopf und Kuppeldecke hatte. »Ich hab von ihnen gehört. Aber warum kommen die zu uns? Die Villa ist doch für jeden zugänglich.«

Neila schnaubte. »Für jeden, der eure gesalzenen Eintrittspreise zahlen kann. Was ist?«

Er deutete mit besorgter Miene auf ihre Schulter. »Du blutest.«

Verwundert wandte Neila den Kopf. Sie hatte den Metallast, der ihr Kleid zerrissen hatte, ganz vergessen. Tatsächlich sickerte Blut aus einem langen Kratzer.

»Kakerlakendreck!«, schimpfte sie und sah sich um. »Irgendwo muss hier ... Aha!« Sie öffnete eine Bodenluke und zog eine kleine Flasche Desinfektionsspray hervor. »Ist zwar für Tiere, sollte aber funktionieren.«

»Du kennst dich ja gut mit diesen Transportdingern hier aus«, sagte Rai und nahm sie ihr ab.

Neila riss den zerfetzten Ärmel ganz von ihrer Schulter und ließ es zu, dass er ihre Wunde säuberte. »Hab bei der Entwicklung der Transportdrohnen mitgearbeitet. Autsch! Das brennt!«

Rai ignorierte sie und nickte nur zu dem Tattoo auf ihrer Schulter. »Da ist ja noch so ein Vogel. Das ist aber keine Krähe, oder?«

Sie schüttelte den Kopf. »Das ist eine Wildgans. Wie kann man die denn für eine Krähe halten?«

»Sorry!« Er grinste. »Wenn du mir mehr davon zeigst, hätte ich sie sicher erkannt.«

Sofort wurde sie wieder rot.

»Wieso nehmen sie überhaupt Tierboxen, wenn sie Bilder klauen wollen?«, fragte Rai nachdenklich.

Neila blieb eine Antwort erspart, denn in diesem Moment ging ein Ruck durch die Box, und sie begann zu sinken. Wenig später setzten sie auf dem Boden auf, und die Transportwände fuhren herunter. Neila starrte in maskierte Gesichter und den dunklen Lauf einer Pistole.

»Sieh an, was uns die Katze da ins Haus geschleppt hat.« Die Stimme der Waffenträgerin klang weiblich und leicht rau. »Blinde Passagiere, hm?« Ihr langes, pechschwarzes Haar klebte im Nieselregen an ihren Schultern, und auf den darin eingeflochtenen Krähenfedern hatten sich Wassertropfen gesammelt.

Rai fand als Erster seine Sprache wieder. »Was heißt hier Passagiere? Wir sind entführt worden!«

Seine anklagenden Worte riefen Unruhe in der Gruppe hervor. »Red keinen Scheiß!«, zischte jemand. »Wir sind doch keine Kidnapper.«

Neila presste die Lippen aufeinander und sah sich um. Sie mussten auf einer Fabrikanlage sein, denn vom Boden stieg eine angenehme Wärme auf. Aus dem sie umgebenden Grün von Schlingpflanzen und Buschwerk ragten riesige Schornsteine und eine Handvoll Windräder, die über und über mit Malereien bedeckt waren. Nur wenige Schritte entfernt erhob sich eine Mauer, auf der eine überlebensgroße Frau in einem farbverschmierten Overall abgebildet war. Auf ihrem Handgelenk saß eine Krähe. Neila war so gefesselt von dem Anblick, dass sie beinahe die Worte der Frau vor sich überhört hätte.

»Du bist doch Rai Lafallier, oder? Der Erbe von diesem Kunstschleicher Hector.«

Rai richtete sich auf. »Mein Großvater war ein Sammler. Kein Dieb wie ihr!«

Die Krähenfrau lachte humorlos und deutete mit einem Daumen auf das Bild hinter ihrem Rücken. »Weißt du, wer das ist?« Als Rai den Kopf schüttelte, erklärte sie: »Das ist Ada Malis, eine der größten Künstlerinnen unserer Zeit. Sie hat Straßenkunstprojekte gefördert und Bahnhofshallen bemalt. Deinem Großvater hat sie kein einziges ihrer Bilder verkauft, weil sie nicht wollte, dass er sie in Privatzimmern einsperrt, wo keiner außer Champagner schlürfenden Hohlköpfen sie sehen kann.«

»Kunst ist frei!«, rief jemand hinter ihnen.

Rai drehte sich nicht um. Er betrachtete das Portrait der Künstlerin. »Aber ...«, setzte er an und verstummte.

»Aber«, fuhr die Krähenfrau fort. »Nachdem Ada bei einem Brand gestorben ist und ihre Frau schwer verletzt in einer Klinik lag, hat ihr Schwager sich ihre Bilder unter den Nagel gerissen. Er hatte kein Recht, sie an deinen Großvater zu verkaufen, aber das muss einen Hector Lafallier ja nicht kümmern. Und du nennst mich eine Diebin?«

»Das wusste ich nicht«, sagte Rai langsam. »Ehrlich. Ich habe bis vor Kurzem bei meiner Mutter gelebt und bin erst nach Großvaters Tod wieder hierhergekommen.«

Die Hand der Krähenfrau blieb ruhig, als sie den Lauf ihrer Waffe auf Rais Brust richtete. »Vielleicht stimmt das sogar. Trotzdem können wir dich jetzt nicht einfach wieder heim spazieren lassen. Sorry.«

»Hey!« Erst als Neila sich zwischen die Waffe und Rai geworfen hatte, kam ihre Handlung auch in ihrem Gehirn an und sie erstarrte. Mühsam löste sie den Blick von der Pistolenmündung und richtete ihn auf die dunklen Augen hinter der Maske. »Das ist doch nicht dein Ernst? Die Krähen haben noch nie jemanden verletzt.«

Die Frau zuckte mit den Schultern. Und drückte ab. Neila schrie und sackte vornüber, doch der befürchtete Schmerz blieb aus. Stattdessen legte sich Nebel um ihre Gedanken, und ihre Glieder wurden schwer.

Ein Schlafmittel, schoss es ihr durch den Kopf. Dann umhüllte sie Dunkelheit.

Drei Wochen nachdem Rai im Gebüsch hinter der Villa Lafallier erwacht war, stieg er in einem kleinen Küstendorf aus einem Lufttaxi. Die warme Luft war erfüllt von Salzgeruch und dem heiseren Lachen der Möwen. Auf dem Dach des Bungalows, vor dem er stand, wucherten Moos und Wiesenblumen. Die Wände waren mit Bildern in leuchtenden Solarfarben bedeckt.

Rai atmete tief durch und drückte auf die Klingel. Er hörte laute Stimmen, dann wurde die Haustür schwungvoll aufgerissen.

Neila hatte sich seit ihrer letzten Begegnung verändert. Ihre Haare waren jetzt strahlend blau und über einem Ohr abrasiert. Das schwarze Kapuzenkleid war einem Trägertop und Shorts gewichen, sodass die leicht schimmernde Prothese unter ihrem Knie frei lag.

Eine Weile starrten sie sich wortlos an, dann sagte Rai: »Weißt du, was komisch war? Nachdem diese Krähe mir so einen leidenschaftlichen Vortrag über ihre Lieblingsmalerin gehalten hat, habe ich festgestellt, dass ausgerechnet eines von Ada Malis Bildern nicht gestohlen wurde. Es hing direkt an der Stelle, an der wir uns begegnet sind.«

Neila wurde eine Spur blasser, doch sie entgegnete kühl: »Kann mich nicht erinnern.«

»Es heißt *Auf geliebten Schwingen*«, erklärte Rai. »In dem Selbstporträt sitzt Ada Malis auf einer Schaukel, die von vier Vögeln getragen wird. Die Möwe steht, wie in Fachkreisen allgemein bekannt ist, für ihre Lebenspartnerin. Die anderen Vögel zeigen angeblich ihre Pflegekinder: einen Spatz, eine Krähe und ...« Er deutete auf ihre nackte Schulter, auf der ihre Tätowierung deutlich zu sehen war. »Eine Wildgans.«

Neila verschränkte die Arme vor der Brust und starrte ihn nur an.

Rai redete schnell weiter, bevor ihre scharfen Augen ihn zu sehr aus dem Konzept brachten. »Ich hab mich ein bisschen schlau gemacht, und es stimmt, dass Adas Familie nach ihrem Tod versucht hat, ihre Bilder zurückzubekommen. Ich hab keine Ahnung, warum sich mein Vater dagegen gesperrt hat. Ihm liegt nichts an ihnen.«

Neila presste ihre Lippen zusammen und blieb weiter stumm.

»Dann hab ich mir das Bild genauer angeschaut, das nicht gestohlen wurde«, erklärte Rai. »Es ist wunderschön, aber die Signatur passt nicht. Ada Malis hat ihren Namen immer mit einer Skizze einer kleinen Pfauenfeder versehen. Aber auf unserem Bild ist die Feder schwarz. Wie von einer Krähe.«

Er sah Neila abwartend an. Die verdrehte die Augen und murmelte etwas, das wie »arrogantes Miststück« klang. Als sich die anschließende Stille in die Länge zog, sagte Rai langsam: »Also hab ich ein bisschen nach Adas Pflegekindern geforscht. Ihre älteste Tochter Maluk ist inzwischen selbst eine berühmte Malerin und Street-Art-Künstlerin. Ihr Sohn Tom ist nach Adas Tod hierher zurückgekehrt, um seine überlebende

Mutter zu pflegen. Nur über ihre dritte Tochter, Neila, habe ich kaum
was gefunden. Bis ich sie zufällig unserem Sicherheitsberater gegenüber
erwähnt habe, der gerade herauszufinden versucht, wie die Krähen unser
Alarmsystem austricksen konnten. Weißt du, was er gesagt hat?«

Neila hob fragend eine Augenbraue.

»Dass Neila die Wildgans eine der gefragtesten weißen Haeksen auf
diesem Kontinent ist. Er würde seinen kleinen Finger dafür geben, einmal
mit ihr zusammenzuarbeiten. So jemand könnte so tun, als würde sie
sich mit einem Automaten streiten, während sie in Wirklichkeit das
Alarmsystem für eine Bande von Kunstdieben deaktiviert.«

Ein kleines Lächeln zupfte an Neilas Mundwinkel.

Davon ermutigt, fuhr Rai leise fort: »Du hast das Bild ausgetauscht,
oder? Was von den Krähen gestohlen wird, taucht immer irgendwo an
öffentlichen Orten wieder auf. Aber dieses Bild wolltet ihr behalten,
weil es eure Familie zeigt. Also hat Maluk eine Fälschung angefertigt,
und du hast es irgendwann in dem ganzen Chaos ausgetauscht. Deshalb
auch der Tiertransporter. Du hattest von Anfang an geplant, damit
abzuhauen.«

Neila legte den Kopf schief und musterte ihn eingehend. Schließlich
sagte sie: »Es ist nicht fair. Wenn jemand so reich ist wie du und dann
auch noch aussieht wie ein Model, dann sollte er wenigstens so viel
Anstand haben und dumm sein wie ein Koffer voll Weißbrot.«

Rai lachte. »Also habe ich recht?«

»Das kommt ganz darauf an, was du mit deinen Nachforschungen
anfangen willst.«

Er griff in seinen Rucksack und zog die Mappe hervor, über die er
sich drei Tage lang mit seinem Vater gestritten hatte. »Ich dachte, wenn
ihr schon das Bild habt, möchtet ihr vielleicht die Papiere dazu. Und
auch die der anderen vier Bilder, die bisher zu unserer Sammlung gehört
haben. Nur einsammeln müsst ihr sie halt selbst, wo auch immer sie
gelandet sind.«

Neila griff zögernd nach der Mappe, und ihre Augen weiteten sich,
als sie die Besitzurkunden sah. Sie räusperte sich ein paarmal, bevor sie
entgegnete: »Sag deinem Sicherheitsberater, sein System ist echt gut.
Nur die Trockenkabinen, die sind ein Witz. Rein theoretisch könnte da

drin jemand die Verkleidung öffnen und sich die Adminrechte für euer ganzes System runterladen.«

Dann breitete sich ein Lächeln auf ihrem Gesicht aus, und sie sah zu ihm auf. »Willst du reinkommen? Ich würde dir gern meine Familie vorstellen.«

Saskia Dreßler

Seifenblasentanz

»Hast du gehört?«, flüstert Emilia aus dem Archiv ihrem Sitznachbarn zu, während sie dir einen scheuen Blick zuwirft. Du siehst weg. »Es soll wieder passiert sein!«

»Ich habe es nicht nur gehört, ich habe es vor einer Woche sogar gesehen. Was für ein Anblick!«, protzt der junge Mann dir gegenüber. Du nimmst an, dass er ein Physik-Historiker ist, aber du kannst es nicht mit letzter Gewissheit sagen. Schließlich hast du mit der Abteilung zur Erforschung der Physik des 21. Jahrhunderts nichts zu tun. All die Experimente der damaligen Zeit und die Theorien interessieren dich nicht. In deinem Kopf haben nur zwei Themen Platz: die Biologie und die Agrarwissenschaft. Sowohl die historische als auch die heutige des 25. Jahrhunderts. Du liebst es, dich mit dem Etagenanbau von Mais, Kürbis und Bohnen zu beschäftigen oder die eigenwilligen Monokulturen früherer Jahrhunderte zu erforschen. Wussten die Menschen nicht, wie unsinnig und umweltschädlich diese Anbauweise war? Gerne würdest du in der Zeit zurückreisen und deinen Vorfahren all dein Wissen zuteilwerden lassen. So wäre der Erde viel Leid erspart geblieben.

Doch deine Gedanken können nicht in deinen gewohnten Bahnen verweilen. Zu sehr dringen die Geräusche deiner Umgebung auf dich ein. Du hörst zwei Tische weiter eine Person laut schmatzen, während

Emilia den Physik-Historiker weiter bewundert. In der Küche klappern Teller. Irgendwo lacht jemand.

Du ballst die Hand zur Faust. Dein Fuß beginnt zu wippen. Nur mühevoll kannst du den Impuls unterdrücken, dir über die Arme zu kratzen, um die angestaute Anspannung abzubauen. Können nicht alle einmal einen Moment still sein? Warum stört die anderen der Krach nicht? Dir ist es zu laut und zu viel.

Wie gerne wärst du in deinem ruhigen Labor und würdest dort in aller Stille Proben nehmen, aber es gehört sich nun mal, in der Kantine zusammen mit den anderen zu essen. Hier kannst du den anderen Mitarbeitenden nicht entkommen. Sie sind überall und machen das lautstark deutlich. Du kannst sie nicht ausblenden, nicht abschalten.

Unweigerlich hörst du dem Gespräch an deinem Tisch weiter zu. Gerade sagt der Historiker: »Es war einfach wunderschön! So etwas habe ich noch nie gesehen. Sie sind durch die Luft geschwebt und haben schillernd geleuchtet. Es ist so archaisch und gleichzeitig so tief. Das nenne ich wahre Kunst.«

»Ich möchte es auch einmal sehen«, seufzt Emilia sehnsuchtsvoll und wendet sich dann vorsichtig an dich. »Jamie, hast du es schon mal gesehen? Du müsstest in der perfekten Lage sein, um es zu sehen zu können. Schließlich arbeitest du ja so weit oben, und wenn man den Theorien Glauben schenken will, dann kommen sie von einem hohen Gebäude aus. Unseres könnte also perfekt sein!«

Du schüttelst den Kopf. Nein, so wie Emilia es meint, hast du es noch nicht gesehen. Nie warst du bisher Beobachtende. Wie sie wohl von unten aussehen?

In deinem Inneren taucht plötzlich unerwartet ein Bedürfnis auf. Du willst sie sehen, es spüren. Das spüren, was sonst, wenn alles auf dich einprasselt, verschwindet, so klein wird, dass du es nicht mehr zu fassen bekommst. Wie Ameisen auf den Weg durch deinen Körper breitet sich dieses Bedürfnis als brennendes Kribbeln aus.

Dein Blick gleitet zur Uhr. In einer Viertelstunde musst du wieder an die Arbeit. Also sammelst du dein Besteck ein, verabschiedest dich kurz von Emilia und dem Physik-Historiker, dessen Namen du gar nicht mitbekommen hast. Dann bahnst du dir deinen Weg durch die Cafeteria, stellst dein Geschirr ab und steigst die Treppen hoch. Dabei stellst du erleichtert fest, dass es langsam stiller um dich wird.

Die Wände des Bürogebäudes, das für die Katalogisierung, Archivierung und Erforschung der Zeugnisse deiner Vorfahren benutzt wird, sind in einem hellen Grün gestrichen. Große Fenster geben den Blick auf die anderen Häuser frei, die durch ein Spinnennetz von Brücken miteinander verbunden sind. Die Brücken aus Glas und leichtem Metall spannen sich wie filigrane Kunstwerke zwischen den einzelnen Gebäuden. Immer höher und höher steigst du die Treppen hinauf. Dein Atem wird schwer, endlich kommst du an der Tür zur Dachterrasse an. Du stößt die Tür auf und siehst dich wachsam um. Niemand da. Erleichtert atmest du aus. Anscheinend sind alle anderen entweder noch beim Essen oder wieder bei der Arbeit. Diese zehn Minuten Freiheit gehören nur dir.

Auf der Terrasse bläst dir ein frischer Wind die Haare ins Gesicht. Du trittst an die Brüstung heran und blickst hinunter auf das Baummeer der Stadt. Deine Augen wandern über das grüne Blätterdach. Ab und zu erhaschst du einen Blick auf ein Solarauto, das sich weit, weit unten seinen Weg durch die Straßen bahnt. In der Ferne kannst du am Himmel ein Luftschiff erkennen, das zum Landeanflug ansetzt, von irgendwoher schreit ein Greifvogel. Sonst hörst du nichts. Keine ablenkenden Gespräche. Gerade jetzt, hier auf dem Dach, gehören deine Gedanken nur dir. Du kannst spüren, wie sie ungehindert durch deinen Kopf gleiten und langsam die Flügel ausstrecken, um sich zu entfalten.

Für einen kurzen Moment genießt du die Stille. Du saugst sie regelrecht in dich auf, kommst herunter. Die Anspannung ebbt ab. Dein Körper wird ruhig. Nur das Bedürfnis, dich zu verwirklichen, bleibt. Deutlich macht es sich bemerkbar und sagt dir, dass jetzt der richtige Zeitpunkt gekommen ist.

»Los«, flüstert es, »lass uns anfangen, bevor wir keine Zeit mehr haben. Gerade ist niemand da. Niemand sieht uns. Wir können beginnen.«

Nachdem du dich mit Stille aufgetankt hast, fühlst du dich bereit. Du läufst quer über die Dachterrasse an den kleinen Gärten vorbei, in denen die Mitarbeitenden des Instituts ihr Gemüse ziehen können, bis du zum Schuppen für die Geräte kommst. Du öffnest ihn und suchst im inzwischen vertrauten Halbschatten nach einem langen Stab und einem kleinen Tongefäß. Versteckt hinter einer Heckenschere, der Harke und zwei kleinen Schaufeln findest du das Gesuchte. Beides bringst du mit nach draußen und blinzelst kurz in die Sonne. Dann stellst du dich wieder an die Brüstung. Langsam, beinahe meditativ, öffnest du das Gefäß. Eine durchsichtige Flüssigkeit schimmert dir entgegen. Du tauchst den Stiel mit dem runden Ende ein und pustest vorsichtig. Zart und zerbrechlich entsteht eine Seifenblase. Sie schwebt, anfangs noch schwankend, gen Himmel. Du blickst ihr hinterher, bis du sie nicht mehr sehen kannst.

Dieser einen Seifenblase folgen viele. Sie werden immer größer und leuchten in den Farben des Regenbogens. Zart schweben sie über den Himmel. Berühren sie sich, zerplatzen sie. Nur wenige von ihnen schaffen es, in die Weite des Horizonts einzutauchen. Stattdessen tanzen sie, im Augenblick verloren und vom Wind getragen, an dir vorbei. In einer Formation, die nur sie selbst kennen, fliegen sie höher und tiefer, scheinen sich voreinander zu verneigen, einander zum Spiel aufzufordern.

In ihrer Welt gibt es nichts anderes als sie und ihren Tanz – aber wie schnell wird dieses Universum zerstört? Ein Windstoß, eine unvorsichtige Berührung und schon zerspringt ihre feine Haut. In tausend kleinen Tröpfchen fallen sie zu Boden, werden von der Erde aufgesogen, verschwinden ganz.

Du legst den Kopf schief, lehnst dich weiter vor, um die vielen Seifenblasen zu betrachten. »Wie gerne wäre ich eine von ihnen«, wünschst du dir. »Wenn ich eine Seifenblase wäre, frei über den Himmel fliegen könnte, dann würde ich mich nicht so einsam fühlen.«

Leise seufzt du. Du weißt genau, dass du nicht anders bist als die Menschen um dich herum. Zwischen ihnen und dir gibt es keine sichtbare Grenze. Schließlich hast du ebenso zwei Beine, zwei Arme, einen Kopf und einen Mund. Du kannst mit ihnen sprechen, über ihre Witze lachen und versuchen ihre Gesten nachzuahmen. Aber dabei wird es bleiben. Bei einer Nachahmung. Denn du weißt ganz genau, dass du nicht alles verstehst, was sie sagen. Nicht immer kannst du nachvollziehen, warum ein Witz lustig ist oder wieso jemand weint.

»Jamie, das ist nicht schlimm. Du bist nicht ohne Gefühl«, hat dir deine Großmutter gesagt, als sie dir deine ersten Seifenblasen schenkte. »Im Gegenteil, in dir steckt viel Gefühl – du weißt es nur noch nicht.

Du läufst beinahe über damit. Nur sehen das die anderen nicht. Ich aber kann das. Hab keine Angst. Für alle gibt es einen Platz auf dieser Welt.« Nach diesen Worten hat dir deine Großmutter gezeigt, wie du Seifenblasen auf ihre Reise durch die Luft schicken kannst.

Seitdem fühlst du dich erst dann frei, wenn du den Seifenblasenstab in die Lauge tunken und danach Blasen pusten kannst. Du siehst ihrem Spiel gerne zu, denn dir kommt es oft vor, als würdest du selbst in einer Blase sitzen. Durch diese kannst du deine Umgebung sehen: verschwommen und von Regenbogenfarben erfüllt, aber erkennbar. Auch dich können die anderen Menschen in deiner Blase erblicken. Doch sie nehmen nur das Zerrbild von dir wahr, das du ihnen zeigen willst – aus Angst. Du hast Furcht, dass bei einer kleinen Berührung deine Seifenblase, dein Schutzkokon zerbricht und du wehrlos deinen Mitmenschen dein wahres Ich präsentieren musst.

Was würden sie sagen, wenn sie dich ohne Schutzmantel sehen würden? Würden sie dich auslachen, sich von dir abwenden?

Die Angst vor diesen Fragen lässt dich die Arme zerkratzen, wenn es niemand sieht. Die Möglichkeit einer Blöße lässt dich nervös werden. Du ziehst dich immer weiter zurück in deine Seifenblase. Du schottest dein Ich ab, lässt die Gefahr durch irisierende Handlungen an dir abgleiten.

Deine Kolleg*innen kennen dich nur als rationale Person, die gut argumentieren kann, für ihr Thema brennt und sehr schüchtern ist. Small Talk meidest du, und oftmals fragst du dich, wieso sich Menschen wie Emilia jeden Tag in der Cafeteria neben dich setzen. Ist es ihnen nicht unangenehm, bei dir zu sein?

Nur wenn du Seifenblasen tanzen lässt, genießt du einen Moment der Freiheit. In dieser kurzen Zeit verlässt du deine eigene Blase, steigst aus ihr aus und beobachtest den Tanz der anderen. Das Bedürfnis, die Welt ohne die schillernde Seifenschicht zu sehen, wurde mit den Jahren immer intensiver. Erst hast du nur ab und zu Blasen in den Himmel geschickt, doch nun brauchst du es fast jeden Tag. Eine sanfte Wärme in deinem Bauch, ein wohliges Gefühl sind die Belohnung für deinen Seifenblasentanz. Ein Tanz, der längst nicht unbemerkt geblieben ist. Je öfter sie über den Himmel wogten, desto mehr Menschen sahen sie, und bald wurden deine Blasen als Kunst bezeichnet. Eine neue Form der

Street-Art, sagen die Kulturkritiker*innen. Es dauerte nicht lang, bis es Nachahmer*innen gab, die ebenfalls die sogenannte Seifenblasenkunst schufen. Dennoch fragst du dich, wie es möglich sein kann, dass die Menschen den Unterschied zwischen deiner Kunst und den Werken der anderen erkannten. Sie fanden die anderen Blasen »nett« und »schön«, trotzdem war »es eben nicht das Original«. Wenn du solche Gespräche hörst, wirst du stolz. Denn du weißt, deine zerbrechliche Sprache hat Wert, so wie die Kunst in den Museen, und du machst Kunst. Die Leute mögen sie. Eine völlig neue Erfahrung für dich. Du wirst nicht wegen Arbeitsergebnissen gebraucht, sondern einfach, weil deine Seifenblasen gefallen.

An manchen Tagen möchtest du gerne allen, die über deine Identität spekulieren, zurufen, dass du es doch bist. Du machst die Seifenblasen. Du und niemand anderes. Doch du traust dich nicht.

Nachdenklich schüttelst du den Kopf und lässt noch ein paar Blasen fliegen. Gleich solltest du wieder in dein Büro gehen. Die Proben von –

»Ich kann es nicht glauben! Du bist es? Jamie, machst du die Seifenblasen? Das hättest du mir doch sagen können!«, reißt dich eine Stimme aus deinen Gedanken. Du zuckst zusammen und fährst herum. Dort an der Tür zur Dachterrasse steht Emilia. Sie sieht dich mit großen Augen an.

Deine Gedanken kommen zum Stehen. Sie frieren ein, und Eis überzieht deine Seifenblasenschutzschicht.

Du wurdest entdeckt. Was sollst du jetzt machen? Wie dich herausreden?

Tonlos öffnest und schließt du den Mund. Kein Laut will über deine Lippen.

Emilia kommt mit großen Schritten auf dich zu. Dabei redet sie unentwegt. »Ich habe mir schon gedacht, dass du irgendein Geheimnis hier oben haben musst. Immer stehst du so früh vom Mittagessen auf, obwohl ich mich noch gerne mit dir unterhalten will. Aber ich hätte nicht gedacht, dass du die Seifenblasenkunst weitergeführt hast. Ich meine, früher gab es sie ja schon, aber heute wird sie nicht mehr so oft ausgeübt. Du hast all die Seifenblasen gemacht, oder? Ich glaube nicht, dass du einfach irgendwas nachmachen würdest. Das passt nicht zu dir.«

»Du wolltest mit mir reden?« Ohne es zu wollen, stellst du diese Frage.

Emilia nickt bekräftigend. »Natürlich! Warum setze ich mich sonst jeden Tag zu dir? Ich möchte mich unterhalten!«

»Das kann nicht stimmen«, denkst du dir. Warum sollte sich eine Person mit dir unterhalten wollen? Du versuchst die Eisschicht deiner Seifenblase zu verstärken, sodass niemand dich mehr sehen kann. Es wäre sicherer, wenn du dich wieder in ihrem Inneren versteckst. So würde die Gefahr, verletzt zu werden, kleiner.

Doch Emilia achtet nicht auf deine Miene, die du aufziehst, wenn du professionell wirken willst. Stattdessen beginnt sie, dir Fragen über die Blasen zu stellen. Erst willst du nicht antworten, schüttelst den Kopf und meinst, dass es doch nichts Besonderes sei, dann stockst du, denn Emilia sagt: »Nichts Besonderes? Das glaube ich nicht! Von deinen Seifenblasen haben schon so viele berichtet – das musst du doch auch mitbekommen, oder? Sie machen die Menschen glücklich, wenn sie sie sehen. Es ist ein kleines Glück im Alltag, und damit schenkst du den Menschen Freude und Kunst. Schau doch mal nach unten.« Damit deutet sie über die Brüstung. Du folgst ihrem Blick und erstarrst.

Unten stehen Menschen. Viele Menschen. Sie blicken in den Himmel und beobachten den Seifenblasentanz. Du kannst sie nicht genau erkennen, aber du meinst zu sehen, wie sie in den Himmel zeigen und versuchen, letzte Blicke auf die Tanzenden zu erhaschen.

»Siehst du?«, sagt Emilia und tritt neben dich. »Die Leute mögen deine Kunst. Wir sollten ihnen zeigen, dass du die Seifenblasen erschaffst.«

Rasch gehst du von der Brüstung weg und schüttelst ängstlich den Kopf. Die Seifeneisschicht um dich herum wird dicker. Mühevoll nuschelst du: »Ich kann da nicht hinuntergehen.«

Emilia schweigt, während du zu Boden blickst. »Bestimmt geht sie gleich«, sagst du dir. Warum sollte sie auch bleiben? Sicher ist sie enttäuscht von dir, kann nicht verstehen, warum du die Aufmerksamkeit scheust.

Langsam schiebt sich eine Hand in dein Sichtfeld. Im Inneren deiner eigenen Seifenblase hörst du Emilia sagen: »Ich kann verstehen, dass du Angst hast. Das hätte ich auch, aber ich möchte der Welt zeigen, dass du und niemand anderes die Seifenblasenkunst erschaffst. Du hast es verdient, dass die Leute dich bewundern. Ich weiß, dass du dich nicht wohlfühlst, wenn du mit uns reden sollst. Du versteckst dich lieber in deinem Büro, als mit uns zusammen zu sein, aber ich glaube, dass du, wenn du es zulässt, vielleicht gerne mit uns reden könntest. Wer weiß, vielleicht gibt es mehr Menschen, die dich so akzeptieren, wie du bist.«

Du blickst auf. Emilia sieht dich ruhig an, lächelt. Du beißt dir auf die Lippen, bist hin- und hergerissen zwischen dem Wunsch, die schillernde Seifenblasenhaut zu verlassen, und dem, in ihr Sicherheit zu suchen.

»Warum machst du das alles?«, fragst du schließlich. »Warum gibst du dir die Mühe mit mir?«

Emilia zuckt mit den Achseln. »Warum nicht? Vielleicht möchte ich dich kennenlernen. Vielleicht möchte ich mit dir befreundet sein – das kannst du nicht wissen, wenn du es nicht ausprobierst. Natürlich kann es immer sein, dass wir uns nicht verstehen, aber so ist das Leben nun mal. Dann haben wir es wenigstens versucht, oder?«, antwortet sie und setzt hinzu: »Vielleicht will ich auch einfach deine Managerin werden und deine Seifenblasenkunst vermarkten.«

Sie zwinkert dir zu, als du einen Schritt zurückgehst, und beruhigt dich. »War nur ein Witz! Ehrlich! Ich glaube, der beste Nutzen deiner Kunst ist, wenn sie die Leute glücklich macht. Und meinst du nicht, dass du auch glücklich wärst, wenn du bei allen anderen dort unten stehen würdest? Würdest du dich dann wohlfühlen? Alle könnten dir bei deiner Kunst zusehen. Was meinst du? Wollen wir es ausprobieren?«

Du wirfst noch einen Blick nach unten, zögerst und versuchst dir vorzustellen, wie es wäre, unten in der Menge zu stehen. Würde dich das glücklich machen? Deine Einsamkeit verringern? Dann würden dich die Menschen ohne deine Seifenblasenschutzschicht sehen.

»Das kann ich nicht wissen, wenn ich es nicht versuche«, wiederholst du in Gedanken Emilias Worte. Du blickst in ihr Gesicht, versuchst sie zu lesen, dann streckst du die Hand aus und ergreifst ihre. Deine Seifenblase zerplatzt. Tausend kleine Wassertröpfchen fallen, ungesehen, zwischen euch auf die Erde. Du siehst die Welt ohne schillernde Schicht. Sie ist weit.

Emilia lächelt dich an und zieht dich zum Treppenhaus, um gemeinsam mit dir nach unten zu der Menschenmenge zu gehen.

Dein Körper kribbelt, aber es fühlt sich nicht unangenehm an. Eher erwartungsvoll.

Am Himmel schweben die letzten zwei Seifenblasen. Sie wiegen sich im Wind, berühren einander schließlich und zerfallen.

Pia Kasper

Ritt an die Grenze

Ich positioniere das Modell zwischen den Leitungen der automatischen Bewässerungsanlage des Campusgartens. Die Rohre reichen von den Regenwassertanks auf den Dächern der Universal-Akademie über die bewachsene Häuserwand bis zu den Pflanzen am Boden. Mehrere Male ziehe ich mit dem Schlüssel das Uhrwerk im Inneren der metallenen Katze auf. Zufrieden nicke ich Qian zu, der ein paar Fotos schießt. »Ein Stück nach links, Wynne«, dirigiert er mich.

Ich hatte die Vision, dass die Figur mit dem Finger gen Ratshalle zeigt, auf- und abwippend, doch nun winkt die metallene Katze in Richtung Universal-Akademie. Qian ist viel zu folgsam, denke ich manchmal, aber damit hält er mich auf dem Boden, wenn meine Projektideen größer sind als unsere Fähigkeiten, sie auch umzusetzen.

Wir ziehen die Kapuzen tiefer in die Gesichter und treten den Rückweg an. Nicht, dass es verboten war, was wir tun, oder dass unsere Identität geheim bleiben würde, wenn wir das Projekt erst den Profs und später der gesamten Universal-Akademie vorstellen, aber Qian besteht darauf. Es gehört für ihn zum Geist der Kunst.

Qian studiert die Künste, ich die Ingenieurwissenschaften. Die Universal-Akademie der *Community* ist der fließende Übergang zwischen Schule, Universität und Handwerk. Die Lerninhalte sind frei kombinierbar nach individuellen Interessen und Fähigkeiten, und so lernten wir uns in einem Kurs über historische Technologien kennen, denn uns beide verbindet unsere Leidenschaft für das Vergangene: Qian hat eine Schwäche für Guerilla-Kunst, das Setzen von Zeichen vor den Augen aller, die Stimme der Kritik aus dem Geheimen heraus. Und ich bewundere die früheren Spielereien, die Fahrzeuge, die alten Maschinen, bevor Magnetschweber den Personen- und Lastenverkehr übernahmen, wo das Ziel nicht zu Fuß oder per Board erreicht wurde.

Jedenfalls arbeiten wir zusammen an dem Projekt: Qian recherchiert alte Bilder und Skizzen, hat die künstlerische Vision, und ich setze die antiquierte Technik um, möglichst akkurat dem damaligen Wissenstand entsprechend. Schließlich verteilen wir die Modelle in der gesamten *Community* und sichern unsere Urheberschaft mit einigen Fotos. Noch ein Modell, so der Plan, dann stellen wir das Projekt der Prof vor.

Vor den Gemeinschaftswohnungen trenne ich mich von Qian. Es sind nur noch wenige Stunden bis Sonnenaufgang. Wohnraum ist knapp in der *Community,* die bereits die maximale Ausdehnung ihrer Grenzen erreicht hat. Jedenfalls bis weitere Gebiete wiederhergestellt und bewohnbar werden, aber das ist ein langwieriger Prozess. Trotzdem fühle ich mich von den zweckmäßigen Gemeinschaftsräumen eingeengt und frage mich, wie es wäre, ein eigenes Badezimmer zu haben. Dass jeder in der *Community* dieselbe Wohnfläche geboten bekommt, besänftigt mich nicht.

Zurück auf der Straße sickert der mittlerweile eingesetzte Regen durch die durchlässigen Bodenplatten. Ich springe auf die in einer hüfthohen Mauer eines Hochbeets und schaue von dort zwischen das Grün der Hausfassade. Ich schiebe einige neu gewachsene Blätter beiseite, um den Blick auf den Dino freizulegen. Es ist eines unserer ersten Modelle, angelehnt an ein altes Filmplakat. Die roten LED-Augen glimmen nur noch. Morgen sollte ich die Batterie austauschen. Im Fundus der Universal-Akademie hatte ich altmodische Akkus gefunden, die entgegen aller Erwartung noch funktionieren und die ich nun regelmäßig mit Solarstrom auflade.

Ich laufe zum Hintereingang des Gebäudes und zücke meine Schlüsselkarte. Einen Alarm gibt es nicht. Wieso auch, wenn jeder, der gedenkt, die hier ausgestellten Dinge nutzen zu wollen, es nach einem formlosen Antrag gestattet bekommt? Im Saal sind die großen Geräte präsentiert,

Zeichen der Industrialisierung, Maschinen aus dem Zeitalter des Kapitalismus bis zu den Anfängen unserer Zeit. Das Licht lasse ich aus, denn im Technikmuseum bewege ich mich seit frühster Kindheit, erst als Besucherin, dann für meine Studien und als Unterstützung der Restauration. Zu gern würde ich die Maschinen einmal in Betrieb sehen, stampfend, schnaufend, zischend, der Rauch der Dampfmaschinen und der Geruch des heißen Öls. Die Treppe führt hinab zu den Lagerräumen der Exponate, wieder entsichert meine Karte die Tür.

Die Idee hatte ich schon lange. Gefolgt von ersten Entwürfen. Dann der Prototyp. Und nun der letzte Part des Plans. Ich bin mir sicher, dass die Leihgabe dieses Stückes ausnahmsweise nicht gestattet würde. Ein Unikat, nicht für Experimente oder den praktischen Einsatz gedacht. Ich synchronisiere mein Arm-Device mit dem Rechner und übertrage die Nummern einiger bedeutungsloser Exponate – einen Handakkuschrauber, ein paar unvollständige Festplatten sowie ein beschädigtes Telefon mit Touchdisplay – auf mein Nutzerinnenkonto des Museums. Eine weitere Nummer verbuche ich unter der Kategorie »Restaurierung«.

Ich haste tiefer ins Archiv, wuchte das gesuchte Stück aus einem Regal auf ein Lastenboard und werfe ein Tuch darüber. Das Board schwebt hinter mir her zum Ausgang. Wenn die Ungenauigkeit auffallen würde, könnte ich immer noch behaupten, ich hätte mich bei der Buchung vertan. Aber ich hatte das Ding nur durch Zufall im Archiv gefunden, die Archivnummer ist so alt, als sollte es vergessen werden.

Ich lenke das Lastenboard bis zu den Werkstätten der Universal-Akademie. Ohne Einschränkungen gehen Lernwillige hier ihren Projekten nach. Hier wird uns nachgesehen, wenn wir die Türen abschlossen. Nicht, weil wir befürchten mussten, dass die Ideen gestohlen oder sabotiert würden, sondern einfach, weil wir die Projekte als Überraschung bei den halbjährlichen Abschlussfeiern inszenierten. Ich verberge die Museumsleihgabe in meinem Abteil und ziehe mich in mein Zimmer zurück.

Die nächsten Tage vergesse ich vollkommen die Zeit und schraube die letzten Bauteile zusammen, fette und schmiere sie, überprüfe Leitungen und Schläuche und passe das Herzstück ein. Es klopft am Werkstatttor. Ich schiebe es einen Spalt auf und blicke in Qians ernstes Gesicht.

»Wynne, was ist los? Die Dampf-Spieluhr am Brunnen steht, und der Dino am Museum ...«

Qian weiß, wie sehr ich meinen eigenen Raum schätze, und stoppt, als er das Leuchten in meinen Augen sieht.

»Ich war beschäftigt. Tut mir leid.« Kurzentschlossen winke ich ihn herein. Er braucht eine Weile, um seine Reaktion angemessen in Worte zu packen: »Das ist aber ein großes Modell. Ich dachte, die Entwürfe besprechen wir gemeinsam, so wie die Aufstellungsorte.« Diese Aussage war für ihn quasi gleichbedeutend mit strenger Kritik.

Ich grinse. »Keine Sorge, das hier ist mein ganz eigenes Projekt. Und es ist kein Modell. Weißt du, was es ist?«

Er schüttelt den Kopf.

»Ein *Bike*, Qian. Ein Motorrad. So, wie sie früher waren.«

Ich lege ihm die dreckigen Hände auf die Schultern.

»Bei den Zukünftigen!«, entfährt es ihm, während er die groben Formen betrachtet. »Von welchem ›Früher‹ redest du?«

»Das da ist ein Dieselmotor. Ich habe ihn mir aus dem Museumsarchiv geborgt.«

»Geborgt?« Qian sieht mich skeptisch an. Schließlich siegt die Neugier. »Funktioniert das ... das *Bike*?«

»In der Theorie.« Ich zucke mit den Schultern. »Ich wollte es heute starten. Du kannst mir helfen, wenn du willst.«

»Ich weiß nicht.« Qian beißt sich auf die Lippe. »Es hat einen Grund, warum die seit Jahrhunderten nicht mehr im Einsatz sind.«

»Schon. Aber ich will's testen.« Einmal nicht mit all den anderen im Abteil des Magnetschwebers sitzen, nicht lautlos mit Board über dem Boden hovern, sondern den Untergrund *spüren*. Den Wechsel von Straßenplatte zu Sand zu Gras.

Qian umkreist das Bike. Ich nutze die Chance und drücke ihm einen Trichter in die Hand. »Hier, halt das dahin«, sage ich, während ich den Kanisterinhalt in den Tank kippe.

»Uff, das stinkt! Ist das etwa Diesel?«

»Nein, ich bin an keinen rangekommen. Aber dieser uralte Motor fährt nahezu mit allem Öl. Faszinierend, oder?« Ich kenne Qian gut genug, um ihn nicht mit den Unterschieden zwischen Saugmotoren und

Direkteinspritzung zu langweilen. Letzteres hätte mich vor ein Problem gestellt.

Ich schwinge mich aufs Bike, stütze mich breitbeinig am Boden ab, Hände an den Griffen und lege grinsend den Schalter um. »Bist du bereit, Geschichte zu schreiben?«

»Wohl eher, zu wiederholen«, brummt Qian und tritt ein paar Schritte zurück.

Ungeduldig starre ich auf die wendelförmige Leuchte. Als sie erlischt, ist der Motor warm genug für den Start, und ich drücke den Knopf. Ich spüre die Vibrationen des Bikes, als der Motor mit unregelmäßigen, explosionsähnlichen Geräuschen zum Leben erwacht.

»Ha! Siehst du, wie ...« Der Rest meines Satzes geht in Husten und dem Geknatter der Maschine unter.

»Mach das sofort aus!«, ruft Qian und zieht sein Shirt über Mund und Nase. »Das stinkt ja erbärmlich.«

Ich komme der Forderung nach, und während ich hustend absteige, schaltet die Lüftung der Werkstattkammer auf Turbo und saugt die dunkelgrauen Wolken ab.

»Na ja, das ist eben der Preis für etwas Individualität. Draußen ist es nicht mehr so schlimm.«

»Du willst damit draußen rumfahren?!«

»Sicher. Unsere Modelle haben wir doch auch nicht für die Werkhalle gebaut. Kunst muss gesehen werden, sagst du doch immer.«

»Das ist was anderes. Das hier ist ...«

Bevor Qian sagen kann, dass mein Bike keine Kunst sei, wische ich seinen Einwand unwirsch beiseite.

»Willst du mitkommen? Morgen früh fahre ich. Mal über die Grenzen der *Community* hinaus.«

»Das kann doch nicht dein Ernst sein!«

Zugegeben, ich fand den Gedanken beim ersten Mal auch erschreckend. Wer Zerstreuung außerhalb der *Community* sucht, kann durch angelegte Gärten und Wäldern wandern. Seit der Gründung der *Communitys* gibt es keinen Individualverkehr zwischen ihnen, sondern nur die Transitmagnetschweber. Dadurch werden die Belastungen für die Natur auf ein Minimum reduziert, sodass sie sich wiederherstellt. Das ist ein langwieriger Prozess, doch die Prognosen sind positiv. Positiv genug, um einen kleinen Ausflug zu wagen.

»Wynne, ich ...«, Qian sieht flehend vom Bike zu mir, »ich halte das alles für keine gute Idee.«

»Es ist nur ein Ausflug. Von einer einzelnen Person auf einer einzigen Maschine. Was kann es schon schaden?«

»Wir tragen die Konsequenzen gemeinsam.«

Was klingt wie seine Bereitschaft für einen verschwörerischen Ausflug, ist leider nur einer der immer wieder hochgewürgten Leitsätze der *Community*. Ich schnalze ungehalten.

»Ich zwinge dich sicher nicht mitzukommen. Dann fahre ich allein.«

Irgendwie ging ich davon aus, dass Qian mich bei dieser Idee unterstützen würde. Ich wende mich ab, damit er mir die Enttäuschung nicht ansieht.

»Nein, das denke ich nicht«, sagt er leise in meinem Rücken. »Ich muss das der Universal-Akademie melden, vielleicht sogar dem Rat. Dein Ausflug könnte Menschen gefährden.«

Qian gehört durch und durch der *Community* mit ihren erstickenden Regeln, die keinen Platz für individuelle Freiheit lassen. Statt einer Antwort lege ich den Schalter um.

»Tut mir leid, Wynne.« Damit schiebt er das Werkstattor auf.

»Mach doch einmal nicht das, was sie von dir erwarten, Qian!«, schreie ich, starte das Bike und fahre aus der Werkstatt, so dicht an ihm vorbei, dass er zur Seite springen muss. Der Motor rumpelt, als ich über den Campus fahre, auf die Hoverlane Richtung Nordtor der *Community*.

Ich brettere durch einen Park, die Leute wenden sich schon von Weitem um, als sie den Motor hören. Sie kennen das Geräusch nicht, und genussvoll drehe ich auf. Schockiert weichen sie mir aus. Aus dem Park führt eine alte Straße aus dem Gebiet der *Community*. Ich sehe die Reflexionen der Sonne auf den Solarfenstern in meinen Spiegeln, und endlich *spüre* ich die Straße.

Es stellt sich heraus, dass nach ein paar Stunden das *Spüren* der Straße kein Vergnügen mehr für den Hintern ist. Die erste Stunde war großartig. Ich sah keine andere Person, niemand, dessen Board ich ausweichen musste, kein Gerede, Landschaft, die anders, wilder, unberührter war als die Gärten und Wälder der *Community*. Nur ich, mein Bike, meine Entscheidung, meine Freiheit.

Und dann begann das Geräusch des Motors mich zu nerven. Selbst wenn Qian bei mir gewesen wäre, hätten wir uns nicht unterhalten können, anders als wenn wir im Magnetschweber sitzen oder unsere Boards nebeneinander lenken.

Pflanzenwurzeln haben den Asphalt erst aufgebrochen, und je weiter ich mich von der *Community* entferne, umso mehr Gestrüpp und sogar Bäume überwuchern die Straße, sodass es höchste Konzentration erfordert, ihnen auszuweichen. Immer noch gibt es kilometergroße Flächen, auf denen nichts wächst. Die Luft dort ist ätzend, doch atembar. Aber irgendwann endet die Straße, und ich fahre kilometerweit über einen steinigen Pfad. Einmal kreuze ich die Fahrbahn der Transitmagnetschweber, doch kein Wagen ist zu sehen. Die Besuche in anderen *Communitys* sind selten, wird die Bindung zur eigenen doch von Geburt an stark gefördert.

Ich schließe für einen Moment die Augen, um den Fahrwind zu spüren, und das Gefühl Freiheit heraufzubeschwören, bis mir ein Ast ins Gesicht peitscht und auf meiner Wange eine blutige Schramme hinterlässt.

»Fakke!«, brülle ich laut und verschlucke prompt ein Insekt. Genervt stoppe ich die Maschine und stampfe ein paar Schritte ins Grün.

Meinen Ausflug in die Freiheit habe ich mir anders vorgestellt. Eigentlich hatte ich bis zum Meer fahren wollen, meine Füße ins Wasser halten, schauen, ob die Wale zurückgekehrt waren, und dann umdrehen. Bei der Straße oder vielmehr der Abwesenheit einer Straße habe ich aber keinen blassen Schimmer, ob ich es überhaupt erreichen konnte. Ich hole einen Nährriegel aus meiner Jackentasche. Mehr Proviant habe ich nicht dabei. *Vielen Dank auch, Qian.* Ich lasse den Blick über die wilde Landschaft schweifen. Mit einer Kamera hätte ich ein paar Bilder für ihn aufnehmen können. Und nun bin ich allein hier draußen, ohne Qian, ohne Freundinnen, ohne Familie, ohne Profs, kurz, ohne die gesamte *Community*, deren Forderung nach dem Gemeinwesen immer so sehr nach Selbstaufgabe schmeckte.

Die Sonne streift die Baumwipfel, und es wird kühl. Ziemlich dunkel hier draußen, wenn Wegplatten nicht das gespeicherte Sonnenlicht abgeben. Wie wiederhergestellt die Natur wohl mittlerweile ist? Es gibt Forschungsgruppen und Bewegungskameras im Umkreis der *Community*, aber bei Weitem nicht genug, um das gesamte Gebiet kartografieren zu können. Ich blicke mich um, aber sehe nichts außer Grün, das sich schwindenden Licht schwarz färbt. Beunruhigt reibe ich mir über die Unterarme.

Komm zurück, Wynne, blinkt auf meinem Device auf. *Ich habe mit dem Rat gesprochen. Du hast hier immer deinen Platz, auch wenn du auf deinen Alleingang bestanden hast.*

Ich stellte mich der Frage, ob mein Ausflug es wert ist. Ich hatte mir das Gefühl von Freiheit versprochen. Bekommen habe ich einen wunden Hintern. Ich wollte der *Community* den Mittelfinger zeigen, und nun vermisste ich sie nach weniger als einem Tag. Nichts war so, wie ich es mir ausgemalt hatte.

Ich wende das Bike und sitze auf. Reuig denke ich an die komfortablen Sitze in den geräuscharmen Magnetschwebern. Beim Start rieche ich das Abgas, das aus dem Auspuff gedrückt wird, und verziehe das Gesicht. Die gelben Scheinwerfer beleuchten die tiefen Reifenspuren, die sich in den Boden gefressen haben, und ich erkenne den halben Panzer eines schillernden Insekts zwischen den zerquetschten Pflanzenresten. Mein schlechtes Gewissen regt sich. In der *Community* gehen wir sorgsam mit dem Grün und den Insekten um, die unsere Stadt am Leben erhalten.

Es ist anstrengend, im Dunkeln zu fahren. Meine Hände krampfen um die Griffe, um das Bike auf Spur zu halten, meine Arme zittern vor Anstrengung. Ich lege zwei kurze Pausen ein, bis ich den Straßenasphalt erreiche.

In ein, vielleicht zwei Kilometer Entfernung sehe ich endlich die Gebäude der *Community*, als dem Bike röchelnd der Sprit ausgeht. Fluchend steige ich ab, denke kurz darüber nach, es einfach ins Gesträuch fallen zu lassen, aber beschließe dann, es den Rest der Strecke zu schieben. Eigentlich ist es besser so, denke ich, dann müssen die Bewohnenden nicht den Gestank der Maschine einatmen.

Mit hängendem Kopf erreiche ich den Rand der *Community*. Qian wartet dort und nimmt mich wortlos in den Arm, wo ich eine Entschuldigung an seine Schulter schluchze. Das Bike nehmen sie mir ab, aber ich protestiere nicht. Als Qian mich zu meinem Zimmer bringt, bitte ich ihn, die Nacht bei mir zu bleiben, damit ich nicht allein bin.

Es folgt ein langes Gespräch mit meiner Prof und zwei Ratsmitgliedern. Ich sei nicht die Erste, die die eigenen sowie die Grenzen der *Community* getestet hat. Die meisten kehren zurück und akzeptieren, dass das Wohl aller über dem des Einzelnen steht. Doch es gibt nur wenig Spielraum für Alleingänge.

Sie erinnern mich daran, wie knapp es gewesen war, in der Zeit vor den *Communitys*, für die Menschen, für die gesamte Welt. Wie wir es entgegen den Prognosen überwunden hatten.

Mein Bike steht mittlerweile im Museum und erinnert mich an meinen Ego-Trip. Gelegentlich beantworte ich Fragen von Besuchenden, aber viel Interesse besteht nicht.

Elena Dorn

Der ehrenwerte Pierre Paquet und sein rotes Problem

Boris betrachtete die Statue des Revolutionärs Pierre Paquet, mit dem Buch in der einen und dem Weizenhalm in der anderen Hand. Sie war ein perfektes, beinahe überirdisches Abbild eines Heiligen. Das Einzige, was das Gesamtbild störte, war der riesige rote Penis, der ihm quer über die Brust gesprüht worden war.

»Wer hat uns verständigt?«, fragte Boris, der kaum den Blick von dem Graffiti lösen konnte. Seine Kollegin Ruth tippte auf ihrem SmartKom-Armband herum. »Ein gewisser David Urban, um 6:48 kam sein Anruf.«

Boris sah auf die Uhr. »Ist er noch da?«

Sie nickte und deutete quer über den Platz, wo ein schmächtiger blonder Mann mit verschränkten Armen stand und sich das Spektakel aus der Ferne ansah.

»Ich rede mit ihm.« Boris zwang sich wegzusehen, und richtete routiniert seine Krawatte. »Ist es in Ordnung, wenn ich dafür Nummer 667 mitnehme?« Er deutete auf den kleinen Robotervogel, der auf Ruths Schulter saß und die verschandelte Statue filmte.

»Geht klar.«

Boris schnipste mit den Fingern, woraufhin der Poligei blitzschnell die Schulter wechselte.

»Viel Erfolg dabei, die Leute vom Fotografieren abzuhalten«, witzelte er, bevor er sich die Hemdärmel zurechtzupfte und Ruth zurückließ.

»Deckt jetzt mal einer diesen Penis ab!«, rief sie den anderen Polizisten genervt zu.

David Urban trug einen dicken Pulli, obwohl der Tag laut seines Smart-Kom angenehme und windstille 24 Grad verhieß. Im Hintergrund justierten sich die Solaranlagen auf den Dächern selbständig im idealen Winkel zur Sonne.

»Herr Urban?«, begrüßte Boris ihn und zeigte ihm seine Dienstmarke. Der Zeuge nickte und sah ihn mit gerunzelter Stirn an.

»Mein Name ist Boris Sokolow, ich untersuche die Sachbeschädigung hier am Denkmal.«

»Dachte ich mir.« Urban wirkte erheitert.

Boris straffte die Schultern. »Laut meiner Kollegin haben Sie das Graffiti zuerst entdeckt?«

»Richtig.«

»Wie kam es dazu? Haben Sie jemanden oder etwas Verdächtiges gesehen?«

Der Zeuge warf einen Blick auf den Poligei, auf dessen Stirn eine rote Lampe leuchtete. »Nimmt der Vogel das auf?«

»Ja, er nimmt alles auf, das dient der Sicherheit der Polizei. Aber nachgehalten werden die Daten natürlich nur mit Ihrem Einverständnis.«

»Na schön.«

»Haben Sie nun jemanden gesehen?«

Urban zuckte die Schultern. »Ich hab niemanden gesehen, außer ein paar Gaffern. Ich wollte heute früh den Laden aufmachen«, er deutete auf das Café hinter sich, »da hab ich gesehen, dass mit der Statue irgendwas nicht stimmt. Dachte mir, ich ruf mal die Polizei, schließlich gab's so was wie das schon lange nicht mehr.«

»In der Tat«, stimmte Boris zu.

»Wusste aber nicht, dass das gleich so einen Aufruhr verursacht.« Urban schüttelte den Kopf. »Man könnte meinen, es geht um Mord.«

Boris räusperte sich. »Nun ja, hier in der Stadt wird eben jede Straftat ernst genommen. Wir leben in friedlichen Zeiten, und die wollen wir uns bewahren. Da sollte man jegliche Unruhe im Keim ersticken.«

Urban nickte zwar, aber seine Aufmerksamkeit galt dem Zentrum des

Platzes, wo gerade zwei Polizisten unbeholfen versuchten, den Oberkörper des ehrenwerten Pierre Paquet vor Blicken und Fotos zu schützen. Boris musste zugeben, dass sie dabei nicht die beste Figur machten. Urban grinste frech.

»Bitte, halten Sie sich zurück«, sagte Boris.

Der Zeuge tat sein Bestes, doch ganz verschwand das Grinsen nicht.

»Gut, ich werde gegebenenfalls noch mal auf Sie zurückkommen, wie kann ich Sie erreichen?«

»Das Café gehört mir, ich wohne direkt darüber im ersten Stock. Wenn Sie etwas brauchen, finden Sie mich da.«

Damit zog der Zeuge ab, und Boris tippte auf seinem SmartKom herum. Es wunderte ihn nicht, dass Urban niemanden gesehen hatte; solche Schmierereien wurden nachts angebracht, wenn kaum Menschen oder Reinigungsroboter unterwegs waren. Boris befürchtete, dass seine Ermittlung nicht viel bringen würde.

»Bilder vom Tatort sind hochgeladen und können begutachtet werden«, zwitscherte der Poligei, und Boris nahm ihn von seiner Schulter.

»Zeig her.«

Der Vogel flatterte mit den Metallflügeln und öffnete seinen Schnabel. Aus ihm flackerte Licht und erschuf ein detailliertes Hologramm der Statue und des Graffitis. Boris beugte sich vor und runzelte die Stirn. Der Penis war mit bemerkenswert viel Liebe zum Detail gemalt worden, jedoch suggerierten einzelne verlaufene Stellen, dass hier kein Profi am Werk gewesen war. Boris runzelte die Stirn, als er am unteren Ende des Graffitis ein kleines Symbol erkannte.

»Zoom an den rechten unteren Rand!«

Der Poligei gehorchte, und Boris starrte auf die Großaufnahme, konnte das Symbol jedoch nicht entziffern.

»Was zum Geier soll das sein?«, flüsterte er genervt und sah aus dem Augenwinkel, wie ein gelbes Licht am Kopf des Robotervogels blinkte.

»Möchten Sie die Hilfs-KI des Polizei-Assistenzroboters Nummer 667 aktivieren? Dann sagen Sie laut und deutlich ›Ja‹.«

Boris musste sehr ratlos geklungen haben, dass der Vogel Hilfe angeboten hatte. Er räusperte sich. »Ja.«

»Welche Stufe möchten Sie einstellen? Bitte nennen Sie eine Zahl zwischen 1 und 100.«

»25.«

»Verstanden, KI-Niveau wird auf 85 eingestellt.«

Boris verdrehte die Augen, während die gelbe Lampe erlosch. »Mistding.«

Der Vogel legte den Kopf schief. »Herr Sokolow, bitte achten Sie auf Ihren Ausdruck.«

Er wusste, dass dieser Kampf verloren war, deshalb schluckte er seinen Kommentar herunter und deutete auf das nach wie vor unkenntliche Symbol.

»Kannst du erkennen, welche Signatur das ist?«

667 scannte die verlaufenen Linien und verharrte einige Sekunden. Schließlich öffnete er den Schnabel: »Meine Recherchen haben ergeben, dass es sich um das Logo eines Tattoostudios in der Südstadt handelt. Inhaberin ist Ella Santos.«

»Tattoostudio?«

»Ich habe die beste Route herausgesucht. Zu Fuß ist das Studio in 15 Minuten erreichbar.«

»Okay«, murmelte Boris. »Aber warum sollte jemand so eine eindeutige Spur hinterlassen?«

Der Poligei beendete die Projektion und flatterte einmal mit den Flügeln. »Das menschliche Ego ist zu ganz wunderlichen Dingen fähig.«

Boris erwiderte darauf nichts.

667 führte ihn zum Tattoostudio, das von außen wirkte wie ein heruntergekommenes Geschäft für Gartenzubehör. Es gab einen Vorgarten, der mit allerlei Smart-Gerätschaften ausgerüstet war: einem automatischen Blumengießer, der das überwachsene Gemüsebeet pflegte, und einem Mähroboter, der sich zwischen umgeworfenen Gartenstühlen und einer überdimensionalen Hundehütte vorbeikämpfte. Auf der Veranda waren Gartenzwerge wie eine Verteidigungsarmee gegen ungebetene Gäste aufgereiht. Am Vordach hing ein Vogelhäuschen, auf dem in Großbuchstaben »Nur für echte Vögel!!!«, geschmiert war. Boris fühlte sich direkt willkommen.

Den Blick starr geradeaus, schritt er durch den Vorgarten und klingelte an der Tür. Auf Augenhöhe hing ein Schild: »Santos Tattoostudio. Deine Zeit ist jetzt.« Darunter dasselbe Logo wie auf der Statue. Diesmal konnte Boris es erkennen: Es war eine Sonne, mit einer abgelaufenen Sanduhr in der Mitte.

Die Tür wurde geöffnet, und vor ihm stand eine Frau mit zum Dutt hochgesteckten Haaren und fast vollständig tätowiertem Gesicht.

»Haben Sie einen Termin?« Sie musterte ihn mit gerunzelter Stirn.

»Guten Morgen«, versuchte er es freundlich, zog seine Dienstmarke und stellte sich vor. »Sind Sie Ella Santos?« Ihr Blick ruhte einen Moment auf der Marke und glitt dann zum Poligei, der reglos auf seiner Schulter saß.

»Ja. Was führt Sie her?« Sie wirkte nicht beeindruckt.

»Könnte ich vielleicht reinkommen?« Boris fühlte sich von den Gartenzwergen beobachtet.

Wortlos trat sie zur Seite und ließ Boris eintreten. Das Innere des Gebäudes sah schon deutlich mehr nach einem Tattoostudio aus. Auf der linken Seite erstreckte sich ein Tresen, auf dem ein Monitor beliebte Tattoomotive als Slideshow zeigte. An der gegenüberliegenden Wand waren Liegen aufgereiht, zwischen ihnen stand ein kleiner Rollschrank samt Tätowiermaschine. An der Wand hingen Bilder von gut aussehenden, tätowierten Menschen, die verurteilend auf Boris herabzuschauen schienen. Es roch nach Tabak und Haschisch.

Santos deutete auf einen ausladenden Schreibtisch, der hinter den Liegen in der Ecke des Studios stand. »Setzen Sie sich.«

Er gehorchte und beobachtete Santos dabei, wie sie ebenfalls Platz nahm und die Arme vor der Brust verschränkte. Ihr Blick war abwartend.

»Ich glaube, die Verdächtige möchte, dass Sie zuerst sprechen«, kommentierte der Poligei, und Boris widerstand dem Drang, genervt zu seufzen. Santos riss die Augen auf und setzte sich aufrecht hin. »Verdächtig? Ich? Was soll ich denn gemacht haben?«

Boris suchte nach den richtigen Worten: »Keine Sorge, reine Routine, ich will nur ein paar Informationen sammeln.« Er aktivierte das Display auf seinem SmartKom und las seine bisherigen Notizen.

»Heute Nacht wurde das Denkmal des ehrenwerten Pierre Paquet verunglimpft. 667, zeig das Bild.«

Der Vogel gehorchte und projizierte die verschandelte Statue in die Luft. Boris erschrak über die Lautstärke von Santos' Lachen, das darauf folgte.

»Wie geil ist das denn? Aber gut gemalt.«

Boris hörte sich das Gekreische regungslos an und wartete, bis sie sich wieder beruhigt hatte.

»Und was hat das mit mir zu tun?«, fragte sie atemlos.

»Das Logo Ihres Tattoostudios wurde unter die Verschandelung gesprüht.«

667 untermalte seine Worte mit einem Zoom auf die angesprochene Stelle. Santos sah sich das Logo an, dann seufzte sie genervt und lehnte sich in ihrem Stuhl zurück.

»Na, ganz toll.«

»Wo waren Sie gestern Nacht zwischen 0 und 6 Uhr?«

Sie hob ihre Hand und hielt ihm den Handrücken hin. Er war mit schwarzer Tinte überzogen, doch dazwischen erkannte Boris die Reste eines blauen Stempels.

»Ich war feiern, im Vigor. Das können sicher ein halbes Dutzend Leute bezeugen.«

Boris runzelte die Stirn. »Bis 6 Uhr morgens?«

Santos sah ihn verständnislos an. »Ja? Die Feier fängt doch vor 3 Uhr gar nicht an.«

Boris notierte es sich stirnrunzelnd. »Gut, 667, prüf die gestrige Liste vom Vigor.«

»Schon geschehen«, zwitscherte der Poligei. »Eine Ella Santos hielt sich dort von 23:10 bis 07:12 auf. Sie wurde von den Überwachungsbots aufgezeichnet und identifiziert.«

»Gruselig«, murmelte Santos.

»Können Sie sich erklären, warum jemand Ihr Logo benutzt hat?«

»Keine Ahnung. Da macht sich wohl jemand einen Spaß.« Sie überlegte. »Sie sollten einen der Sprayer hier im Viertel befragen, die machen solchen Quatsch. Ich tippe auf EmSea.«

»Warum verdächtigen Sie ihn?«

Santos zuckte die Schultern. »Solche Motive passen zu ihm. Er hatte schon mal Ärger, weil er die Rückseite vom Rathaus mit Bildern von Hundekacke vollgehängt hat.«

Boris notierte sich den Namen und seufzte innerlich. Das war eine dünne Spur. »Na gut, vielen Dank.«

Er erhob sich und richtete seinen Anzug. »Wenn Ihnen noch irgendwas einfällt, melden Sie sich bitte bei der Polizei.«

Sie nickte und begleitete ihn zur Tür. Er sog die frische Luft draußen gierig ein und merkte, dass er von dem Dunst im Studio leicht benebelt war.

»Viel Erfolg«, sagte Santos mit einem Lächeln auf den Lippen.

»Dan...«, begann Boris, bevor er von der Seite erfasst und ruckartig zu Boden gerissen wurde. Bevor er wusste, wie ihm geschah, spürte er eine raue Zunge, die sein Gesicht ableckte.

»Asimov, was soll das?«, rief Santos, wirkte jedoch nicht sonderlich alarmiert. Der Hund ließ von Boris ab und machte brav Sitz. Boris stand auf und wischte sich das nasse Gesicht ab. Der Poligei hatte sich rechtzeitig in Sicherheit gebracht und flatterte nun seelenruhig neben ihm.

»Ein Bernhardiner«, stellte der Vogel fest. »Ein ungewöhnlich großer Bernhardiner.«

»Und sehr schmutzig«, ergänzte Boris genervt, als er sich erhob und sein graues Jackett betrachtete, das von braunen Flecken überzogen war.

»Tut mir wirklich leid«, sagte die Tätowiererin und ging zu ihrem Hund. Boris zog ein Taschentuch und versuchte, seinen Anzug zu retten, doch da war nicht mehr viel zu machen. Der Hund wackelte aufgeregt mit dem Schwanz.

Kopfschüttelnd verließ Boris das seltsame Grundstück.

»Ich habe während Ihres kleinen Malheurs recherchiert.« Der Poligei hatte sich wieder auf seine Schulter niedergelassen. »Dieser EmSea klingt tatsächlich interessant. Er ist ein Rapper und bereits wegen mehrerer Delikte aufgefallen.«

»EmSea ...« Boris versuchte sein Gesicht weiter vom klebrigen Sabber des Hundes zu befreien. »Muss man den kennen?«

»Eher nicht. Sein bekanntester Hit ist ›Bunte Farblosigkeit‹, mit 43 Aufrufen auf MusiFree. Er lebt ein paar Minuten von hier.«

»Na schön, dann reden wir mal mit ihm.«

»Ey Mann, sorry. Ich sag dem Jungen immer, er soll Fremde nicht mit der Wasserpistole abspritzen.« EmSea nahm dem Kind die Spielzeugwaffe ab, mit der es Boris am Hauseingang begrüßt hatte. Boris' Geduldsfaden war schon sehr strapaziert, als er erneut sein Tuch zückte und sein nasses Gesicht abputzte.

»Sind Sie EmSea?« Er aktivierte sein SmartKom und sah den Rapper an.

»Ja, Mann! Wie er leibt und lebt!«

»Und wie ist ihr tatsächlicher Name?«

»Ich habe meinen alten Namen abgelegt, es gibt nur noch EmSea! Den bald größten Rapper aller Zeiten.«

667 zwitscherte nüchtern: »Sein bürgerlicher Name ist Fridolin Wagner.«

Der dunkelhaarige Mann verschränkte die Arme und sah den Vogel enttäuscht an. »Richtig uncool, Bro.«

»Ich mache nur meine Arbeit, *Bro*«, erwiderte der Poligei.

Boris ignorierte diesen Austausch. »Das Denkmal von Pierre Paquet wurde verunglimpft, haben Sie davon Kenntnis?«, fragte er kurz angebunden.

»Nee.« EmSea wirkte irritiert. »Was wurde damit gemacht?«

667 zeigte das Bild erneut, und wie beim letzten Mal erntete es Gelächter. »Crazy! Das hätte ich mich nicht getraut.«

Boris sah den Rapper ungläubig an. »Sie? Hätten sich das nicht getraut?«

EmSea wirkte pikiert. »Ich habe schließlich auch meinen Moralkodex.«

Boris versuchte gar nicht erst die Logik dahinter zu verstehen. »Wo waren Sie gestern Nacht zwischen 0 und 6 Uhr?«

EmSea deutete mit dem Daumen hinter sich. »Zu Hause, mit meinen Kids. Der Kleine hat die ganze Nacht gekotzt.«

»Gibt es jemanden, der das bezeugen kann?«

»Meine Freundin, aber die schläft noch.«

»Bitte wecken Sie sie.«

Wenige Minuten später hatte er den zweiten Verdächtigen mit überzeugendem Alibi und stand wieder am Anfang.

Der Vogel sah Boris mit schräg gelegtem Kopf an, während er das

Grundstück verließ. »Sie sollten sich dringend umziehen, bevor sie den nächsten Verdächtigen besuchen.«

»Hätte ich den, würde ich das«, seufzte er und fuhr sich durch die Haare. »Aber ich wüsste nicht, wer sonst noch infrage kommen könnte.«

Eine Weile regte sich der kleine Roboter nicht, doch dann öffnete er den Schnabel: »Herr Sokolow, ich habe gerade eine interessante Entdeckung gemacht.«

Erschöpft steuerte Boris eine Parkbank an, die gerade von einem Reinigungsroboter auf Vordermann gebracht worden war, und setzte sich schwerfällig hin. Die Sonne schien ihm in den Nacken.

»Schieß los.«

»Ich bin gerade die Kontakte von Herrn Wagner und Frau Santos durchgegangen. Sie sind beide Mitglieder eines Vereins namens ›Farbinitiative‹, der sich angeblich um die Jugendkultur in der Südstadt bemüht. Dieser ›Verein‹ scheint mir jedoch etwas ... verdächtig. In den drei Jahren seit der Gründung haben sie noch kein einziges Projekt gestartet.«

»Na und? Sie haben trotzdem beide ein Alibi.« Boris wusste nicht, worauf der Vogel hinauswollte.

»Sie haben einen gemeinsamen Kontakt: den Leiter des Vereins. Er hat den Namen David Urban.«

Boris setzte sich aufrecht hin. »Urban? Der Zeuge?«

Der Vogel zwitscherte zustimmend. »Der für die Nacht noch kein Alibi hat.«

Aufgewühlt stand Boris auf. »Aber warum sollte er denn dann die Polizei alarmieren?«

»Erinnern Sie sich daran, was ich zum Thema Ego gesagt habe?«

Sein mitgenommenes Äußeres vergessend, erhob sich Boris und stapfte zurück zum Gedenkplatz. 20 Minuten später betrat er das Café Mosaik.

»Oh, Herr Sokolow, endlich zurück?«, begrüßte ihn David Urban, der eine dunkle Schürze trug und die Theke putzte. Boris sah ihn schweigend an und wunderte sich über die Seelenruhe, mit der Urban weiterarbeitete.

»Möchten Sie einen Kaffee?«

Boris überlegte einen Moment, dann nickte er. »Wenn Sie mittrinken.«

Urban warf ihm einen kurzen Blick zu und lächelte. »Gern, ist gerade eh nichts los.«

Einige Augenblicke später saßen sie sich am Fenster gegenüber. Ein kurzer Blick nach rechts reichte, um das verschandelte Denkmal auf dem Platz zu sehen.

»Was ist denn mit Ihnen passiert? Sie sehen aus, als seien Sie unter ein Auto gekommen.«

Boris zog seine Krawatte locker. »Fragen Sie einfach ihre Freunde Frau Santos und Herrn Wagner, die werden es Ihnen erzählen.«

Urban nahm entspannt einen Schluck von seinem Kaffee. »Also sind Sie draufgekommen! Freut mich.«

Boris war irritiert von diesem mühelosen Geständnis. »Hätte allerdings gedacht, dass Sie schneller sind, wo Sie doch so einen allwissenden Begleiter haben.« Urban warf dem Poligei einen kühlen Blick zu.

»Sie haben also das Denkmal verschmiert? Wieso? Und warum lassen sie mich den halben Tag ihren Freunden hinterherlaufen?« Boris sah den unscheinbaren Mann an, der unter der Schürze immer noch den dicken Pullover trug. Der strahlte ihn an.

»Dafür müssten Sie sich nur mal anschauen! Großartig. Genauso, wie ich mir das vorgestellt habe.«

»Wie bitte?« Boris sah seine Reflexion im Fenster des Cafés, sein zerzaustes Haar und seinen dreckigen Anzug.

»Sie sehen ganz wunderbar aus. Fast wie ein Mensch.«

Boris sah ihn stirnrunzelnd an. »Sie müssen etwas falsch verstanden haben. Ich bin ein Mensch. Roboter wie 667 sind nur als Unterstützung gedacht.«

Urban sah mitleidig aus. »Und das, mein Freund, ist der Kern des Problems.«

»Bitte drücken Sie sich klar aus, ich habe für so etwas keine Zeit.«

Urban lehnte sich zurück. »Natürlich haben Sie die, lügen Sie mich nicht an. Wann mussten Sie denn das letzte Mal ermitteln? Wann ist in dieser vermaledeiten Stadt das letzte Mal wirklich was passiert?«

Boris schwieg.

»Der kleine Tod, ganz langsam, von innen heraus. Das ist der Preis für diese elendige, perfekte Welt.«

»Herr Urban, ich verstehe Sie nicht.«

»Vergessen Sie's. Ich hatte meinen Spaß, die anderen beiden auch. Jetzt komme ich gern mit Ihnen aufs Revier.«

Boris freute sich über die Kooperationsbereitschaft, aber Urbans Worte hatten ihn ins Grübeln gebracht. Er nahm einen Schluck Kaffee.

»Na los, auf geht's.« Beim Aufrichten stieß Urban an die Tischkante und kippte seine halb volle Tasse um. Kaffee spritzte auf die makellose Oberfläche des Tischs.

»Verdammt.« Rasch stellte Urban die Tasse wieder auf, konnte jedoch nicht verhindern, dass etwas vom Kaffee auf Boris' Schoß tropfte. Boris zuckte nicht mit der Wimper. In seinen Gedanken spulten sich immer wieder Urbans Worte ab:

Der kleine Tod, ganz langsam, von innen heraus.

Urban schnappte sich den Lappen von der Theke und wischte den Kaffee auf. »Das tut mir leid«, sagte er, und Boris sah ihm wie versteinert zu.

»Ist schon okay.« Boris starrte den Tisch auch noch an, als Urban fertig war. Die Oberfläche war bald wieder trocken. Doch makellos war sie nicht mehr. Ein paar Schlieren waren geblieben.

Maria E. Seychaska

Die Farben des Pterosauriers

Fanya packte die starren goldblitzenden Lenkzügel. Sie ragten aus den unbrechbaren Schnabelüberresten des Urvogelskeletts. Der solarfolienbespannte Knochenhaufen von Vogelurahn drückte die modifizierten Klauen von den Backsteinböden des Lufthafens ab. Und stürzte in Richtung der weiten, freien Talebene.

Von Menschenhand bis ins Unermessliche hinauf gebaute Wehre, über die Wassermassen in die Tiefe rauschen. Gigantische Räder, deren Schaufeln mit Chromstahllegierungen besetzt von den Sturzbächen angetrieben werden. Nickelstahlspiralen unter den Meeres- und Seenoberflächen, hinter den Vorhängen der submarinen Strudel und Wasserfälle, die die Energie aus den Bewegungen umsetzen und der Nachtwelt ihr Licht geben.

In die feuchte und gut genährte Erde neben den Fällen säten die Menschen Weiden und Küstenmammutbäume, jeden Felsvorsprung nutzend und eine der effizientesten Windkraftnutzmethoden der bekannten Welt schaffend. Man ließ die Bäume um die Windräder wachsen, deren Flügel Tag und Nacht von den unsteten Winden der fallenden Flüsse angetrieben werden. Kleine Windmengen, zufällige Luftschübe, umgesetzt zu stetig fließender Energie.

Und seitdem grünt und leuchtet der Planet. Die Segel der Solardschunken und Lunarsegler bestehen aus Fleecebahnen, die die Sonnenenergie in Schubkraft umsetzen. Mittlerweile fliegen sie so hoch, dass die Menschen die Höhenwinde für ihre Transporte nutzen können. Recken sie die Hand nach oben, können sie die Schwerelosigkeit des Alls spüren, die Wärme der von der Sonne gestreichelten Luft am Unterarm, die Kälte der letzten Luftströme zwischen den Fingern.

»Mach den Kamm golden. Und den Rest schwarz und weiß. Dann stellt es keinen zu großen Kontrast dar, ist aber auffällig genug, um Aufsehen zu erregen.« Chaye hatte die Beine in den Schneidersitz gezogen und setzte, den Stift auf dem Papier kratzen lassend, Fanyas Anweisungen in die Skizze um.

»Dann nähe ich nachher noch die Farbfäden ein.« Fanya lehnte sich an Chayes Korbstuhl und legte sein Kinn auf dem zimtblonden Haarschopf ab.

»Bist du dir sicher, dass du dir die Ablenkung zutraust? Ich werde Zeit brauchen, zwar nicht viel, aber sie suchen mich seit dem Einbruch in das Museum. Und wenn sie mich an den Handelsdocks sehen, wird jede Sekunde zählen. Du müsstest alle Sicherheitskräfte ablenken.«

»Ich male etwas an eine Hauswand und verschandle damit ein über fünfhundert Jahre altes Gebäude. Zwar schert sich in unserer Welt niemand mehr um alte Dinge oder Gebäude, aber es wäre ein Wunder, würden sie mich nicht davon abhalten wollen. Und wer weiß, wenn alles gut geht, verbleibt mein kleines Gemälde für immer an Ort und Stelle und kommuniziert allen, wie genial du bist.« Fanya konnte zwar Chayes Gesicht nicht sehen, doch er sagte das unzweifelhaft mit einem frechen Grinsen auf den Lippen.

Mit einem Seufzen verlagerte Fanya sein Gewicht auf seine linke Hand. Mit den Fingern der Rechten fuhr er Chayes Arm nach oben und stieß mit dem Zeigefinger gegen den geraden Metallohrring, der starr über Chayes Schlüsselbeinknochen schwebte. Stäbe waren schon seit der alten Zeit ein Symbol für unsichtbare, aber unvorstellbare Mächte, die sie oder ihr Träger bargen. Chaye unterschätzte die Wirkung, die seine optimistischen Einschätzungen hatten, immer kolossal. Ohne ihn und seinen Zuspruch hätte Fanya wahrscheinlich nie den Mut gefunden, seinen kleinen Traum zu verwirklichen. Fan tippte gegen die geriffelte Stabrückwand. Der

Ohrring sprang nach vorne und schnippte wieder zurück gegen seinen Fingernagel.

»Eine Hauswand in Schwarz, Weiß und Golden fällt in den grünen Straßen auf. Vor allem, wenn die Sonne aufgeht. Die Wasserarbeiter und die Segler aus dem Hafen werden direkt an dir vorbeikommen.« Trotz Chayes positiver Einstellung konnte Fanya die Gefahr nicht einfach ignorieren.

»Jaja.« Chaye neigte den Kopf und ergänzte in seiner Zeichnung einige Schrauben und Details.

»Ich hoffe einfach, du bist schnell genug. Ich würde nur wegen Vandalismus angeklagt, du hast einen Saurier gestohlen. Oder was eben davon übrig ist. Und selbst wenn sie sehen, was du daraus gemacht hast, bist du noch nicht automatisch freigesprochen. Und du bist nicht schneller als die Dampfjets.«

Das war er wirklich nicht. Die Dampfjets der Ordnungsmacht verließen sich auf die Sonnenstrahlenreflexion und hatten zusätzliche Dampfgetriebe, um mehrmals ihr Flugtempo steigern zu können.

Fan seufzte und nahm eine der widerspenstig gewellten Haarsträhnen Chayes zwischen die Finger. Er hoffte immer, der Duft von Anis und warmem Metall, der Chaye anhaftete, würde an seinen Fingerkuppen kleben bleiben. »Es sind Knochen. Ewig alte Knochen. Verzeih dem alten Saurier, dass er den jungen Erfindungen nicht davonfliegt. Hoffen wir einfach, ich bin schnell genug.«

Über die Zeit hatten die Menschen begonnen, all das, was alt und nutzlos, bereits erforscht oder vergangen war, schlicht und ergreifend aus ihrem Blickfeld zu schieben. In den Museen konnte man die vergangenen Jahrmillionen noch bestaunen, doch die Geschichte, für die sich jeder interessierte, war eine neue. Voller Innovationen, Fortschritt und Freiheit. Eine Geschichte, die vor knapp dreihundert Jahren begonnen hatte und die all die vorangegangenen Jahrtausende und Zeitalter unter ihrer schieren Masse und Verklärung begrub.

Eine Lawine des Neuen war über die Welt gepoltert. Den Menschen ging es gut. Die Artenvielfalt war größer denn je, die Architektur und die Kraftwerke könnten nicht rationeller, nicht effektiver gestaltet sein.

Man baute unter die Erde, auf das Wasser, oder in die Höhe, angelehnt an Bergkämme. Man hängte Häuser in Baumkronen auf, begrünte die Magnetschienen der wenigen noch an Land fahrenden Züge und war endlich eine Symbiose mit Mutter Erde eingegangen. Die Menschheit war ihrer pubertären Phase entwachsen, im Zuge derer sie all das abgelehnt hatte, was die Natur ihr hatte geben wollen. Ihre Mutter wäre fast dem Wahnsinn verfallen über so viel Ignoranz und Egoismus. Nun waren die Menschen so weit, Mama zu fragen, wenn sie nicht mehr weiterwussten. Und ihr Mutterplanet hatte immer eine Antwort auf jede Frage.

»Hey.« Chaye enthakte Fanyas Hand, die mitten im Drehen der weichen Haarsträhnen innegehalten hatte, aus seinen Haaren und ließ seine Finger zwischen Fanyas fahren.

»Mach dir keine Sorgen. Es wird schon alles gut gehen. Deine Idee ist fantastisch. Und sie funktioniert. Im Augenblick sehen sie nur, dass das, was du tust, nicht auf ihren forcierten Technologien basiert.« Fanya drückte Chas Hand.

»Nenn das Kind doch einfach beim Namen: Ich arbeite mit Knochen und gebe sie der Natur nicht zurück, sondern recycle sie.«

»Was doch nichts Schlechtes ist! Sieh dich doch um! Was du gebaut hast, funktioniert! Ich wünschte nur, du könntest schon von hier aus starten, dann müsstest du dich der Gefahr gar nicht erst aussetzen.«

Fan zog seine Hand aus Chayes und umrundete ihn, um sich gegen die granitene Tischplatte zu lehnen.

»Wir haben das doch schon mehrmals besprochen. Wenn ich von hier aus losfliege, erfassen mich die Radare der Segler in unmittelbarer Nähe zu unserem Zuhause, und dann war es das mit der trauten Zweisamkeit, dem Tüfteln und uns. Dann lande ich vor Gericht wegen Flugsaurierdiebstahl und du ...« Fanya wollte es nicht aussprechen. Es würde schon nicht schief gehen. Auch wenn es an allen Ecken und Enden haperte.

Chaye legte Stift und Papier beiseite und lehnte sich nach vorne, seine Unterarme auf den Oberschenkeln abstützend.

»Wieso startest du dann nicht wenigstens von einer Klippe aus?«

»Cha, du weißt, dass es am besten ist, wenn die Menschen mit eigenen Augen sehen, wie und wo ich starte. Ich kann nicht im Hafen landen, sonst würde ich schon vorher geortet, und sie würden mich, egal wie sehr du sie ablenken könntest, erwarten. Und wenn ich nur über die Stadt fliege, ist der Eindruck beim besten Willen nicht so gut, wie er sein könnte. Ich will, dass die Menschen sehen, weshalb ich die paar alten Knochen aus dem Museum geholt habe.« Über Chayes Gesicht huschte ein Lächeln, er faltete die Hände und atmete einmal tief durch.

»Okay. Wenn du das willst, dann funktioniert es auch. Ändern wir die Welt.«

»Pass auf dich auf. Und behalt ja den Schal um!« Chaye stellte seine Tasche ab und zog die faltenschlagenden Enden der improvisierten, baumwollenen Kopfbedeckung weiter in Fanyas Stirn.

»Wenn der wegfliegt, sobald ich vorne im Hafen stehe, wird es ohnehin schon zu spät sein.« Fan fasste Chayes Hand und zerquetschte sie fast.

»Ja, für dich! Pass auf!«

Fanya drückte einen Kuss in Chayes Handfläche. »So gut ich kann. Ich hol dich in einer halben Stunde ab. Du weißt, schaff kein Meisterwerk, sondern etwas, das die Leute aufrüttelt. Aus ein paar Strichen kann sich manchen die Welt erschließen.«

»Ja, und anderen erschließt sich daraus, dass man sie ablenken will, oder dass es eigentlich nicht wert ist, hinzusehen, weil man nur Vandalismus betreibt, und wieder andere ...« Chaye kam in seinen Negativierungen nicht viel weiter, denn Fanya ließ seine Hand los und legte seine Zeigefinger in Chas weiche Haare greifend auf seine Schläfen.

»Außenseiter waren schon immer beliebt. Und wenn du mit deiner Straßenkunst die Menschen auch nur einen Moment lang ablenken kannst, haben wir den Auftritt des Jahrhunderts. Und ein Zeichen gesetzt.«

»Du bist viel zu optimistisch.«

»So schnell tauscht man die Rollen.« Fanya grinste, und Chaye schloss die Augen, schmiegte seine Wange an Fanyas Handballen und atmete durch.

»Gut. Geh. Und lass den Schal um. Und komm ja heil zurück.«

Über Fanyas Lippen spielte ein Lächeln: »Wie sagtest du noch? Ändern wir die Welt?«

Chaye erwiderte nichts mehr. Er nahm es als Aufbruchssignal und kehrte Fanya den Rücken zu. Fan sah der schmalen Gestalt hinterher, bis sie in den wandernden Händler- und Arbeitertrauben verschwunden war. Die Mengen wogten weiter in alle Richtungen, Chaye ließ sich durch die Menschen treiben und unerkannt vom Strom mitziehen. Und trotzdem steuerte er unbeirrt auf die meterweit entfernte Wand des alten Backsteingemäuers zu. In den morschen alten Holzknochen des Gebäudes steckten Jahrhunderte. Die rote Backsteinhaut war rau, einzelne Steine brachen heraus und Ziegel fehlten auf seinem Dach, kahlen Stellen im schütteren Haar eines Greisen gleich. Diese malerisch inszenierte Hauswand, die den Hafenplatz flankierte, war prädestiniert für Chayes kleine kunstvolle Ablenkung. Der dürre Metallstab an seinem Ohr hüpfte bei jedem Schritt nach hinten und vorne und streifte seine Schulter.

Fanya änderte seine Blickrichtung erst, als er den zimtgoldenen Schopf nicht mehr sah. Er zog den Baumwollschal noch etwas weiter in seine Stirn und schwang sich auf den dürren Sitzsattel des Solarrads. Es war am unauffälligsten, sich mit dieser etwas heruntergekommenen Dreißigerjahre-Interpretation eines solarbetriebenen Motorrads fortzubewegen. Ältere und neuere Modelle sah man in den Städten überall – sie waren das Fortbewegungsmittel der Stadtstraßen, wo Flugverkehr nur von offizieller Seite nach Fahrplan erlaubt war.

Fanya bremste mittels lautlosen Radschrägstellens im siebten Dock ein. Hier kamen die Lebensmittel transportierenden Nachtflüge an. Das bedeutete für Fanya, dass sich vor den Ladeluken der Lunarsegler aus Übersee, die frisches Obst und Gemüse einschifften, Menschentrauben und Halbringe an Käufern bildeten. Die Struktur dieser Ansammlungen glich einem Blumenkohl: ein überbevölkerter Kern, aus dem die bereits bedienten Käufer nach außen stoben, den hartwirbelsäuligen Blättern eines Kohlkopfes gleich, die aus der Pfahlwurzel wucherten.

Fanya hatte neun Minuten bis hierher gebraucht. Gedrungene Gebäudereihen durchbrachen sein Sichtfeld. Ob Chaye gut angekommen war und ob er bereits begonnen hatte, den Saurier an die Wand zu pinseln, konnte Fanya nicht sagen. Die Präsenz der Ordnungsträger war hier an den Docks allerdings verschwindend gering. Vielleicht klappte ihre kleine Ablenkung.

Fanya stieg die Morgenluft in die Nase. Die ersten Sonnenstrahlen tasteten über die schillernd-silberblauen Lunarschuppen der Dreiecksegel. Es brauchte nur wenige Handgriffe, um die magnetverbundene Schwebescheibe von dem Solarrad abzuhängen, auf der die Zukunft lag.

Fanya schob den Anhängerteller in Richtung der Anlegestelle. Es beachtete keiner sein Tun, und nur zwei müde dreinblickende Wachkräfte aus der Nachtschicht versuchten durch die einkaufenden Menschenmengen nach vorne zum Obsthändler zu dringen. Der kleinere von beiden strauchelte und riss in dem Versuch, nicht über die eigenen Füße zu fallen, fast zwei Frauen mit sich zu Boden. Fanya stellte für sie alle nichts anderes als einen weiteren, zu spät gekommenen Einkäufer dar.

Dementsprechend unbeirrt löste er die ersten beiden Haken der Schutzplane, die seine Erfindung versteckte. Die fast zwölf Meter Spannbreite, die die Flügel der Flugechse im aufgefächerten Zustand erreichten, hatte Fanya durch Faltung der Solarbespannung und der darunterliegenden Knochen minimiert.

Er wusste, dass sich die Menschen gut mit Neuem arrangierten, dem Alten aber zumeist skeptisch gegenüberstanden. Er kombinierte beides. Angefangen hatte er mit dem Skelett eines Hundes, dessen Knochen er mit Solarfolie umwickelt hatte. Chaye nahm sich seitdem in all ihren Projekten des Designs an. Sie hatten etwas Totes als Grundlage genommen und es zu etwas Modernem gemacht. Und nach mannigfaltigen Startschwierigkeiten war ihnen endlich die Modifikation eines Pferdeskeletts gelungen, das ihnen nun half, die kleinen Gartenfelder in ihrem Zuhause zu bestellen. Fanya bediente mit seiner Idee keine Nische, es gab Feldarbeitsmaschinen, und es gab Solardschunken, die das Fliegen ermöglichten.

Chayes Tüfteleien waren in einem Fleece gegipfelt, das beide Sonnenenergien gleichermaßen auffangen konnte: die direkte und die Sonnenreflexion des Mondes. Dieses Mischgewebe konnte keine Dschunke am Himmel halten. Aber es konnte den drahtigen Skelettkörper eines Quetzalcoatlus in den Himmel heben. Das Gewebe machte Fanyas Solartiere umweltfreundlich, platzsparend und für jedermann erschwinglich. Und er stand unerschütterlich hinter Chayes und seiner, hinter ihrer Arbeit.

»Seht mal, da! Das ist doch –« Fanya enthakte den letzten Anker der Schutzfolie und ließ sie neben dem Solarrad auf den Boden fallen. Hinter ihm wurden Stimmen laut. Ohne zu zögern, kletterte er auf den Rücken des Skelettvogels. Chaye hatte ganze Arbeit geleistet. Die Bespannung des Urvogels war ein Kunstwerk ganz für sich allein. Die ersten Strahlen der aufgehenden Sonne flackerten über den Horizont, und der tote Vogel schlug die Augen auf.

Der Himmel war zuckerwattepink gefärbt, und die Bäuche der Wolken schimmerten in Korallenrot. Sie spiegelten die Backsteingebäude in Fanyas Rücken.

»Das ist er! Mit dem gestohlenen Relikt! Da! Da drüben!«

»Haltet ihn! Na los doch, los!«

»Seht mal, da hinten, das sieht doch genauso aus, wie dieser –«

Auf die lange Kopffinne des Flugsauriers traf die Sonnenenergie. Sie funkelte wie Chayes Haarsträhnen. Fanyas Finger fuhren um die metallenen Zügel. Der Saurier richtete seinen Blick nach vorne und stemmte sich durch einen Zug an den starren Zügeln in die Höhe. Er hob den Kopf nach oben und setzte die Flügelklauen auf den Backsteinboden. Fanyas Daumen lagen über den beiden Knöpfen, die in die starren Zügelenden eingelassen waren und durch welche das Flugsignal in den modifizierten Skeletthaufen weitergeleitet wurde.

Hinter Fanyas Rücken wurden Schreie laut, Frauen riefen, Männer zeterten, Kinder staunten. Er warf einen Blick über die Schulter. Die Menschen auf dem Platz stoben in zwei Richtungen auseinander – in Richtung Chaye und in seine. Farbe funkelte über den Marktplatz.

Fanya ließ die Einkerbungen in seinen Schuhsohlen auf dem Metallträger einrasten, der windschnittig aus dem Rippenskelett der Pterosaurierknochen ragte. Er drückte den Kopf des Flugviehs nach unten und die Flugknöpfe in die Zügel hinein. Der Quetzalcoatlus breitete seine schwarzen Schwingen aus und ließ sich ins Tal fallen.

Der Wind griff in Fanyas Haare, er packte das ihn verhüllende Baumwolltuch und zog es nach hinten weg. Freiheit. Von seinen Ängsten, erwischt zu werden. Freiheit von seinen Zweifeln, ob wirklich alles wie geplant ablaufen würde. Freiheit. Von fast allen Sorgen.

Die Aufwinde griffen in die Flügelfleece, und Fanya donnerte in einer steilen Kurve über die Moorfelder. Ein intelligentes System schlummerte in der kleinen Hirnhöhle des Riesenschädels. Das Fluggerät war darauf ausgelegt, den richtungsgebenden Bewegungen seines Lenkers zu folgen, und regulierte selbst die Flügelbewegungen – die große Echse dachte wie ein Vogel. Fanya schloss einen Moment die Augen, fühlte den Flugwind seine rabenfarbenen Haare durchkämmen, schnupperte den Erfolg, der sich mit dem Gestank von sich aufheizendem Sumpf und abperlendem Tau über den Mooren vermischte. Die Flügel seiner Reitmaschine zerschnitten die sich in der Morgenfrische bildenden Tiefnebel, und mit einem Drücken der Steuerzügel nach unten zog der Flugsaurier gen Himmel. Fanya spürte, wie die Mechanik unter den Fleecebespannungen arbeitete, wie sich das Skelett ganz natürlich mitbewegte. Sie hatten es geschafft. Chaye und er.

Mit einem Zug der starren Zügel nach links lenkte Fanya sein Reittier in eine Kurve, die Flügel aufspannend, nutzte es die Winde und segelte wieder zurück in Richtung der Stadt. Die Ansammlungen der Schaulustigen wirkten winzig klein. Auch Chayes Gestalt erkannte er kaum, doch was er in den wenigen Minuten geschaffen hatte, war überwältigend.

Die altehrwürdige Hauswand zierten nun die Farben eines Pterosauriers. Im Angesicht des aufgehenden Sonnenschopfes blitzte der goldene Kamm des Graffitis, das Chaye gezeichnet hatte. Die Striche waren fahrig, schnell gemalt und überlappten sich an einigen Stellen. Die schwarze, goldene und weiße Farbe füllte die in fahrigen Strichen vorgezeichnete Form nirgends zur Gänze aus, und dennoch schrie diese Straßenkunst nach Modernität. Das Bildnis eines schwarz-weißen Flugsauriers hob sich von den komplementär gefärbten Straßen in Backsteinrot und Frühlingsgrün ab.

Über Fanyas Lippen spielte ein Lächeln. Die Ablenkung war gelungen. Er steuerte seinen fliegenden Untersatz auf Chaye zu. Ihm waren offenbar keine Ordnungshüter auf das Dach des Gebäudes gefolgt. Je tiefer Fanya flog, desto mehr von ihnen konnte er aber in der Menge erkennen.

Die an das Skelett angesetzten Stahlflügelkrallen verhakten sich in den Ziegeln des Dachs, als er landete.

Chaye lief auf ihn zu.

»Und? Bist du zufrieden?«

»Nicht reden, komm schon.« Fanya streckte Chaye die Hand entgegen. »Und als könntest du mich enttäuschen.«

Chaye nahm sich einen Moment, ließ seinen Blick von Fanyas Hand zu seinen Augen wandern und ergriff dann die ausgestreckten Finger. Fanya lenkte seinen Flugsaurier nach vorne, hin zum Giebel des Daches.

»Mama, schau mal!« Ein kesses kleines Mädchen deutete zu ihnen hinauf. Chaye rutschte hinter Fanya, seine Hände fuhren um seine Taille.

»Du hattest mir doch versprochen, den Schal umzulassen.« Fanya fühlte sich nur minder schuldig für das Brechen dieses Versprechens. Er riskierte kurz noch einen Blick in den Menschenauflauf. Man würde ihn, den Skelettdieb, sicher nicht einfach so davonkommen lassen. Er musste sich bald von dem Saurier verabschieden, sonst würden die Behörden ihn und Chaye direkt nach Hause verfolgen. Aber aus der Stadt konnte er sie noch tragen.

Fanya drückte die Zügel nach unten und die Signalknöpfe in das Metall, der Pterosaurier drückte sich in die Höhe und hob sich über seinem, von Chaye geschaffenen Wandbildnis in die Höhe.

Das kleine Mädchen zog aufgeregt am Ärmel seiner Mutter. Die Menge war in hellem Aufruhr, er und Chaye waren die Gesuchten. Aber die Kleine war begeistert. Vielleicht brachten sie wenigstens diesem Mädchen ein kleines bisschen Faszination.

»Mama, das sieht toll aus, oder? Kann ich auch so einen haben?«

Dani Aquitaine

Kaleido und Bumerang

Ich pfefferte meine Sporttasche auf den Boden. Sie sauste einige Meter über die Fliesen, ehe Placido, unser Haushaltsroboter, ihre Fahrt stoppte.

»Willkommen zurück, Kallisto«, schnarrte er, und ich schwöre, seine Stimme klang missbilligend, auch wenn Mama behauptete, das sei in der Software nicht vorgesehen.

»Jo«, musste als Begrüßung genügen. Ich wusch mir im Steinbrunnen Gesicht und Hände und hängte meine Jacke an einen der wenigen freien Haken zwischen den Buntglasfenstern. Immerhin erntete ich dafür ein wohlwollendes Grunzen von Placido.

Wie jeden Tag steckte ich den Kopf zuerst ins Wohnzimmer meiner Großeltern. Oma war unter einer Haube verschwunden, die wir spöttisch den »Tauchhelm« nannten. Es handelte sich um ein altes Virtual-Reality-Visier, doch Großmutter behauptete, die modernen würden sie seekrank machen, und für ihre »World of Warcraft«-Sessions würde es allemal reichen. Opa diktierte einen kryptischen Text in sein Fon und winkte mir ausgelassen zu. Ich grüßte zurück und stieg die Treppe hinauf, die sich im Inneren unseres zylinderförmigen Hauses zwölf Stockwerke aufwärtswendelte. Ich hätte mich in den Treppenlift der Großeltern schwingen können, aber ich wollte die Currentz, die ich wöchentlich von meinen Eltern für meinen persönlichen Stromverbrauch erhielt, nicht dafür verschwenden. Lieber hortete ich sie zum Aufladen meines Fons. Außerdem behauptete meine Cousine Elena, die Bewegung würde mir helfen, etwas Fleisch an meinem angeblich so knochigen Hintern anzusetzen.

»Hallo, mein Schatz!«, grüßte mich eine muntere Stimme aus dem Treppenhaus. Tante Désirée goss mit einem Kännchen die Pflanzen, die in tropfenförmigen Glasampeln im Treppenauge herabhingen. Sie arbeitete im Amt für vertikale Stadtbegrünung, und dank ihr blühte und gedieh auch unser Haus von innen und außen.

»Hochgehen rentiert sich nicht, wir essen gleich.« Liebevoll strich sie mir über die zerzausten Haare.

»Mega.« Nach dem Parkour-Training knurrte mein Magen wie Placido, wenn er sich an den antiken Teppichfransen in Großmutters Zimmer festgefressen hatte. »Was gibt's?«

»Reisauflauf mit Algen, Knusper und Nüssen. Deckst du auf?«

Bald fanden sich alle im Speisezimmer im ersten Stock ein: meine Eltern, der Bruder meiner Mutter Tasso und seine Frau Agnes aus dem zweiten Stock, ihre Kinder Elena, Nepomuk und Livia aus den Etagen sechs bis acht und die Großeltern von unten. Es folgte das übliche Geplänkel. Opa diskutierte mit Mama ethische Grundsätze in der Robotik, Livia beschuldigte Nepomuk, ihre Gartenschuhe gestohlen zu haben, und über unseren Köpfen zogen Che und Fidel, die zahmen Dottertukane, ihre Kreise.

Ich hatte eine halbe Portion des köstlichen Auflaufs inhaliert, da ließ uns Großvater wissen: »Ines hat einen Job in der Stadt bekommen.«

»Ja, stellt euch vor, sie wird wieder hier einziehen!«, zwitscherte Oma.

»Wo denn?«, kaute ich gelangweilt.

Der 17-jährige Nepomuk rückte seine violett gerahmte Datenbrille zurecht und starrte mich an, als sei ich dumm wie die Alge, die er auf der Gabel balancierte. »Na wo wohl? Tante Ines ist das jüngste von Omas Kindern, also zieht sie zwischen deinen Eltern und Elena in den sechsten Stock.«

Ich hob eine Augenbraue. »In die Rümpeletage?«

Oma wischte sich energisch den Mund mit der Serviette ab. »Wir entrümpeln.«

»Okay, *whatever*«, murmelte ich achselzuckend, denn ich kannte Ines kaum.

Da griff Mama über den Tisch und drückte meine Hand. »Erinnerst du dich an Eduard, ihren Sohn?«

»Dummi-Bummi? Wie sollte ich diese Knalltüte vergessen.« Ich ignorierte das mulmige Gefühl in meinem Magen und schaufelte mir eine weitere Ladung Auflauf in den Mund.

»Nenn ihn nicht so.«

Eigentlich nannte ich ihn *Bumerang*, weil er, egal, wie heftig ich ihn verbal von mir stieß, doch immer wieder zu mir zurückkehrte. Im Gegenzug hatte er mich bei unserem letzten Treffen vor drei Jahren *Kaleido* getauft, wegen meiner paradiesvogelbunten Haare. »Was geht ab, Kaleido?!«, war es dann den ganzen Tag gegangen, von der traditionellen Luftschifffahrt im Morgengrauen bis zum Familientanz um Mitternacht. »Was geht ab, Kaleido?!« Er war nur ein paar Monate jünger als ich, aber eine kindische, nervtötende Kröte. Ein schiefzahniger Lurch, albern und anhänglich.

Moment. *Er war jünger als ich.* Ich würgte die aufgequollene Masse Reis herunter, und mein Mund wurde staubtrocken. »Bumerang kommt mit?«

Livia schüttelte abfällig die sonnenblonden Locken. Sie war 16 und damit nur zwei Jahre älter als ich, doch uns trennten Welten – in vielerlei Hinsicht. »Was denkst du denn? Soll er allein in Westheim wohnen?«

»Aber sie bleiben nicht lange, oder?«

»Sie ziehen hier ein«, wiederholte Onkel Tasso langsam.

»Ines hat einen Arbeitsvertrag für drei Jahre unterschrieben, und Reza und Eduard kommen natürlich mit«, präzisierte Opa.

Entsetzen ziepte an meiner Kopfhaut, und Papas mitfühlende Miene ergab plötzlich einen Sinn. Ich sprang auf.

»Nein!«, rief ich so laut, dass Fidel krächzend vom Lüster fiel. »Niemals ...«, meine Stimme brach, und ich räusperte mich, »niemals kriegt *der* mein Zimmer!«

»Selbstverständlich bekommt er es«, stellte Tante Agnes klar. »Die Etagen werden dem Alter nach verteilt, und die Jüngsten schlafen nun mal ganz oben. Das sieht das Hauskonzept so vor.«

»Dämliches Konzept!«, fauchte ich. »Und überhaupt, Bumerang ist doch nur adoptiert. Für ihn gelten die Familienregeln nicht.«

Es wurde schlagartig still, und Oma erhob sich. Ihre Stimme klang hart: »Wir sind eine Familie, erwählt oder geboren, wir gehören zusammen und halten zusammen. Blutsverwandtschaft oder Herkunft spielen nicht die geringste Rolle, Kallisto. Meine Mutter hatte eine Vision, die weit über persönlichem Besitz stand. Es ist unser Ziel, diese Vision lebendig zu halten.«

Ich senkte den Kopf. Ich war so sauer, dass ich am liebsten mit einem Tritt den ganzen Tisch abgeräumt hätte. Aber ich wusste, es würde nicht das Geringste ändern. Noch dazu wäre Tante Désirée aufgebracht, würde ich ihren feinen Auflauf über der Einrichtung verteilen. Also kickte ich lediglich den Stuhl hinter mir weg und spurtete fluchend hinauf in mein Zimmer. Das dauerte. Ganze zehn Stockwerke. Oben angekommen waren von meiner Wut nur noch stoßweiser Atem und die sichelförmigen Male übrig, die meine Fingernägel in den Handflächen hinterlassen hatten. Schluchzend stieß ich die Tür zu meinem Reich auf.

Seit ich denken konnte, lebte ich hier oben. Ich war die Kleinste, die Jüngste, das Nesthäkchen. Nach mir kam niemand mehr. Die anderen waren schon mehrfach innerhalb des Hauses umgezogen, aber ich hatte mich, sobald ich sicher Stufen steigen konnte, im obersten Stock niedergelassen. Ich gehörte hier hin! Nicht zu fassen, dass sie mich zwingen wollten, mein grünes Nest aufzugeben. Mit brennenden Augen drehte ich mich um die eigene Achse und betrachtete mein Reich. Die alten mit meinen Schnitzmustern verzierten Holzbalken mit den sanft beleuchteten Lampenschirmen daran, die ich über Jahre hinweg aus antiken Fundstücken gebastelt hatte. Die violett-samtenen Blätter der Gynura und die ausladenden Wedel der Farne dazwischen. Meine eingebaute Werkbank mit dem Rechner drauf. Mein klitzekleines Bad mit den Glitzerkacheln. Mein Teleskop, das mir ohne die fantastische Aussicht hier oben bald ohnehin nichts mehr nützen würde. Mein von Lichterketten und Efeu umranktes Palettenbett. Ich warf mich weinend darauf.

Papa und Mama kamen in den nächsten Stunden einige Male zu meiner Tür hochgestiegen. Oh, das würde *ihren* knochigen Hintern guttun. Ich ignorierte all ihr Klopfen und ihre behutsamen Anfragen.

Sie waren immer so verdammt verständnisvoll. Mama mit ihrer KI-Psychologiekacke und Papa, der sanfte Künstler – ich könnte kotzen. Denn bei allem Verständnis: Nichts änderte sich. Sie sagten: nur eine Phase. Alles wird besser. Emotionen sind sooo wichtig. Aber half mir das? Nein. Oh, wie ich rebelliert hatte. Ich hatte die Schule geschwänzt, im Laden Kakaokonfekt mitgehen lassen, meine Haare in allen Farben des Regenbogens gefärbt, Quallen geraucht. Und von meinen liebevollen Eltern kam nichts als eine feste Umarmung, ein Kuss auf die Stirn und die Versicherung: Es wird einfacher, mein Herz.

Schwachsinn. Das hier fühlte sich verdammt noch mal so an, als würde alles nur immer schwieriger werden.

Was mir schließlich half, waren die sanften Klaviertöne von Papas neuester Komposition, die heraufklangen und mich einhüllten. Langsam beruhigte sich mein Atem, und ich konnte wieder klar sehen.

Die Zimmerdecke bestand zum Teil aus Solarglas, und wenn ich auf der Matratze lag, erblickte ich nicht nur die wild wuchernden Pflanzen des Dachgartens, sondern in den dunklen Stunden auch die Sterne. Die Außenwände waren – wie im gesamten Haus – rund und bis auf wenige Metallstreben ebenfalls solargläsern. Ich hielt sie penibel sauber, um für klare Sicht für mein Teleskop zu sorgen. Wie ferngesteuert rappelte ich mich nun auf und setzte mich auf den Hocker vor die Linse. Es entspannte mich, den Blick ziellos über die im Dunkeln funkelnde Silhouette der Stadt mit all ihren Türmen, Skywalks und eKopter-Landestegen schweifen zu lassen. Doch diesmal blieb er am ArtTower hängen. Ich blinzelte und stellte den Fokus noch mal scharf. Tatsache. Vor der Fassade schwebte eine schwarze Gestalt mit einem Solarpack auf dem Rücken und schwenkte den rechten Arm hin und her. In der Hand hielt sie einen silbrigen, länglichen Gegenstand. Ich blinzelte. Da sprühte jemand die städtische Galerie an! Wusste die Person denn nicht, dass die Reinigungsbots bei ihrer Runde in den frühen Morgenstunden jedes Graffiti rigoros wieder entfernen würden? Das Stadtbild sollte stets makellos sein. Nur … als ich genauer hinsah, fiel mir auf, dass die Holzbetonwände des Hochhauses unversehrt grau blieben.

Die Angelegenheit beschäftigte mich, auch als die Gestalt längst verschwunden war. Vielleicht nur, weil ich mich damit von den grässlichen Aussichten, mein Zimmer an Bumerang zu verlieren, ablenken konnte. Tags darauf lief ich nach der Schule zum ArtTower, besah ihn mir erst vom Gehweg, dann vom siebten Stock des gegenüberliegenden Gesundheitszentrums aus. Nichts. Hatten die Bots alles weggeputzt oder hatte die Person tatsächlich nichts gesprüht? War es Farbe, die man erst unter Schwarzlicht erkennen konnte? Oder war es das Werk der Geruchsguerilla, die für mehr Duftvielfalt in den Städten demonstrierte? Aber es war nichts zu erschnuppern. Wie verdammt noch mal konnte ich das Rätsel des mysteriösen Vandalen lösen?

Seit dem desaströsen Abendessen verzichtete ich auf die gemeinsamen Mahlzeiten, aß stattdessen lustlos an der Werkbank vor dem Teleskop, was immer man mir nach oben lieferte. Ab und an warf ich einen Blick durch das Okular, schwenkte die Röhre mal in die eine, mal in die andere Richtung – und erstarrte. Da war er wieder, der geheimnisvolle Sprayer! Diesmal schwebte er vor dem weiß getünchten Bürgerhaus. Er zog eine Spraydose hervor, schüttelte sie und ließ sie kreisen. Und abermals erschien nichts auf der Wand. Sobald er sein unsichtbares Werk vollbracht hatte, flog er in die Dunkelheit davon, nur um eine Viertelstunde später die Fassade des Lichtspiel-Odeons zu besprühen. Dieses befand sich in der gleichen Himmelsrichtung wie die anderen Gebäude, jedoch einige Kilometer näher an unserem Zuhause. Ich stellte das Teleskop noch einmal scharf. Er sprühte wirklich. Kleine Tröpfchen stoben aus dem Sprühkopf – und färbten doch nichts. Ehe ich weitere Hinweise sammeln konnte, beendete der Unbekannte seine Arbeit und düste davon.

Von da an suchte ich jeden Abend mit dem Teleskop die Stadt nach ihm ab und beobachtete sein Tun. Tagsüber ignorierte ich meine Familie. Die war sowieso damit beschäftigt, in ihrer freien Zeit das Abstellstockwerk zu entrümpeln und Livias Möbel in die darunterliegende Farming-Etage zu integrieren. Es wunderte mich, dass sie so gar nicht darüber maulte. Na ja, sie war auch ein Schaf, wahrscheinlich fühlte sie sich wohl zwischen den Kohlköpfen.

Immer wieder kamen Familienmitglieder nach oben und redeten mir durch die versperrte Tür gut zu. Sogar Opa machte sich eines Tages an den Aufstieg, sprach mit ernster Stimme von Moral und sozialer Verantwortung. Ich presste die Lippen zusammen und entspannte mich erst, als er nach einem sonoren »Du wirst deinen Weg finden, kleine Kallisto« in seinen Puschen davonschlurfte und wieder abstieg.

Wenn ich daran dachte, dass Bumerang in zwei Wochen meine Etage übernehmen würde und ich nach dem Umzug in den zehnten Stock nicht mal mehr die Aussicht auf meinen obskuren Sprayer haben würde, wurde mir ganz flau. So absurd das klingen mochte: Seine Kunst gab mir Kraft. Vielleicht, weil er genau wie ich größte Anstrengungen unternahm, um rein gar nichts zu bewirken.

Doch dann kam der Regen.

Und der änderte alles.

Am folgenden Abend wartete ich vergeblich auf den Künstler. Auch die zwei verregneten Abende danach tauchte er nicht auf. Meine Stimmung sank weiter – falls das überhaupt möglich war. Sie durchbrach den Nullpunkt und floss ins Bodenlose, und mit ihr meine Tränen, wenn ich das Möbelrücken im Haus hörte, die Sägen, die Bohrer. Ich presste mir die Hände auf die Ohren und versuchte, mir jede Fliese, jedes Astloch, jede Säule meiner Etage mit fieberhafter Verzweiflung einzuprägen.

Ich hatte es aufgegeben, durch das Teleskop zu schauen und nach dem Sprayer zu suchen. Der Appetit war mir vergangen; ich aß nur noch ein paar Bissen täglich und schickte den murrenden Placido mit dem vollen Tablett wieder nach unten. Chats beantwortete ich nicht, redete nicht mal mehr mit Tante Désirée.

Auf dem Bett starrte ich zwischen Palmwedeln hindurch in den Nachthimmel und schwelgte hingebungsvoll in Schmerz und Einsamkeit.

Dann fiel der Strom aus.

Im Haus wurden Rufe laut, doch das war mir gleich, die Sterne funkelten auch ohne Strom. Mein Fon zwitscherte. Träge hob ich die Hand, um aufs Display zu sehen, erwartete eine weitere sorgenvolle Nachricht meiner Freundin Lyra.

Schau aus dem Fenster, stand da, gesendet von einer anonymen Nummer.

»Murgh«, machte ich. Und doch stahl sich ein feiner Strahl aus Neugierde durch meine Lethargie. Ich rappelte mich auf und schwankte durch die Finsternis zum Teleskop. Der Hunger hatte mich erschöpft. Aber als ich aus dem Fenster sah, war ich schlagartig fit. Der Stromausfall betraf offenbar nicht nur unser Haus: Die ganze Stadt lag in Dunkelheit vor mir. Lediglich ein Scheinwerfer warf einen Spot auf die Fassade der Bücherei, genauer gesagt auf das meterhohe florale Graffiti, das dort plötzlich prangte. Moment mal, das Ding wirkte *buchstäblich floral.* Hastig stellte ich das Teleskop ein und staunte. Der Schnörkel war nicht gesprüht, er … Das konnte nicht sein. Er bestand aus kleinen Blättern mit vergissmeinnichtblauen Blüten dazwischen. Die Idee war genial! Diese »gepflanzten« Bilder würden die Reinigungsbots in Ruhe lassen. Sie waren darauf programmiert, Vegetation als schützenswert anzuerkennen. Ich konnte mich nicht erinnern, jemals schon etwas so Zauberhaftes gesehen zu haben.

Mein Hochgefühl zerplatzte, als sich weitere Strahler einschalteten und ich alle Graffitis sah. Ich brauchte kein Teleskop, um die Nachricht zu lesen, die mir in bunten Lichtinseln entgegensprang, von den Wänden des ArtTowers, des Bürgerhauses, des Lichtspiel-Odeons und vielen anderen. Obwohl sich die Buchstaben an verschiedenen Gebäuden befanden, die unterschiedlich weit entfernt lagen, ergaben sie für mich – und nur für mich, an genau diesem Standort – eine Botschaft.

Mein Herz hämmerte gegen die Rippen. *Ich muss träumen. Ich muss fiebern. Ich bin verhungert.*

Am ganzen Leib zitternd, blinzelte ich durchs Okular. Das *W* schien aus Moos zu bestehen, das *A* zierten gelbe Blümchen, das *S* wirkte buschig, das *G* …

WAS GEHT AB, KALEIDO?!, las ich.

Mein Fon bimmelte. *Anonymer Anrufer.* Wie in Trance hob ich ab.

»Jo«, flüsterte ich heiser. Auf dem Display tauchte das Gesicht eines jungen Typen auf. Und es war zweifellos der schönste junge Typ, der mich je angerufen hatte. Okay, zugegeben: Es war der einzige junge Typ, der mich je angerufen hatte. Und dazu noch schön.

»Hey Kaleido, ich bin's. Hast du meine Nachricht bekommen?«

Ich bekam nur ein Krächzen heraus, bemühte mich zur Rettung meiner Coolness aber wenigstens um eine neutrale Miene.

Er strich sich mit einer lässigen Geste den dunkelblauen Haarschopf aus den Augen. »Hör mal, ich weiß, dass das mit meinem Einzug nicht ideal ist, doch wenn du möchtest, machen wir Halbe-Halbe? Platz ist genug, sagt Tante Dési, und meinetwegen muss es niemand wissen. Stell dein Bett einfach unten auf, wirf ein bisschen Alibikrempel in die Ecke und fertig.«

Alles, was ich herausbrachte, war ein geröcheltes: »Bummi.« Kein Zweifel. Die lurchgrünen Augen wirkten nicht mehr stechend, sondern funkelten unternehmungslustig und sommerwiesengrün, und seine Zähne standen inzwischen gerade. Das einzig Schiefe an ihm war sein verwegenes Grinsen.

Okay, Haltung. Hirn. Ich fasste mich. »Du hast das alles gesprüht?«

»Ich? Wie sollte ich? Ich war die letzten fünf Monate ausschließlich in Westheim.«

»Niemand sonst nennt mich *Kaleido*.«

»Sag das nicht so verächtlich. Es ist ein wunderschöner Spitzname. Schlag mal nach, was er bedeutet.«

»Lenk nicht ab.«

»Ich hatte ein bisschen Hilfe. Tante Dési hat mir den genauen Standort deines Zimmers gegeben.« Er zuckte gelassen mit den Schultern. »Dann musste ich nur noch aus deinen Koordinaten die passenden Gebäude triangulieren, einen Androiden programmieren, ein Solarpack organisieren, verschiedene Substrate und Saaten spraydosentauglich kombinieren, die städtische Lichtversorgung manipulieren, Regentage anvisieren und dich antelefonieren.«

Ich musste gegen meinen Willen lachen, und oh, tat das gut. »Du kannst hacken?«, staunte ich. Mein kleiner, nerviger Adoptivcousin war ein Code-Crack.

»Klar. Was kannst du?«

»Quallen rauchen.«

»Und? Wie ist das so?«

Ich zog die Nase kraus. »Nicht das Wahre. Aber ich bin gut in Elektrokunst und Parkour.« Ich zeigte auf die vom Displaylicht erhellten Lampenschirme hinter mir.

»Klingt vielversprechend.« Da war es wieder, dieses Lächeln, das kleine Grübchen in seine Wangen setzte und mich mit Wärme durchflutete und mein Herz schneller wummern ließ. Plötzlich war ich froh, dass Bumerang nicht blutsverwandt war. Ich räusperte mich. »Sag mir nur eins: Warum? Warum dieser ganze Aufwand?«

»Du sollst nicht meinetwegen unglücklich sein. Opa hat mir schon vor einigen Wochen erzählt, dass dir die Neuerungen bestimmt zusetzen würden. Wenn ich einfach angerufen hätte, hättest du sicher nicht abgehoben.«

»Hm, wer weiß«, nuschelte ich.

»Deswegen hab ich ein bisschen mehr Energie in mein Begrüßungsgeschenk gesteckt. Ich mag dich nämlich. Schon immer, wie du weißt.«

Und weil ich eben parallel mit dem Fon nachgeschlagen hatte, was *Kaleido* bedeutete, glaubte ich ihm. Ich überlegte. Bei der Vorstellung, dieses Zimmer abzugeben, verknotete sich mein Magen wie die Triebe meines Kletter-Philodendrons. Den Raum mit Bumerang zu *teilen* hingegen ... könnte machbar sein. Und was wir alles mit der Stadt anstellen konnten mit meiner Kunst und seiner Technik! Euphorie durchrieselte mich.

»Okay«, erwiderte ich mit fester Stimme. »Wir teilen. Das Bad ist neutrale Zone. Ich ziehe offiziell nach unten, du suchst dir deine Hälfte der Etage raus, die andere behalte ich inoffiziell.«

»Mega.«

»Mega. Und ... Bumerang? Danke.«

Er grinste nur, dann war die Verbindung unterbrochen, und das Display erlosch.

»Kallisto, hast du den Strom lahm gelegt? Die ganze Stadt ist dunkel!« Mamas Stimme schrillte aus dem Treppenhaus. So fassungslos hatte ich sie noch nie erlebt.

»Nein«, rief ich zurück. Ich lächelte in die Finsternis und flüsterte: »Aber gut zu wissen, dass ihr mir das zutraut und dass ich es endlich mal geschafft habe, euch aus der Reserve zu locken.«

.

Roman Maas

Die falsche Sonne

Dunkelblaues Stroboskoplicht regnete auf den löchrigen Asphalt. Wer sich hier bewegte, tat dies in einem irrealen Stakkatozustand, der irgendwann Übelkeit hervorrief. Niemand sollte auf die Idee kommen, nachts das Haus zu verlassen.

Mahani versuchte sich so weit wie möglich an den Häuserwänden zu halten. Dafür musste sie zwar den Straßenmüll aufwühlen, aber das würde keine Aufmerksamkeit auf sich ziehen. Das Rascheln herumstromernder Marder und Füchse war hier nichts Ungewöhnliches. Sie trug eine eng anliegende Schutzbrille mit kreisrunden Gläsern, die den Stroboterror abschwächte. Von außen sahen die selbst gemachten Gläser aus wie mit dickem Rauch gefüllt, aber tatsächlich hatte sie perfekte Sicht in die Nacht. Bevor sie um die nächste Ecke bog, wagte sie noch mal einen Blick zurück auf ihren Wohnkomplex, der sich wie ein toter Steinriese vor dem ergrauten Nachthimmel auftürmte. Uniformiertes Fernsehflackern aus Hunderten Fenstern. Auch ihre Eltern ließen das Gerät immer an, wenn sie schliefen.

Ein Skarabäus schwebte auf der Mitte der Straße in ihre Richtung. Mahani presste sich an die Wand und zog die Kapuze ihres staubgrauen Trainingsanzugs tief ins Gesicht. Wenn sie so gut es ging mit der Mauer und dem Abfall verschmolz, dürfte eigentlich keine Überprüfung erfolgen. Für den Fall der Fälle hatte sie noch eine abgelaufene

Sondergenehmigung dabei. Die könnte reichen, um nur eine Verwarnung auszulösen. Die Überwachung war nicht so lückenlos, wie sie einem einreden wollten, so viel hatte sie bei ihren Ausflügen in die Dunkelheit schon gelernt. Trotzdem merkte sie, wie ihr Hals pulsierte, als das Surren der Drohne immer näher kam und sich dann langsam ohne Reaktion wieder entfernte.

Sie erreichte die Amonhotep-Allee mit ihren Prachtbauten. In der Mitte waren breite Grünflächen angelegt, schulterhohe Blumenbüsche wurden überragt von sauber gepflanzten Platanenbäumen. In diesem Stadtteil gab es keinen Müll mehr, die hell marmorierten Straßen mit den blitzenden Schaufenstern wurden täglich aufpoliert. Störlicht gab es hier nicht. Menschen auch nicht, zumindest nicht am Boden. Mahani sah nach oben. Auf den Dächern schossen regenbogenfarbene Laserstrahlen in die Höhe und signalisierten Partys, die man nur mit dem Jetpack und Zugangscode erreichen konnte.

Nichts hatte Mahani sich als Kind so sehr gewünscht wie irgendwann frei durch die Luft sausen zu können. Fast ein Jahrzehnt später waren weder sie noch irgendwer aus ihrer Familie auch nur in die Nähe eines dieser glänzenden Geräte gekommen. Nicht einmal eine Putzerdrohne konnten sie sich leisten.

Sie hechtete von der Häuserwand über den Gehweg in den Schutz der Pflanzen und ging in die Hocke. Hier würde es hoffentlich weniger Kameras geben. Sie hatte allerdings schon von Drohnen gehört, die unbeleuchtet und lautlos waren. Und sie musste mit Flugmenschen rechnen, die aus übersteigertem Pflichtbewusstsein illegale Nachtläufer anzeigten. Angestrengt schaute sie in alle Richtungen, ob sie eine der schwebenden Maschinen oder einen Jetpack ausmachen konnte. Hörte sie da ein leises Surren? Nein, sie blieb unentdeckt.

Einmal tief durch die Nase ein- und ausatmen. Das gleichmäßige Blätterrauschen im leisen Wind beruhigte sie. Dann checkte sie noch einmal die Umgebung und huschte wie eine flinke Ratte von Strauch zu Strauch die Allee entlang. Sie erinnerte sich daran, dass sie einmal tagsüber mit ihrer Schulklasse hier gewesen war. Ursprünglich, so die Durchsage der Lehrerdrohne, waren diese Straßen so breit gebaut worden, damit riesige Fossilienmaschinen hier durchpassten. Jeder Mensch hatte damals ein Kraftfahrzeug, das so groß war wie eine 8er-Tunnelkapsel und so viel Giftgas verströmte, dass man sofort starb, wenn man es direkt einatmete. Mahani hatte solche Geschichten damals geglaubt, aber inzwischen war sie sich nicht mehr so sicher.

Ihr Ziel war jetzt direkt vor ihr. Der Sonnentempel. Eines der vielen Machtzentren von Re-Born und seinem Kult. Sie war an der beeindruckenden Fassade schon mehrfach tagsüber vorbeigelaufen, mit Schulfreundinnen, aus Trinkpäckchen schlürfend. Strahler in kitschiger Flammenoptik erleuchteten die überlebensgroßen Bildnisse von alten Pharaonen auf den nach hinten geneigten Sandsteinwänden. In der Mitte blockierte ein vier Meter hohes Holztor in der Farbe bitterer Schokolade den Eingang.

Mahani machte zwei Sätze aus dem Schutz der Sträucher, sprang direkt an den linken der beiden frontalen Obelisken und presste sich an ihn.

Die Drohnenwächter kreisten hier minütlich um das Gebäude. Das war für ihr Vorhaben mehr als ausreichend. Sie drückte sich an den polierten Stein des mit Hieroglyphen übersäten Obelisken und zählte die Sekunden. Dreizehn, vierzehn – da war er. Ein vergoldeter Skarabäus, groß wie eine Katze, der seine Runde zwei Meter über dem Boden um den Tempel zog. In Schrittgeschwindigkeit kam er um die Ecke gebogen und summte zwischen Gebäude und Obelisk vorbei. Mahani spürte, wie ihre Handflächen anfingen zu schwitzen und ihr Atem schneller wurde. Wenn man sie hier erwischte, würde es nicht bei einem kleinen Verweis bleiben. Bilder von unterirdischen Folterräumen tauchten vor ihrem inneren Auge auf. Aber bei all der Angst spürte sie auch ein aufpeitschendes Kribbeln in ihrem Körper, das sie immer weiter trieb. Was sie tat, musste getan werden.

Die Drohne war um die nächste Ecke verschwunden. Wie eine aufgezogene Feder sprang Mahani aus ihrer Deckung an die Tempelwand direkt neben dem Haupttor. Dort, wo Touristen tagsüber die meisten Bilder schossen. Sie holte eine kleine, mit Drähten zusammengehaltene Apparatur aus ihrer Hosentasche und richtete sie auf die Wand. Mit einem Knopfdruck begann der modifizierte Laser zu arbeiten und schoss zwei tanzende Strahlen auf den Stein. Es war nicht Mahanis erste Mal-Aktion, aber jedes Mal war sie gebannt, wenn die schwarzen Linien und Flächen vor ihr entstanden und ein metergroßes Bild unauslöschbar in den Stein brannten.

Es war die Zeichnung einer Eule, die den Betrachter mit großen Augen anstarrte und den Mund weit zu einem beunruhigenden Schrei geöffnet hatte. Die Outlines hatten die Form eines sichelförmigen Mondes. Mahani hatte das Motiv seit Wochen in unzähligen Ausführungen gezeichnet, auf alles, was ihr unter die Finger kam – Zettel, Heftseiten, Servietten …

Vor einem Jahr, während einer schlaflosen Nacht, als Mahani den Mond betrachtet hatte, war eine Eule an ihr Fenster geflogen. Sie kannte Eulen nur aus Schulbüchern, wo sie immer eine Brille trugen und Rechenaufgaben erklärten. Aber dieses Wesen hatte damit nichts zu tun. Sie saß da im Mondlicht auf ihrem Fensterbrett und traf sie mit ihrem Blick tief in ihre Seele. In ihren nachtfarbenen Augen spiegelten sich der Mond, die Sterne und der Kosmos. Auf einmal stand Mahani nicht mehr in ihrem Zimmer, sondern war in den Himmel geschleudert, reiste um die Planeten, die lodernde Sonne und in die Sternennebel hinein. Die Eule ließ sie weiter fliegen als jeder Jetpack und zeigte ihr Sternengiganten, die aufflammten und verloschen. Billionen Jahre wurden zu einem Funkeln. Das Universum entstand und verging und entstand wieder von Neuem. Es zog sich zusammen und auseinander, schneller und schneller, und die Äonen verkürzten sich zu Atemzügen, so klein und schnell wie die einer Maus, die dabei war, von einer Eule verschlungen zu werden.

Als sie wieder in ihrem Zimmer war, konnte sie nicht sagen, ob sie hundert Jahre oder einen Augenblick weg gewesen war. Ob es ein Traum oder Wirklichkeit gewesen war. Aber all ihr Schmerz, die Verluste, die falschen Versprechungen und Unsicherheiten waren aus ihr herausgeschleudert und lagen vor ihr wie ausgerissene Vogelfedern. Nach dieser Begegnung unter Mondenschein wurde sie nachts in ihren Träumen und manchmal auch bei Tag vom kosmischen Blick der Eule heimgesucht. Sie wusste nicht, warum dieses Wesen sie besuchte oder was sie überhaupt war. Aber sie wusste, dass sie ihr gezeigt hatte, wie kostbar der Augenblick ist. Sie wusste, dass Re-Born die Sonne missbrauchte.

Und dass der Mensch dahinter Angst hatte. Angst vor dem, wofür die Eule stand.

Vor dem Tempel stehend, erlaubte Mahani sich noch einen Moment und betrachtete ihr Werk. Sie atmete den verbrannten Duft ihrer Rebellion ein, und drehte sich um, um den Rückzug anzutreten.

Weit kam sie nicht. Ein surrendes Etwas tauchte in ihrem unmittelbaren Gesichtsfeld auf. Instinktiv versuchte sie es wegzuwedeln, als wäre es ein dickes Insekt. Aber anstatt zu verschwinden, verweilte es genau vor ihrer Nase und stieß einen Lichtblitz aus, der sie selbst mit geschlossenen Lidern noch aus den Socken gehauen hätte. Sie merkte noch, wie ihre dünnen Knochen auf dem Boden aufschlugen, dann wurde alles schwarz. Die Minischockdrohne brummte unbeeindruckt weiter.

Ihr ganzer Körper schmerzte und war verschwitzt. Kurz dachte sie, sie wäre aus einem Fiebertraum in ihrem Bett erwacht. Aber sie merkte schnell, dass es glatter harter Stein war, auf dem sie lag.

Sie fand sich in einem riesigen Gewölbe des Tempels wieder – dunkel, kalt, mit dramatisch hohen Wänden. Die Halle war leer, bis auf eine aus tiefschwarzem Obsidian gefertigte Pyramide. Mahani musste den Kopf in den Nacken legen, um ihre Spitze zu sehen. Ein Kunstlicht, gelb wie Saharasand, betonte fein die Hieroglyphen auf den polierten Seiten.

Mahani stand auf und schaute nach oben, wo die Hohepriesterin Chelone auf dem obersten Sockel vor einem goldenen Thron stand. Es gab keinen Zweifel daran, dass sie es war. Mahani hatte sie dutzendfach in Videoclips, Bildern und Zeitungen gesehen, seit sie zur letzten Sommersonnenwende der Öffentlichkeit vorgestellt worden war. Sie trug eine schwarze Perücke mit Perlenzöpfen, ein goldenes Kleid und ein kristallines Schlangendiadem. Zu diesen Insignien trug sie auf ihren Schultern zwei grün-schwarz marmorierte Schildkrötenpanzer.

Für eine Sekunde kam in Mahani Ehrfurcht auf, in der Präsenz solch einer hochgestellten Person zu sein, die beinahe wie eine Göttin verehrt wurde. Ein wohliges Gefühl stieg in ihr auf, bis sie sich gewahr wurde, was hier gerade passierte. Sie war erwischt worden, gefangen genommen und würde nun verhört und bestraft werden.

Sie wollte nicht schreien. Auf keinen Fall würde sie schreien und winseln. Wie um schon einmal für die drohende Folter zu proben, biss sie sich auf die Innenseite ihrer Wangen, bis sie Blut schmeckte. Sie schluckte es mit dem Kloß in ihrem Hals herunter.

Die Priesterin fixierte Mahani mit einem Blick, der sanftmütig oder herablassend sein konnte. Mit royaler Trägheit schwebte sie von der Pyramidenspitze herab. Mahani konnte nicht anders, als fasziniert von dem präzise automatisierten Effekt sein, obwohl sie wusste, dass die Frau auf einer solaren Schwebplattform stand.

Mit dem Moment, an dem Chelone den Boden betrat und die Schwebschale verließ, ließ sie jede Steifheit hinter sich. Als hätte sie jemand dazu gezwungen, mit gestrecktem Kinn und durchgedrückten Knien auf der Pyramide aufzutreten, kam sie nun barfuß auf Mahani zugetänzelt.

»Es freut mich unglaublich, deine Bekanntschaft zu machen! Tut mir leid, dass es so unangenehm für dich war. Das Bild, das du an die Wand geworfen hast, die Eule. Hast du es selber entworfen oder irgendwo nachgezeichnet?«, fragte sie mit großen, neugierigen Augen.

Mahani biss sich noch einmal in die Wange und ließ ihre Lippen zusammengepresst. Sie hatte sich geschworen, bei einer möglichen Befragung nicht auch nur ein einziges Wort zu sagen. Dennoch hatte sie nicht damit gerechnet, einer Hohepriesterin gegenüberzustehen, geschweige denn Chelone.

Was auch immer die Propaganda über die Sonnenherrscher für Lügen verbreitete, die Berichte über ihr faszinierendes Aussehen waren nicht übertrieben. Es gab Schönheiten, die absolut langweilig in ihrer makellosen Symmetrie waren, Abziehbilder idealisierter Menschen. Es gab solche, die ein markantes Merkmal hatten, besonders große Augen, die sie niedlich machten, oder Pinselstrichlippen, die sie verlockend überheblich rüberkommen ließen. Chelone war keine von denen. Ihre Präsenz erinnerte Mahani vielmehr an die Unbeschwertheit ihrer besten Freundin, die Fürsorge ihrer geliebten Omi und die Verführung aller ihrer vergangenen Schwärmereien gleichzeitig. Die Karkassen der Schildkrötenpanzer schienen ein Versuch zu sein, ihre Strahlkraft wie ein Gegengewicht einzudämmen.

»Verrate mir etwas«, sagte Chelone. »Wer lässt die Sonne erstrahlen?«

»Ich weiß es nicht«, presste Mahani hervor.

»Was würde mit der Sonne passieren, wenn Re-Born etwas zustöße?«

»Sie würde einfach weiterstrahlen, so wie sie es seit Milliarden Jahren tut«, antwortete Mahani trotzig. Diese Antwort hätte sie anderswo den Kopf gekostet, aber Chelone lächelte aufmunternd.

»Das ist keine Antwort, wie sie ein gewöhnliches Mädchen einer Hohepriesterin geben würde.« Chelones Lächeln wurde verschmitzter, und Mahani konnte nicht anders, als verzaubert zu sein.

»Lautlose Jäger in der Nacht.« Chelone streckte ihre Hand aus und zog Mahani die große Nebelbrille vom Kopf. »Eulen verkünden seit Jahrtausenden den Untergang. Und den Neubeginn.«

Mahanis Hände verkrampften sich ungewollt in den Ärmelenden ihres Kapuzenpullis.

»Ich bin noch jung, und meine unausgereiften Hormone lassen mich rebellieren. Ich bin nur ein kleiner Punk, und das ist nur eine Phase.«

Chelones Lachen flog durch die heiligen Hallen wie ein kleiner Singvogel.

»Ich bin so froh«, sagte Chelone und schaute Mahani mit algenfarbenen Augen an, »dass ich dich abfangen konnte, bevor die Re-Born-Leibgarde es tun konnte.«

»Re-Born selbst ist hier in diesem Tempel?«, fragte Mahani, ohne ihre Überraschung verbergen zu können. Sie bemerkte, dass Chelone einen ängstlichen Blick zuließ, als ob der selbst ernannte Gottkönig jederzeit hinter ihr auftauchen könnte.

»Ich zeige dir etwas.« Sie schnippte, und ein kleiner Metallkäfer kam von der Pyramidenspitze herabgesaust. Er trug etwas, das nicht größer als ein Schlüsselanhänger war. Chelone nahm es in die Hand.

»Das hier ist ein Wechsler. Er heißt so, weil er die Meinungen von Menschen wechselt. Er arbeitet mit Stromstößen, deren Stärke er mit dem Leidens-Feedback des Opfers berechnet. Gleichzeitig entzieht er einem die Luft zum Atmen. Re-Born hat es mir gegeben, um Widerständler zu brechen.«

Mahani wich einen Schritt zurück und hob langsam ihre Arme abwehrend vor ihren Brustkorb. Sie würde kämpfen. Sie war sich jetzt nicht mehr sicher, ob sie unter Folter schweigen würde, aber sie würde zumindest kämpfen.

Chelone nahm den Wechsler in beide Hände, drückte ein Hebelchen und nahm die gläserne Ultrazelle heraus, die es in Betrieb hielt. Das Plättchen zerbrach unter ihren Fingernägeln.

»Re-Born glaubt an Angst und Gewalt«, sagte Chelone nun. »Er hat Angst davor, dass die Menschen ihn durchschauen. Dass sie erkennen, dass er kein Gott, sondern nur ein einfacher Mann ist.« Ein Anflug von Gebrochenheit huschte über Chelones Gesicht. »Und glaub mir, er lässt hinter verschlossenen Türen keinen Zweifel daran, dass er aus Fleisch und Blut ist.«

»Die meisten wissen, dass er kein Gottwesen ist. Sie trauen sich nur nicht, es zu sagen«, antwortete Mahani mit einer Selbstsicherheit, die sie selbst überraschte. Sie musste an ihre Eltern denken, die sich sogar im Schlaf von der Sonnenpropaganda berieseln ließen. Es tat ihr im Herzen weh, aber ihre Mutter glaubte wirklich, dass Re-Born eine Wiedergeburt des ägyptischen Sonnengottes Re sei. Eine Wolke von Mitgefühl zog über Chelones Gesicht.

»Er war ein Wissenschaftler, weißt du das auch? Er hat die Ultra-solarzellen entwickelt und sich das Patent gesichert. Sie waren so viel besser als alles, was Energietechnologie davor zu leisten vermochte. Noch nie ist jemand so schnell reich geworden und hatte so einen großen Einfluss wie er. Er fing an zu behaupten, die Menschheit würde ohne seine Zellen aussterben. Er stahl von untergegangenen Königreichen. Es ist noch gar nicht so lange her, dass er anfing zu erzählen, die Sonne würde ohne ihn nicht mehr scheinen. Er glaubt es inzwischen selbst.«

Chelone blickte auf die Splitter zwischen ihren Fingern, die gerade noch eine Ultrazelle gewesen waren, als würde sie zum ersten Mal Sand sehen.

»Woher weißt du, dass die Sonne Milliarden Jahre alt ist?«

Mahani log reflexartig: »Alte Datenspeicher. Ich habe einen Zugang gefunden zu den versteckten Archiven.«

»Nicht die ganze Wahrheit.«

Mahani konnte Chelones Blick nicht lange ausweichen. Als sie ihr in die Augen sah, tat sich ein grünes Meer vor ihr auf.

Chelone sprach: »Die Schildkröte ist ein Bote des Untergangs, wie die

Eule. Sie panzert sich und kann den brutalsten Angreifern standhalten. Sie kommt aus der Tiefe der urzeitlichen Sümpfe und sieht Kataklysmen kommen und gehen. Sie vergisst nie und spricht nur zu wenigen.«

Die Priesterin setzte sich im Schneidersitz auf den Boden. Mahani tat es ihr nach.

»Schließ die Augen«, kam es aus Chelones Mund.

Mahani kam der Aufforderung nach und spürte die Luft leise aus ihren Nasenlöchern entweichen.

Das grüne Meer war immer noch da. Es wog sich im Takt des Atems. Kleine Strudel tauchten hin und wieder auf. Mahani war unter Wasser. Sie konnte klar sehen und brauchte nicht mehr zu atmen. Die Strömung nahm sie mit, mal sanft, mal stark. Sie schwamm, ohne sich zu bewegen. Der Ozean trug sie. Dann kam etwas. Etwas Altes. Die Schildkröte tauchte in ihr Gesichtsfeld. Eine Flosse voller Runzeln. Ein Panzer der Jahrtausende. Ein weicher Schnabel, ein zartes Lächeln. Algengrüne Augen voller Neugierde. Mahani streckte die Hand aus. Als sie Chelone berührte, wusste sie, dass die Tage von Re-Born gezählt waren. Sie öffnete die Augen und war wieder im Tempel.

»Und jetzt«, sagte Chelone mit freudigen Augen, »zeig mir, wie die Eule jagt!«

Nadja Kasolowsky

Früher waren wir noch dagegen

Mit der Abenddämmerung verwandelte sich die Stadt.

Manche Veränderungen waren offensichtlich: das sanfte Aufglimmen der Straßenlaternen, das aufgeregte Rufen von Vögeln auf dem Weg zur Nachtruhe, die länger werdenden Schatten der Hochhäuser aus Holz und restauriertem Stahl. Die Solarzellen sogen gierig das letzte Sonnenlicht auf, das rot auf die Bäume und Pflanzen an den Gebäuden und am Boden fiel. Quinn hatte immer das Gefühl, dass das Licht Portale in andere Welten öffnete, durch die die elektrischen Schnellzüge dann fuhren. Früher hatte sie sich vorgestellt, dass sie während der Abenddämmerung nur die Augen schließen müsste, um dort zu landen. Ihre Mütter hatten ihr als Kind Geschichten erzählt, abwechselnd, wie in einem Rollenspiel, die immer in anderen, von Magie durchzogenen Welten gespielt hatten. Dort gab es Geister, Feen, andere übernatürliche Wesen, Menschen konnten allein mit der Kraft ihrer Hände heilen oder andere Formen von Magie hervorbringen – Elemente beeinflussen, Beton in Pflanzen und Staub in Sterne verwandeln oder bunte Phantasmen erschaffen. Die Bäume in den Geschichten glitzerten und wisperten Worte, die zu alt waren, um sie zu verstehen. Die Wälder waren endlos und mächtig, und Quinn hatte sich so oft gewünscht, einmal dort zu landen.

Doch wenn sie die Augen öffnete, war es immer dieselbe bekannte Stadt, in der sie sich befand. Nur das Dämmerlicht wirkte, als würde darunter noch eine andere Welt liegen, unter der Fassade aus hellen Oberflächen und Grün, der Fassade, die durchzogen war von Schnellzugbahnen und dem blau schimmernden Wasser der Spree.

Aber es stimmte ja. Denn die Abenddämmerung veränderte mehr als nur das Offensichtliche. Quinn spürte, wie sich ein Kribbeln in ihren Gliedern ausbreitete, wie alles in ihr zu summen und zu vibrieren begann. Nicht nur in ihr. Die ganze Stadt summte und vibrierte, aber die meisten Menschen, die ihr begegneten, schienen das gar nicht zu merken. Quinn dagegen, die sonst so ruhig war, dass andere sie schnell übersahen, wurde von einer Aufregung gepackt, die sie schneller laufen ließ, bis sie den vertrauten Weg fast rannte.

Sie war nicht die erste Person. Inmitten der alten Hochhäuser aus einer Zeit, in der die Menschen viel genommen hatten und wenig gegeben, in einer Unterführung, über die gelegentlich Schnellzüge zischten, lehnte Fidan an einer Wand. Bei Quinns Anblick verwandelte sich Fidans nachdenklicher Gesichtsausdruck in ein strahlendes Lächeln. »Ich wusste, dass du zuerst kommen würdest.«

Quinn stieß ihre Faust gegen die hingehaltene und ging dann in den zwischen ihnen seit Jahren etablierten Handschlag über.

»Heute Tänzerin oder Tänzer?«

»Tänzer«, sagte Fidan.

Sie kannte Fidan von allen am längsten. Er hatte früher nebenan gewohnt, und als eine ihrer Mütter seinem Vater einmal beim Reparieren des Herdes geholfen hatte und Quinn mitgekommen war, hatte sie Fidan in einer Ecke stehen sehen. Er war als Sechsjähriger lange nicht so selbstbewusst gewesen wie heute, und Quinn hatte schon mit vier Jahren nicht viel geredet, also hatte sie sich einfach neben ihn gesetzt und ihm bei seinem Puzzle geholfen. Irgendwann hatten sie doch angefangen zu reden und dann Stunden damit verbracht, auch als sie älter und erwachsener wurden. Fidan hatte ihr seine Angst vor Spinnen gebeichtet und Quinn ihm einmal ihren Traum beschrieben, eines Tages ein Luftschiff steuern zu wollen. Irgendwann hatte Fidan ihr erzählt, dass er genderfluid und wie stark sein jeweiliges Geschlecht an den meisten Tagen für ihn war – etwas, das Quinn nicht ganz verstand, weil Geschlecht für sie nicht wirklich wichtig war. Quinn hatte ihm erklärt, dass sie manchmal Sex mit anderen haben wollte, aber keine Ahnung von romantischen Gefühlen hatte. Im Gegenzug berichtete Fidan ihr seit jeher von allen seiner Crushs ausführlich. Quinn hatte versucht, ihm zu erklären, dass sie trotzdem eine enge Beziehung wollte, die anders als Freundschaft war – nicht, weil die Freundschaft zu Fidan nicht genug wäre, sondern weil sie ihn seltener sah, seitdem er am anderen Ende der Stadt wohnte und den ganzen Tag in den Gärten half.

Außer abends. Dann war alles wie immer.

Fidan hatte den abwesenden Ausdruck in ihren Augen entdeckt. »Alles in Ordnung?«

Quinn umklammerte ihren linken Oberarm. »Fey war die letzten Tage nicht da.«

»Habt ihr euch gestritten?«

Sie wich seinem Blick aus. »Nicht wirklich. Wir haben geredet – darüber, dass Fey die Stadt auch nach fast einem Jahr kaum kennt, dass ich aromantisch bin und übers Tanzen. Ich weiß nicht, ob ich etwas Falsches gesagt habe … Ich habe seitdem nichts mehr von xiem gehört, und ich habe Angst, dass xier mir aus dem Weg geht.«

»Warte erst mal ab. Und wenn du xien das nächste Mal siehst, redest du einfach mit xiem.«

»Vielleicht möchte xier auch nichts mit mir zu tun haben. Vielleicht sind wir gar nicht auf einer Wellenlänge.«

Er musterte sie prüfend. »Du magst xien sehr.«

»Ja«, gab Quinn zu. »Aber ich weiß nicht, ob xier mich nicht zu langweilig findet. Immerhin bin ich meistens nur still. Nicht wie xier.«

Fidan knuffte sie in die Seite, wie er es früher immer gemacht hatte, wenn sie niedergeschlagen war. Er öffnete den Mund, aber was immer er sagen wollte, wurde dadurch unterbrochen, dass die anderen zu ihnen stießen. Handschläge wurden ausgetauscht, Neuigkeiten verbreitet, Probleme diskutiert, bis die Sonne schließlich endgültig untergegangen war und das Kribbeln in Quinn unerträglich wurde. Es war so stark, dass sie darüber fast die Gedanken an Fey vergaß.

Fast.

Schließlich schlenderten sie los, eine Gruppe Jugendlicher, denen nachts die Straßen hier gehörten, die alten Parkwege und die letzten nicht begrünten Asphaltplätze. Sie ignorierten die Treppen und Rampen, die hoch zu den Wohngebieten führten, und tauchten stattdessen tiefer ein in das Labyrinth zwischen besprayten Betonwänden und altmodischen Schienen. Dieser Teil der Stadt erschien Quinn jede Nacht aufs Neue, als wäre sie aus der Zeit gefallen. Der Großteil Berlins war in den letzten Jahrzehnten modernisiert und nachhaltig gestaltet worden, aber manche Spuren hatten überdauert, dort fernab der Wohngebiete, wo sich niemand wirklich um sie kümmerte.

Quinn würde die Gesellschaft, in der sie lebte, um nichts in der Welt gegen die von damals eintauschen, bevor Geld sinnlos geworden war und Macht nur ein Spiel, das mit dem Morgengrauen endete. Aber wenn sie ehrlich zu sich selbst war, faszinierte die Vergangenheit sie – ebenso wie ihre Menschen. Und ihre Kunst. Manchmal hatte sie das Gefühl, alles was sie heute taten, wäre nur noch eine Imitation der Kunst damals – die Graffitis nur nachgestellte Proteste, die Lieder und Poetik bodenlose Kritik und ihr Tanz Rebellion gegen nichts.

Einmal hatte Quinn versucht, Fidan das zu erklären: »Früher waren wir noch dagegen.«

Er hatte sie von der Seite angeguckt. »Wer, *wir*?«

»Na, die Menschen.«

»Die Menschen von damals sind tot. Wir sind jetzt. Kunst muss nicht Protest sein, nicht Kritik, nicht Rebellion. Kunst darf einfach sein.«

Sie hatte nicht locker gelassen. »Aber für was?«

»Für uns, Quinn. Wir brauchen Kunst.«

Und verdammt, Quinn brauchte das Tanzen. Es war ihr Atem, ihr Wasser, ihr Sonnenlicht. Es gab ihr das Gefühl, nicht länger unsichtbar zu sein in einer Welt, die im Licht lebte.

Quinn lebte in der Nacht. Die Dunkelheit schattierte ihre Konturen, formte ihre Ränder und ließ sie echt werden.

Das Ziel der Gruppe war ein Skaterplatz unter einer weiteren Unterführung, der mit einem veralteten Modell der Fliesen ausgestattet war, die heute auf den meisten Wegen der Stadt die kinetische Energie der Menschen, die über sie hinüberliefen, in Elektrizität umwandelten. Der Ort hier unten war ein Ort zwischen Vergangenheit und Gegenwart, zeitlos und Quinns Zuhause, seitdem sie und Fidan hier hineingestolpert waren.

Der Platz war leer, als sie ankamen. Bente schmiss die Anlage an, bis die Bässe zwischen den Wänden hindurchdröhnten und das Kribbeln in Quinns Körper in ein Pulsieren verwandelten. Fidan fing ihren Blick auf und lächelte, weil er genau wusste, was in ihr vorging. Und weil es ihm genauso ging. Das Pulsieren war es, das sie hinaus auf die nächtlichen Straßen trieb, wenn die Abenddämmerung sie in eine andere Welt verwandelte. Dort hatten sie ihre Familie gefunden, lauter Menschen, die ebenso hinausgezogen wurden von dem Pulsieren, von dem Sog der Musik in ihnen. Heute waren sie zu zehnt, und als auf der anderen Seite des Platzes Schatten erkennbar wurden, richteten sich alle auf, verschränkten die Arme oder lehnten sich gegen das Graffiti an der Wand hinter ihnen.

Nach und nach wurden die Schemen der anderen Breaker erkennbar, die gelassen auf sie zuschlenderten, die Hände provokant in die Hosentaschen geschoben, jeder Schritt voller Herablassung und Selbstsicherheit. Wie jede Nacht beschleunigte sich Quinns Puls bei dem Anblick, doch heute war sie abgelenkt. Ihr Blick suchte automatisch nach Fey, vergeblich. Sie konnte xiese vertraute Gestalt nicht unter den gegnerischen Tanzenden ausmachen. Enttäuschung rammte ihr ihre Faust in den Magen, und in der Wunde keimte die Unsicherheit neu auf.

Vielleicht hatte Fey gar nicht so gerne mit Quinn geredet wie sie mit xiem. Vielleicht hatte xier sie langweilig gefunden, oder sie war xiem gar nicht erst im Gedächtnis geblieben. Vielleicht hatte xier etwas anderes von ihr gewollt als sie von xiem. Oder vielleicht hatte xier das Interesse an den nächtlichen Aufeinandertreffen ihrer Tanzgruppen verloren.

Quinn vermisste Fey.

Sie vermisste Fey mehr, als sie erwartet hatte.

»Heeeyyy«, sagte einer der anderen, Kunle, gedehnt und band seine Locs zusammen, während er seinen Blick über Quinns Leute wandern ließ. »Bereit für den Battle?«

Bente hob spöttisch einen Mundwinkel. »Heute machen wir euch fertig.«

Kunle bewegte nachlässig seine Hand, um ihnen zu signalisieren, dass sie anfangen sollten. Ohne zu zögern, löste sich Bente, sprang nach vorne und startete mit Toprocking. Quinn schob das Vermissen beiseite, als das Pulsieren zu einem Beben anstieg, das immer weiter anwuchs, während sie zusah, wie dey tanzte, wie dey dann von einer Person aus der gegnerischen Gruppe abgelöst wurde, wie dann wieder andere übernahmen und dann, *dann* durfte Quinn endlich selbst tanzen.

Fidan und sie hatten Street Dance als Kinder entdeckt und irgendwo hier in den vergessenen Orten der Stadt gelernt. Irgendwann hatten sie andere getroffen. Irgendwann hatten sie eine Gruppe gegründet. Irgendwann waren sie auf andere Gruppen getroffen. Irgendwann hatten die nächtlichen Battles begonnen.

Und Quinn liebte alles an ihnen. Die Energie, die von jeder einzelnen Person ausging, der Puls ihrer gemeinsamen Leidenschaft, der Wettstreit und alles danach. Die Nächte waren lebendig. In den Nächten war *sie* lebendig.

Sie wechselte in die Flares, ihre langen Haare flogen offen um ihren Kopf herum, während sich ihre Beine um ihre Arme drehten, und alles war frei, losgelöst. Es war ein Protest gegen Schwerkraft, eine Kritik jeder Starre, eine Rebellion gegen alles Beständige. In diesen Momenten, in denen Quinns Atem schwerer ging, fühlte es sich erst an, als würde die Luft ihre Lunge wirklich erreichen. Als würde ihr Herz erst wirklich schlagen.

Sie liebte Breaking, hatte es von dem Moment an geliebt, an dem Bente es ihr beigebracht hatte, und nachdem sie hochgesprungen und synchron mit Fidan in eine Hip-Hop-Folge übergegangen war, wechselte sie zurück in die Footworks und endete in einem Freeze auf ihrem linken Arm.

Als sie hochkam, fand sie sich Auge in Auge mit Fey wieder.

Unbemerkt war xier aufgetaucht, den Blick jetzt unverwandt auf Quinn gerichtet, die nicht verhindern konnte, dass sich ein erleichtertes Lächeln auf ihrem Gesicht ausbreitete.

Xies Lächeln war herausfordernd, und als xier zu tanzen anfing, lag in xiesen Bewegungen etwas Geschmeidiges, Fließendes, als wäre xier Wasser, das mal sanftere und mal kraftvollere Formen annahm.

Fey war vor wenigen Wochen das erste Mal bei den Battles aufgetaucht, und xies ungewöhnlicher Stil hatte direkt Quinns Aufmerksamkeit erregt. Xiese Art zu tanzen erschien ihr magisch, feenhaft, und jeder xieser Schritte zog sie voll und ganz in xiesen Bann. Die ersten Tage hatte sie sich nicht getraut, xien anzusprechen. Dann hatte xier sie angesprochen, sie gefragt, wie sie Tanzen gelernt hatte, und ehe sie sich versah, waren Stunden vergangen. Stunden, in denen die beiden über alles Mögliche gesprochen hatten, in denen Zeit bedeutungslos wurde. Stunden, die mit jeder Nacht mehr wurden. Weil Fey verstand, wie es war, erst im Tanzen aufzublühen, sich darin wirklich ausdrücken zu können. Weil Fey Quinn zuhörte, als wäre es das Wichtigste auf der Welt. Bis Fey plötzlich vor ein paar Tagen aufgehört hatte zu kommen.

Aber jetzt war xier wieder da.

Und alles an xiesem Tanzen fesselte Quinns Blick.

Wie in Trance erlebte sie den Rest des Battles, bekam nicht mal wirklich mit, wer gewonnen hatte. Während sich die beiden Seiten freundschaftlich abklatschten und in die Arme nahmen und sich auf Bentes Gesicht Vorfreude ausbreitete, die davon sprach, was heute für ein Abend war, suchte Quinn ratlos Fidans Blick.

Er deutete nur mit dem Kopf in Feys Richtung. »Geh.«

Also atmete Quinn durch, ging zu Fey und streckte die Hand aus. »Komm mit.«

Für einen quälend langen Augenblick geschah nichts. Dann ergriff Fey wortlos ihre Hand. Quinn führte xien weg von den anderen, an Bente vorbei, während dey schon an der Anlage herumhantierte, und dann die Treppen hoch bis zu einer alten Feuerleiter an der Seite eines der alten Hochhäuser hier, das über die anderen hinwegragte, als hätte es nicht mitbekommen, dass diese aufgehört hatten zu wachsen.

Fey beäugte misstrauisch das alte Metall. »Ist das sicher?«

»Ich komm ständig hier hoch.« Quinn hielt inne. »Hast du Höhenangst?«

»Nicht mit dir.«

»Dann los.«

Der Aufstieg war jedes Mal eine endlose Tortur, aber Quinn war auch jedes Mal aufs Neue bereit, diese auf sich zu nehmen. Sie schaute immer wieder unter sich, um sich zu vergewissern, dass Feys Pagenkopf noch unter ihr war, während ihr zunehmend der Atem ausging. Mit letzter Kraft zog sie sich schließlich auf das Dach des Hochhauses und streckte erneut die Hand aus, um Fey über die Kante zu helfen.

Xier rang kurz nach Luft, und als xier wieder atmen konnte, blinzelte xier Quinn auf dem Bauch liegend an. »Hätte ich gewusst, dass du so eine Folter mit mir vorhast, wäre ich doch nicht mitgekommen.«

»Deswegen habe ich ja auch nichts gesagt.«

Xier sah schon ziemlich niedlich aus in dieser Position, und Quinn wurde ein wenig warm. Sie führte xien zu der Kante und setzte sich mit einigermaßen vernünftigem Abstand hin, die Knie an sich herangezogen.

Fey zögerte einen Moment, bevor xier sich im Schneidersitz niederließ. »Ich wusste von Anfang an, dass du keine Angst vor irgendetwas hast. Von dem Moment an, an dem du Kunle zu einem Duell herausgefordert hast.«

»Ich habe vor manchen Dingen Angst.«

»Zum Beispiel?« Fey sah sie von der Seite an.

»Zum Beispiel davor, dass ich dich verschreckt habe.« Quinn ließ den Blick unverwandt auf die Stadt unter ihnen gerichtet. Das war sicherer, als Fey anzusehen.

Von hier aus hatte man einen wundervollen Blick über das umliegende Berlin. In der Nacht war das Grün auf Weiß nur Dunkel auf Hell. Quinn liebte es, wie nachts alles einfacher wurde. Tanzen statt Reden. Battle mit klaren Regeln. Vertraute Orte, vertraute Bewegungen. Außer mit Fey zu sprechen. Denn dann flatterte etwas in ihr, etwas, das nicht ganz romantisch war, aber auch nicht ganz platonisch. Und das zu verstehen war alles andere als einfach.

Fey betrachtete ebenfalls die Stadt unter ihnen, und es dauerte ein bisschen, bis xier schließlich etwas sagte. »Wieso solltest du mich verschreckt haben?«

»Weil du so lange nicht gekommen bist, und ich … Das war egozentrisch von mir, tut mir leid. Aber ich hatte trotzdem Angst.«

»Eins der Kinder in unserer Wohngemeinschaft war krank, und ich habe mich mitgekümmert.«

»Oh.«

Jetzt kam Quinn sich noch alberner vor.

Sie schwiegen, zwei Gestalten auf einem der Dächer dieser schlafenden Stadt, und dabei alles andere als einsam, weil sie zusammen waren.

Und irgendwann begannen die Brücken und Häuserfassaden unten bei dem alten Skaterpark zu leuchten, erst nur leicht, dann immer stärker. Buntes Licht malte verschlungene Formen, tanzende Gestalten und raffinierte Muster. Es war ein kleines bisschen Magie, eine eigene Miniaturwelt, geschaffen von ihnen selbst. Doch Quinn reichte es.

Fey vergaß für einen Moment xiesen Respekt vor der Höhe und lehnte sich ein Stück nach vorne. »Was ist das?«

Quinn lächelte. »Du kennst das noch nicht, weil du noch nicht so lange dabei bist. Bente hat es geschafft, einen Speicher mit den alten Platten auf dem Platz, auf dem wir immer tanzen, zu verbinden und diese wieder zu aktivieren. Jede Nacht, wenn wir dort tanzen, speichert dey die Bewegungsenergie, die wir an die Platten abgeben, über mehrere Wochen hinweg, bis wir genug haben, um unsere eigene kleine Lichtshow zu veranstalten, an mehreren kleinen Orten in der Nähe. Bente installiert es immer, und ein paar andere helfen.«

»Ist das legal?«

»Nein.« Quinn grinste. »Aber früher waren wir noch dagegen. Warum sollten wir das heute nicht auch zwischendurch mal sein dürfen?«

Fey lachte. »Der Blick von hier oben ist wunderschön«, sagte xier dann.

»Deswegen habe ich dich hergebracht. Ich habe irgendwann entdeckt, dass man von hier aus die beste Aussicht hat.«

Für einen Moment betrachteten die beiden einfach nur die Lichtspiele, Kunstwerke, von unsichtbarer Hand gezeichnet, flüchtig, geschaffen aus Tausenden von Schritten und Sprüngen.

»Du hast mich nicht verschreckt«, sagte Fey irgendwann. »Und ich habe nachgedacht. Du bist mir sehr wichtig geworden, aber ich weiß, dass du keine romantische Beziehung willst.«

»Eine romantische nicht«, sagte Quinn leise. »Aber eine queerplatonische vielleicht.«

»Ich habe keine Ahnung, wie so was aussieht«, gestand Fey. »Zwei Nachbarn von uns haben so was, aber ich habe nicht viel mit ihnen gesprochen.«

»Eigentlich ... hängt das einfach nur davon ab, wie die beteiligten Personen selbst sie definieren. Und was sie wollen. Das Feld zwischen platonischen und romantischen Beziehungen ist endlos.«

»Gibt es einen Menschen, mit dem du so was gerade haben wollen würdest?«

Quinn fragte sich, ob sie sich die Hoffnung in Feys Stimme nur einbildete. Ob sie nur ihre eigene dort hineinprojizierte.

»Ja«, sagte sie leise, und dann beschloss sie, wirklich mutig zu sein. Mutiger, als sich auf Dächer zu setzen oder den besten Breaker herauszufordern. »Dich.«

Für einen Moment war Fey still. Quinn mochte das eigentlich, dass xier immer nachdachte, bevor xier sprach. Aber jetzt wünschte sie, dass xier endlich antworten würde.

Fey erfüllte ihr diesen Wunsch. »Ich bin bereit, es auszuprobieren. Zu gucken, was du willst ... und was ich will. Und wie wir das zusammen gestalten können.«

Quinn fühlte sich frei. Schwerelos. Als würde sie immer noch breaken.

Sie konnte nicht verhindern, dass sich ein strahlendes Lächeln auf ihrem Gesicht ausbreitete. »Es ist ein bisschen wie Tanzen. Die richtigen Bewegungen finden. Und daraus etwas Neues schaffen.«

»Lichtspiele«, schlug Fey vor.

»Magie«, korrigierte Quinn xien.

Fey lächelte jetzt auch. Und dann fragte xier: »Was ist mit Kopf an die Schulter lehnen?«

»Das würde ich am liebsten schon machen, seitdem wir hier hochgekommen sind.«

Fey rutschte ein Stück näher zu Quinn, und dann legte xier xiesen Kopf auf ihre Schulter. Quinn fühlte sich aufgehoben, lebendig. Dicht an dicht betrachteten sie, wie das Licht die Stadt unter ihnen verwandelte, während die Nacht sie längst verwandelt hatte.

Manchmal lagen andere Welten näher als gedacht.

Und jede Magie brauchte ein bisschen Rebellion.

Jule Jessenberger

Der Sinn der Sonnenblumen

»Diesmal ist es so weit, Herr Blech! Ich kann es spüren. Diesmal bin ich mir 100 % ... na ja, okay, vielleicht nicht 100 %, aber sagen wir 89 %, 85 %? ... Okay, vergiss die Zahlen! Das ist zu verwirrend. Ich bin mir sicher, dass ich die Sonnenhexe finden werde!«, verkündete ich euphorisch und stemmte meine Hände in die Hüften, während meine blecherne Gießkanne namens Herr Blech mich skeptisch beobachtete. Er stand auf zwei Roboter-Beinchen, die mit der neuesten Nano-Solar-Technologie absolut nicht zu seinem verkratzten und altmodischen Blechkörper passten. Aus den geflickten Stellen tropfte beständig Wasser auf den Holzboden, während Herr Blech sich zur Seite lehnte. Das machte er immer, um mir zu bedeuten, dass er mir kein Wort glaubte. Oder vielleicht hatte auch eines seiner Beine wieder einen Wasserschaden?

»Ich muss dich unbedingt besser flicken«, murmelte ich und betrachtete seinen rostigen Körper kritisch, während Herr Blech sich schockiert schüttelte und dabei noch mehr Wasser auf meinem Boden verteilte.

»Hey! Pass doch auf!« Ich versuchte ihn am Henkel zu packen, aber leider war er mit seinen Beinen ziemlich flink und entwischte mir. Dafür, dass er eine alte Gießkanne war, sprang er viel zu elegant auf meinen unordentlichen Schreibtisch, der in einem Papierchaos unterging. Allerlei Zeichnungen von Sonnenblumen, Fotos von Sonnenblumen-Graffitis, eine Stadtkarte mit sechs angekreuzten Stellen und wirren Notizen machte Herr Blech gerade ziemlich nass.

Ich verzog das Gesicht. »Herr Blech, ich wünschte, du hättest mehr Vertrauen in mich.«

Er lehnte sich wieder zur Seite und ging diesmal sogar – viel zu demonstrativ, wie ich fand – mit einem seiner Beinchen in die Knie.

»Ich weiß, du glaubst mir nicht. Wahrscheinlich, weil ich auch schon vor dem letzten Sonnentag behauptet habe, dass ich sie finden werde – die berühmt-berüchtigte Sonnenhexe!«

Ich zeigte drohend auf eine unglaublich schlechte Karikatur, die ich von der Sonnenhexe gezeichnet hatte und die an der Wand über den Schreibtisch-Chaos hing. Na gut, es war keine Karikatur, sondern mehr ein Strichmännchen mit viel zu langen Beinen und einem Sombrero statt eines Hexenhuts. Jeder Dreijährige hätte das besser zeichnen können. Aus den Augenwinkeln bemerkte ich, wie Herr Blech etwas näher zur Tischkante tapste.

»Ha!«, rief ich triumphierend und packte seinen Henkel. Mit einem Ruck riss ich ihn so in die Höhe, dass seine Beine wild durch die Luft flogen. »Aber letztes Jahr hatte ich sie fast!«, erklärte ich ihm, als ob ihn das interessieren würde. Aber ansonsten hatte ich ja niemanden, mit dem ich darüber reden konnte. »Fast hatte ich die Sonnenhexe geschnappt. Es war so knapp ...«

Ich erinnerte mich an das lockige Haar der Hexe, das im Mondlicht aufgeblitzt hatte, während sie durch die Gassen gehuscht und schließlich im Schatten verschwunden war. Ihr amüsiertes Lachen war eine weitere Erinnerung, die ich nicht mehr abschütteln konnte. Genauso wie das Gefühl von Vertrautheit.

»Wer bist du?«, flüsterte ich nachdenklich, als – Platsch! – ein Schwall Wasser mich mitten ins Gesicht traf. Ich hustete und ließ Herrn Blech fallen, der geschickt auf seinen Beinen landete und in das anliegende Zimmer sauste.

»Ernsthaft jetzt?!«, rief ich der Gießkanne mürrisch hinterher und wischte mir das Wasser aus dem Gesicht.

»Greta?«, hörte ich auf einmal eine gedämpfte Stimme, bevor ein energisches Klopfen an meiner Eingangstür erklang. Ich warf einen Blick hinaus aus dem Fenster. Die Sonne war erst aufgegangen, und daher war es noch viel zu früh für den täglichen Besuch meines nervigen Vermieters Heiko.

»Greta! Mach auf! Ich hab Neuigkeiten!«

»Ich komme! Ich komme!«, rief ich und versuchte nicht mal meinen genervten Unterton zu unterdrücken. Rasch sperrte ich mein Arbeitszimmer hinter mir zu und bemerkte, dass Herr Blech aus der kleinen Küche zu mir herüberspitzelte. Ich bedeutete ihm, sich zu verstecken, während ich eilig die Fensterläden in meinem Wohnzimmer öffnete, um die warme Sonne hineinzulassen. Sobald die Sonnenstrahlen meine Haut berührten, entspannte ich mich instinktiv. Es war, als würde sich eine kuschelige Decke um meine Seele legen.

»Du musst nicht aufräumen, Greta. Ich weiß, dass du sehr unordentlich bist. Das nervt mich mittlerweile so gar nicht mehr, seit ich weiß, dass du keine Eltern hattest, die dir das beibringen hätten können«, rief Heiko. Ich atmete tief durch und versuchte meine aufkeimende Wut zu kontrollieren, bevor ich die Tür aufriss.

»Guten Morgen, Heiko«, sagte ich spitz und zwang mich zu einem Lächeln. Der kleine Mann, der das Aussehen eines wortkargen Holzfällers, aber den Charakter einer übergriffigen Tratschtante hatte, strahlte mich über beide Ohren an. In seinem grauen Bart hatte er kleine, hölzerne Sonnenblumen eingeflochten, und seine Nano-Brille saß etwas schief auf seiner breiten Nase.

»Der letzte Hinweis ist da!«, schrie mir Heiko entgegen, und ich verzog angeekelt das Gesicht, als ich seine Spucke in meinem Gesicht spürte. »Urgh! Heiko! Jetzt beruhige dich …« Heiko marschierte schnurstracks in meine Wohnung.

»Hey!«, warnte ich ihn. »Wie wäre es mal mit fragen, bevor du hier so reintrampelst?«

Doch Heiko ignorierte mich – wie so oft – und hielt mir stattdessen sein Smartphone entgegen. Auf dem Display konnte ich ein Foto von einem Graffiti erkennen. Nicht nur irgendeinem Graffiti, sondern dem Graffiti, auf das die gesamte Stadt bereits wartete. Das fehlende und letzte Puzzleteil für den Ort, an dem die magischen Sonnenblumen morgen erblühen würden.

»Was?! Nein, das kann nicht sein!«, keuchte ich auf und riss Heiko sein Smartphone aus der Hand, um in das Bild reinzuzoomen. »Das ist doch ein Fake! Normalerweise taucht das letzte Graffiti immer am Abend davor auf.«

»Doch, das ist echt«, versicherte Heiko, während er anfing, meine Kissen auf der Couch umzuräumen. »Paul hat das bei seinem Morgenspaziergang heute ...«

»Wo ist das?«, unterbrach ich ihn und gab ihm das Smartphone zurück. »Heiko, wo hat Paul das gesehen?«

Während ich hektisch in meiner Wohnung herumlief, um meine Fotokamera und den passenden Rucksack zu finden, setzte sich Heiko auf die Couch und plapperte vergnügt vor sich hin.

»In der Nähe vom Wasserpark beim Eichen Café. Da holt Paul sich doch immer so gerne seinen Morgentee. Ich dachte mir schon, dass dich das interessieren würde. Ich weiß ja, wie wichtig für dich die Sonnenblumen sind. Paul meint ja immer, dass du etwas zu besessen davon bist. Aber ich erwidere dann immer, dass es nur so ist, weil du so einsam bist. Und schon immer warst. So ohne Familie und so.«

Ich steckte meine Fotokamera in den Rucksack und schaute Heiko verwirrt an. »Einsam?«

Heiko nickte. »Natürlich. Ich meine, du bist jetzt schon über 30!«

»28, eigentlich.«

»Und du hast immer noch keinen Partner! Bist ohne Familie aufgewachsen, und den ganzen Tag bist du in deiner Wohnung, ganz alleine, du armes Ding.«

»Ehm, also eigentlich ...«

»Glaub mir, ich weiß, wie es dir geht. Bevor ich Paul mit den Sonnenblumen gefunden habe, ging es mir genauso. Ich war so verzweifelt und einsam ... mein Leben war so leer und ... sinnlos.« Heiko warf mir einen mitfühlenden Blick zu, bei dem ich am liebsten gekotzt hätte.

»Heiko«, begann ich so ruhig wie möglich, »die Sonnenblumen sind mir total egal, und, wenn ich wollte, dann hätte ich vor Jahren schon eine pflücken können. Hab ich aber nicht.«

Heiko starrte mich an, als wäre ich eine Außerirdische. Irgendwie schien sein Gehirn meine Aussage nicht verarbeiten zu können, denn für einen sehr langen Moment sagte er nichts, aber er öffnete immer mal den Mund und schloss ihn dann aber gleich wieder.

»Aber jeder will doch die Liebe seines Lebens finden!«, antworte er schließlich. »Das ist doch der Sinn der Sonnenblumen! Das ist, warum es den Sonnentag gibt! Einmal im Jahr erblühen die Sonnenblumen und zeigen dir, wer zu dir gehört.«

»Und dann?«, wollte ich mit einem trockenen Lachen wissen. »Du findest die eine Person, die deine wahre Liebe sein soll, und was hast du dann davon? Liebe? Ein glückliches Zusammenleben? Willst du nicht mehr im Leben, Heiko? Meinst du nicht, dass da mehr im Leben ist als nur Liebe?«

»Mehr?«, wiederholte Heiko verdattert. Seine Verwirrung schwang langsam um in Unverständnis.

»Meinst du nicht, dass es für jeden von uns eine Bestimmung gibt, die so viel größer ist, als Liebe zu finden?«, versuchte ich es erneut, aber Heiko schüttelte nur den Kopf. »Du bist doch verrückt.«

»Wenn du meinst«, winkte ich ab, bevor ich meine Wohnung verließ und ihm dabei hinterherrief: »Schließ die Tür ab, wenn du gehst. Und hör auf, mein Zeug umzuräumen!«

Die Sonne glühte von einem azurblauen Himmel hinab auf die Straßen, die sich zwischen den gläsernen, modernen Gebäuden durchschlängelten. Die Einwohner öffneten ihre Geschäfte, während solarbetriebene Drohnen über die Häuser surrten. Alles war geschmückt für den berühmten Sonnentag, der morgen stattfand. Überall konnte man diverse Souvenirs kaufen oder sich Tipps holen, wie man am schnellsten zu den Sonnenblumen kam. Auch, wenn ich nicht interessiert war, eine der magischen Sonnenblumen zu finden, um eine Vision von meinem Seelenverwandten zu bekommen, fand ich es dennoch unglaublich spannend, dass die Sonnenhexe jedes Jahr eine Schnitzeljagd veranstaltete. Eine Woche vor dem Sonnentag startete die Jagd nach den Sonnenblumen. Jeden Tag tauchte dann irgendwo ein Sonnenblumen-Graffiti in der Stadt auf, das Hinweise enthielt, wo die Sonnenblumen erblühen würden. Der Ort änderte sich jährlich, und jedes Mal war die gesamte Stadt unterwegs. Es war ein magisches Event, das Tausende von Leuten in die Stadt zog, um bei den Feierlichkeiten dabei zu sein oder ihr Glück zu versuchen, eine Sonnenblume zu pflücken.

Diejenigen, die wussten, wie man die Graffitis entschlüsseln konnte, boten ihre Dienste für andere an, die oft keine Zeit oder Ahnung hatten, die Rätsel zu lösen.

Genau da kam ich ins Spiel. Ich hatte es mir mittlerweile zum Geschäft gemacht, die Graffitis vor allen anderen zu finden und dann die Lösungen an den Meistbietenden zu verkaufen. Ich war so gut darin, dass ich mit dem Geld, das ich in der Sonnenwoche verdiente, das restliche Jahr gemütlich leben konnte. Dennoch hatte ich vor zwei Jahren angefangen mich zu fragen, ob das wirklich alles im Leben war. War es meine Bestimmung, die Sonnenblumen für andere zu finden? Oder war da mehr?

Während ich so vor mich hin sinnierte, marschierte ich zwischen den aufgeregten Touristen hindurch, die sich gerade viel zu teure T-Shirts mit dem Sonnenblumen-Graffiti kauften. Ich verdrehte die Augen und bog die nächste Ecke ab, um eilig einen Baum hochzuklettern, der sein Laubwerk über die Häuser spannte und leise im Wind raschelte. Von den oberen Ästen schwang ich mich auf ein Hausdach mit unzähligen Solarpanels und lief weiter Richtung Wasserpark. Ich konnte bereits die Wasserfontänen sehen, die in die Höhe schossen und im Sonnenlicht glitzerten. Über mir flogen Papageien durch die Lüfte und schnatterten empört, als die Solardrohnen an ihnen vorbeischossen.

Ich fragte mich, warum die Sonnenhexe das letzte Graffiti an so einen öffentlichen Platz gemalt hatte. Normalerweise wählte sie abgelegenere Orte, die schwerer zu finden waren. Als ich endlich an dem Wasserpark angekommen war, entdeckte ich bereits eine Meute von Menschen, die sich um eine Wand des Eichen Cafés drängte. Ich seufzte und schwang mich von dem Dach hinunter auf die Feuerleiter bis hin zum Boden, bevor ich zu der Ansammlung hinüberging.

Der Wasserpark war eine große Fläche mit verschiedenen Brunnen, die alle einen anderen Stil hatten. Einige waren diversen Göttern gewidmet, andere waren ein Sinnbild des harmonischen Zusammenlebens der Natur und des Menschen. Ein paar waren über und über mit Moos bedeckt. Ich spazierte zwischen den Brunnen hindurch und warf einen Blick zu dem Eichen Café, das direkt bei einer gewaltigen, uralten Eiche stand. Das Café war rappelvoll. Überall huschten Kellner*innen herum, die Frühstück brachten, Tische abräumten oder Gäste zu frei gewordenen Tischen führten. Ich hatte das Café noch nie so voll gesehen.

Langsam umkreiste ich die Gruppe an Schaulustigen, die das Graffiti betatschten und darüber lautstark diskutierten. Ich beschloss, auf die alte Eiche zu klettern. Einer der breiten Äste bot nicht nur eine bequeme Sitzmöglichkeit, sondern war auch perfekt, um das Graffiti in seiner gesamten Pracht zu sehen.

Auch, wenn ich schon Hunderte von den Graffitis gesehen hatte, blieb mir trotzdem jedes Mal kurz der Atem weg. Nicht nur wegen der wie Sternenstaub funkelnden, goldenen Farbe, die auf magische Weise glühte, sondern auch wegen der Detailliebe und Präzision, mit der es erstellt wurde. Jeder Strich, jeder Punkt, jeder Klecks hatte einen Sinn. Es war ein Kunstwerk und eine Schatzkarte zugleich. Ein Rätsel des Lebens, das man lösen musste. Das ich lösen musste. Irgendwie wusste ich, dass ich mit dem Graffiti und den Sonnenblumen verbunden war. Da war etwas, das mich nicht losließ und wie ein Magnet anlockte.

Nachdenklich holte ich meine Fotokamera aus dem Rucksack. Mit wenigen Kniffen hatte ich auf das Graffiti fokussiert und zoomte näher heran. Rasch machte ich ein paar Fotos, bevor ich das Graffiti durch die Kamera weiter untersuchte.

»Mmmh ...«, machte ich und kaute auf der Unterlippe, während ich darauf wartete, dass es passierte. Es war seltsam, aber es schien, dass das Graffiti zu mir sprach. Erst war es immer nur ein leises Summen, das mir durch den Körper fuhr und meine Haut kribbeln ließ. Dann auf einmal bewegte sich das Graffiti vor meinen Augen, als wäre es lebendig. Die Blätter begannen zu wackeln, lösten sich von der Blume und formten sich dann zu Koordinaten. Anfangs hatte ich immer noch gedacht, dass dies normal war, aber mittlerweile wusste ich, dass es das nur für mich machte.

Plötzlich flatterte ein Schmetterling vor meine Linse. Ich erschrak kurz und wartete dann aber, bis der Schmetterling weiterflog. Allerdings blieb er genau vor meiner Linse und versperrte mir immer die Sicht auf das Graffiti, egal, wie ich meine Kamera bewegte.

»Okay«, murrte ich, bevor ich die Kamera herunternahm. Der Schmetterling flog näher heran, und ich erkannte, dass es sich nicht um ein Tier handelte, sondern einen Nano-Schmetterling. Instinktiv streckte ich einen Finger aus, und der Nano-Schmetterling landete darauf. Neugierig untersuchte ich ihn genauer. Seine Flügel waren fein wie ein Mikrochip und leuchteten wie ein Mosaik aus dünnen Solarplatten.

»Wow, du bist ziemlich cool«, stellte ich fest.

»Er mag dich auch.«

Vor lauter Schreck wäre ich beinahe vom Baum gefallen, aber zum Glück war ich eine geübte Kletterin und hatte schnell mein Gleichgewicht wiedergefunden. Mit rasendem Herzen entdeckte ich eine Frau mit langen Locken, die sie in einen Dutt zusammengefasst hatte und auf einem Ast hinter mir balancierte. Ihre goldenen Augen musterten mich verschmitzt, und ihre Lippen zuckten zu einem Grinsen hoch, während weitere Nano-Schmetterlinge um sie herumtänzelten wie Glühwürmchen. Ihre schwarze, lederne Kleidung wirkte abgetragen, aber trotzdem elegant. Ihr muskulöser linker Arm war mit den schönsten Sonnenblumen, die ich jemals gesehen hatte, tätowiert. Genau wie das Graffiti glühte auch das Tattoo wie goldener Sternenstaub.

»Hi«, sagte die Frau amüsiert, während ich sie sprachlos anstarrte. »Na, hat es dir schon den letzten Hinweis zugeflüstert?« Sie nickte zu dem Graffiti hinter mir.

»Wer bist du?«, brachte ich schließlich heraus, obwohl ich die Antwort bereits kannte.

»Ach, komm schon. Du weißt genau, wer ich bin«, lachte sie und ließ sich auf den Ast plumpsen.

»Warum kreierst du die Sonnenblumen? Und warum machst du dir den Aufwand mit den Rätseln? Warum Graffitis? Wieso zeigen die Sonnenblumen dir nur deine wahre Liebe und nichts anderes? War das schon immer der Sinn der Sonnenblumen?«, platzte es nur so aus mir heraus. »Warum spricht das Graffiti zu mir? Ich brauche Antworten, Sonnenhexe! Bitte!«

Die Sonnenhexe musterte mich einen Moment überrascht, bevor sie erwiderte: »Ich heiße Inga.«

Ingas goldene Augen schienen mir direkt in meine Seele zu schauen.

Ich bekam ungewollt Gänsehaut, als ich merkte, dass mein Herz nach ihr greifen wollte ... als wäre sie das letzte Puzzleteil für das Rätsel meines Lebens.

Inga grinste breit und sprang von dem Ast auf den Boden. Sie landete geschmeidig wie eine Katze und blickte dann zu mir hinauf. »Weißt du, wohin?«, fragte Inga mich.

Wieder nickte ich und merkte, wie mein Herz schneller schlug. Würde ich endlich Antworten bekommen?

Toll. Nun stand ich hier mitten auf irgendeiner Wiese am Rande der Stadt mit der Sonnenhexe – Inga – und musste meine Schuhe ausziehen. Ingas Nano-Schmetterlinge wirbelten um uns herum.

»Wirklich jetzt?«, wandte ich mich an Inga, die neben mir stand, und die Windbrise genoss. »Warum die Schuhe? Kannst du mir nicht einfach erklären, was nun Sache ist?«

»Nope. So sind die Regeln.«

»Welche Regeln?«

»Du weißt schon.«

»Nee, weiß ich nicht.«

»Dann wirst du es bald wissen.«

»Redest du immer in Rätseln?«

Ingas goldene Augen blitzten schalkhaft auf. »Du solltest doch am besten wissen, wie sehr ich Rätsel mag.«

Ich stöhnte genervt auf. All die Jahre hatte ich versucht, sie zu finden, um Antworten zu bekommen, und jetzt so was! Aber was blieb mir schon anderes übrig? Aufgeben würde ich jetzt nicht. Daher setzte ich mich auf den Boden und begann meine Schuhe auszuziehen.

»Fürchtest du dich vor der Liebe, Greta?«, wollte Inga in einem beiläufigen Ton wissen.

»Was ist das denn für eine Frage?«

»Ich wundere mich nur, warum du niemals eine meiner Sonnenblumen gepflückt hast.«

»Ich suche nicht nach Liebe.«

»Nach was suchst du dann?«

Ich hielt inne und schaute auf meine nun nackten Füße. »Ich möchte wissen, zu was ich bestimmt bin. Irgendetwas verbindet mich mit den Sonnenblumen, aber es ist nicht Liebe ... da ist mehr. Da muss mehr sein.«

Inga nickte und bot mir ihre linke Hand an. Schien ihr Tattoo noch mehr zu glühen als zuvor? Und bewegten sich die Sonnenblumen auf ihrer Haut?

»Pass gut auf, Greta. Jetzt erfährst du das Geheimnis. Den Sinn der Sonnenblumen«, flüsterte Inga mir zu, als sie mich auf die Beine zog. Auf einmal kreisten die Nano-Schmetterlinge wild um uns herum und wirbelten nur so durch die Luft, während sie goldenen Staub verstreuten. Sobald der Staub den Boden berührte, spürte ich ein leichtes Vibrieren unter den Füßen. Inga hob die Hände hoch gen Himmel und damit auch meine Hand, die sie noch festhielt. Dann schloss sie ihre Augen, und nach einem kurzen Zögern tat ich es ihr gleich.

Schwärze hüllte mich ein, während der Boden unter mir immer stärker vibrierte. Da war wieder dieses vertraute Summen, das mir durch die Glieder fuhr und mein Herz höher schlagen ließ. Unbewusst begann ich mitzusummen. Dann auf einmal merkte ich, wie etwas mein Inneres anzündete. Es war wie ein Funke, der mein Herz wie eine Blume zum Erblühen brachte. Durchströmt von einem puren Glücksgefühl keuchte ich und schlug die Augen wieder auf. Meine Haut kribbelte angenehm, und ich lachte auf. Um mich herum waren überall die magischen Sonnenblumen gewachsen, die ihre goldenen Köpfe gen Himmel streckten. Es war ein Meer aus Gold.

Irgendwann bemerkte ich, dass ich Inga immer noch an der Hand hielt und dass nun auch mein Arm ein goldenes Sonnenblumen-Tattoo zierte. Ich schaute zu ihr herüber, und sie lächelte mich mit ihrem verschmitzten Lächeln an. Dann legte sie sanft eine Hand auf mein Herz und sprach die Worte, nach denen ich mein Leben lang gesucht hatte:

»Willkommen im Sonnen-Zirkel, Schwester.«

Roxane Bicker

Fuchsfeuer

DU WEI$$T GAR NICHTS DU REDEST NUR MÜLL
GEH MIR NICHT AUF DIE KIEMEN!

Die Stunde des Wolfes. So nennt man diese späte Zeit der Nacht, kurz vor der Morgendämmerung, wenn alles zwischen Existenz und Nichts schwebt.
Eher die Stunde des Fuchses.

Ich grinse schief und schüttele die Dose. Das Klackern der Mischkugeln durchbricht die Stille. Wobei, Stille ... Stille gibt es hier nicht. Das beständige Rauschen und Dröhnen der Schnellstraße liegt wie ein Schleier über allem. Die Stille dieses Morgens ist die Abwesenheit aller anderen Geräusche. Früher, so erinnere ich mich noch, gab es Vögel, deren Zwitschern in der Dämmerung erklang. Jetzt nicht mehr.

Kurz entschlossen spraye ich einen kleinen Vogel, der auf dem Fischkadaver hockt, den ich in den letzten Stunden auf die Betonwand gebracht habe. Die Vergangenheit, die Gegenwart. Keine Zukunft.

»Ach, Fakke.« Ich schleudere die Dose von mir. Mit einem Knall landet sie an der Wand und springt weiter, bis sie auf den alten Gleisen landet. Sicher habe ich damit die Obdachlosen geweckt, die drüben unter der Treppe quartieren. »Bringt doch eh alles nichts.« Ich sinke auf die Holzbohlen und vergrabe mein Gesicht in den Händen. Als ob ein mahnendes Graffiti an einer verlassenen S-Bahn-Station die Menschheit aufrütteln würde, sich zu besinnen und nicht sehenden Auges in die Katastrophe zu rennen. Sinnlos. In einigen Tagen würde sicher jemand mein Kunstwerk crossen, dann würde es übermalt werden, schließlich ganz in Vergessenheit geraten. Mein Meisterwerk.

Ich hebe den Kopf und betrachte im Schein der Lampen das Fischskelett, das in einem Meer aus Müll schwimmt. Unser hingerichteter Planet. Der kleine Vogel gibt dem Ganzen das gewisse Extra. Vielleicht ein kleiner Hoffnungsschimmer? Vielleicht wartet er auch nur darauf, die letzten Reste von den Fischgräten zu picken, bevor er elendig verreckt?

Mit dem Handrücken wische ich mir die Tränen von den Wangen, krame die Schablone aus dem Rucksack und sammele die Dose wieder auf. Unten rechts kommt mein Tag hin. Das stilisierte Skelett eines Fuchses. Daneben in geschwungenen Lettern mein Alias. FoxRot.

Ich sammele mein Material ein, mache noch ein Foto des fertigen Werkes, dann lösche ich die Lampen. Überquere die Bahngleise und klettere anschließend den Waldhang hoch. Für einen Moment bleibe ich stehen. Aus dem Smog, der wie eine Glocke über der ganzen Stadt hängt, ragt gleich einem mahnenden Finger der Turm hervor. Daneben geht die Sonne auf, ein blasser, nebliger Ball. Und doch schließe ich einen Moment meine Augen und genieße ihre Strahlen.

CARPE DIEM, BABY!

Die Sonne brennt dir ins Gesicht, und rote Schatten tanzen unter deinen Augenlidern. Du hörst das vielstimmige Zwitschern der Vögel. Einen Moment bleibst du stehen, vernimmst Ranis Schritte neben dir im Gras, wie sie an dir vorbeiläuft, dann innehält, als sie merkt, dass du nicht folgst. Zurückkehrt, dich leicht am Arm berührt.

»Ich komme«, sagen deine Finger.

Als du die Augen aufschlägst, strahlt Ranis Lächeln mit der Sonne um die Wette.

»Neval.« Sie hält die Finger der rechten Hand zusammen, hebt sie hoch und öffnet sie dabei, dass ihre Handfläche gen Himmel zeigt. Die Geste deines Namens. Ihr Zeigefinger berührt deine rechte Schläfe. »Woran denkst du?«

»An alles, was heute noch vor uns liegt. Dass ich lieber hier auf der Wiese in der Sonne liegen möchte. Aber die Felder brauchen uns.«

Sie entgegnet nichts, nickt nur kurz und wendet sich dem Damm zu, hinter dem die neu angelegten Kulturflächen liegen. Rani dreht dir den Rücken zu, entzieht sich so der Kommunikation, doch das stört dich nicht. Es ermöglicht dir, noch weiter deinen Gedanken nachzuhängen, denn natürlich hast du Rani nicht alles gesagt. Du drehst dich um, schaust zurück auf die Stahlkonstruktion, die die durchsichtigen Zeltdächer aus Plexiglas hält, unter denen deine Kommune wohnt. Dahinter siehst du den gebrochenen Turm, wie ein mahnendes Zeichen vergangener Zeiten. Und die aufsteigende Bühne am See, wo sich heute Abend das Plenum versammeln wird. Du hast Rani nicht gesagt, dass du heute Abend vor die Gemeinschaft treten wirst. Hast ihr verschwiegen, dass du dich entschieden hast ...

Ein schriller Pfiff reißt dich aus deinen Gedanken. Rani hat längst den Damm erreicht und winkt. Du reißt dich vom Anblick der Gemeinschaft los, die dir so lange Heimat war, verfällst in einen leichten Trab und hast Rani bald eingeholt.

Du weißt, dass in früheren Zeiten der Damm eine Straße war. Damals, als die Menschen zusammengepfercht gelebt haben, als sie alles mit Beton und Asphalt versiegelten. Erst als die Bienen verschwanden, dann die Vögel verstummten, die Luft allein die Menschen krank machte, als der Turm brach, da begannen sie umzudenken.

Du schüttelst die dunklen Gedanken ab, wirfst noch einen letzten Blick zurück, wo sich die Sonne glitzernd auf der Oberfläche des Sees und den Spitzen der Zeltdächer bricht, dann machst du dich an den Abstieg zu den Feldern, wo deine Aufgabe auf dich wartet.

Zwischen dem Totholz am Boden stehen die Pfeiler der Pergolen, von denen lange Ranken bis auf den Boden hängen, ihre Luftwurzeln in die Erde senken, um dort eine Symbiose mit den Pilzen einzugehen.

Die Pilze. Sie bedecken den ganzen Boden, wuchern über die Baumstämme. Deine Schwester sitzt mitten zwischen ihnen, hat die Finger in den Boden versenkt und fühlt. Sie fühlt das Myzel, das Geflecht, das alles miteinander verbindet. Eine Fähigkeit, die du nicht hast. Für dich waren es immer nur ... Pilze.

Sie zieht die Finger aus der Erde. »Etwas passt nicht.«

Du lässt dich neben ihr auf einem der morschen Stämme nieder. »Was passt nicht?«, fragst du.

Rani schüttelt den Kopf, schließt die Augen und senkt die Finger wieder in den Boden. Du ziehst den Scanner aus der Tasche und lässt ihn über die Vegetation fahren. Ein signifikanter Einbruch in der Nährstoffversorgung. Das sollte nicht sein. Bei der Anlage der neuen Felder wurde der Boden präpariert, das Totholz vorbereitet. Das konnte nicht sein. Wenn innerhalb nur eines Tages ein solcher Einbruch zu verzeichnen ist, dann werden die Pilze in absehbarer Zeit sterben, und dieses ganze Segment des Geflechts ist gefährdet. Du steckst den Scanner zurück und trittst aus der Plantage heraus. Dieses Segment sollte den neuen Bau in der Wabensiedlung mit Energie versorgen. Wenn nun das Feld zusammenbricht, dann verzögert sich das ganze Projekt, und dann kannst du nicht ... du kannst nicht ...

Als Rani dir die Hand auf die Schulter legt, zuckst du zusammen.

»Ob der Wildwuchs den Pilzen die Nährstoffe entzieht?« Sie deutet auf die andere Seite des Dammes, dort, wo die Natur sich die verlassenen und zusammengebrochenen Gebäude der Stadt zurückerobert hat, in deren dichten Gestrüpp kaum ein Durchkommen ist.

Du zuckst nur die Schultern. Nicht deine Aufgabe, du prüfst nur und hast keine Ahnung, ob so etwas sein kann.

»Wir werden es dem Plenum vortragen.« Du streckst deine Hand aus, die Rani lächelnd ergreift.

Regen prasselt auf das Schutzdach über den Stufen, die sich wie eine kleine Arena bis hinab zum Ufer des Sees erstrecken. Rund hundert Menschen haben sich zusammengefunden, sitzen in kleinen Grüppchen zusammen, schwatzen, jemand hat Tee mitgebracht, Becher werden durch die Reihen gereicht. Mit einem Kopfschütteln lehnst du ab, als Emm dich fragend ansieht. Dir ist heute weder nach Tee noch nach Gesellschaft. Emm schenkt dir ein kleines Lächeln, dann lässt Emm dich in Ruhe.

Unten auf der Plattform schüttelt sich Atiya die Locs aus dem Gesicht und richtet das bunte Tuch um ihre Schultern. Sie wechselt noch ein paar schnelle Worte mit Elo, dier heute das Gebärdendolmetschen übernimmt, dann schaut sie das Publikum an.

»Auf die Plätze, ihr Hübschen. Wenn wir zügig durchkommen, muss auch das Abendessen nicht so lange warten.«

Du lässt die ersten Punkte der Tagesordnung über dich hinwegrauschen, ohne ihnen Aufmerksamkeit zu schenken, während sich dein Magen mehr und mehr verkrampft. Du hasst es, in der Öffentlichkeit zu sprechen, wenn alle Blicke sich auf dich richten. Du starrst auf das Pad in deinen Händen, doch die Stichworte darauf verschwimmen.

»Neval hat um Redezeit gebeten«, hörst du schließlich Atiyas Stimme und hebst den Kopf. Ihre schwarzen Augen schauen dich freundlich an. Wenn sie wüsste, was du zu sagen hast ... Deine Finger krampfen sich um das Gerät, du stehst auf und trittst auf die Plattform.

»Ich ... ähm ... also, Rina und ich wir waren heute beim neuen Feld auf dem Damm. Wer hat denn die Örtlichkeit überprüft und die Lage finalisiert?« Jeder Blick trifft dich, und du schaust zu Boden.

Aus den oberen Sitzreihen dröhnt Caminos Stimme. »Passt etwas nicht?«

Du schluckst. »Kann es sein, dass versäumt wurde, nach alten Strukturen im Boden zu scannen? Die Pilze können nur wenig Nährstoffe aufnehmen.«

»Das Feld wurde mit genügend Abstand zur alten Straße angelegt«, erschallt Caminos Antwort.

»Das war nicht die Frage«, mischt sich nun Atiya ein. Du spürst, wie sie neben dich tritt, und ihre Präsenz verleiht dir genug Kraft, aufzuschauen.

»Habt ihr den Untergrund geprüft?« Atiya zieht sich das Tuch enger um die Schultern und verschränkt die Arme vor der Brust.

»Nein, darauf wurde verzichtet.«

Ein Seufzen geht durch die Anwesenden, und du hörst, wie Atiya mit den Zähnen knirscht. Ihre Stimme klingt gepresst. »Habt ihr wenigstens in die alten Pläne geschaut?«

Caminos Schweigen ist Antwort genug. Vor deinem geistigen Auge tauchen all die Dinge auf, die nun zu erledigen sind. Ein neues, unkontaminiertes Areal muss gefunden werden, ihr braucht Totholz, die Pergolen müssen neu errichtet werden, die Pilze angezüchtet, das ganze Geflecht an die bisherige Infrastruktur angeschlossen werden. Wochen. Es wird Wochen dauern, bis alles läuft.

»Camino«, sagt Atiya eisig. »Im Interesse aller würde ich euch bitten, mehr Sorgfalt walten zu lassen. Bitte setze das morgen gleich auf eure Agenda. Wir dürfen in solchen Dingen nicht nachlässig werden.« Sie wendet sich wieder dir zu, und etwas Wärme mischt sich in ihren Tonfall. »Du hattest noch einen zweiten Punkt?«

Jetzt.

Deine Kehle ist wie zugeschnürt, das Pad klebt an deinen schweißnassen Fingern.

»Ich ...«

Jetzt.

Jetzt oder nie.

»Ich möchte die Gemeinschaft verlassen.«

Stille.

Atiya löst sich von dir und tritt einen Schritt beiseite. »Das ist dein gutes Recht. Danke, dass du uns darüber informierst.«

Du hattest kein Verständnis erwartet, aber diese emotionslose Reaktion fühlt sich an wie ein Schlag in die Magengrube.

»Den Entschluss habe ich mir nicht leicht gemacht.« Das klingt aufgesetzt, und du weißt es genau.

»Es ist keine Begründung nötig. Hast du noch etwas vorzubringen?«

Du merkst, wenn du entlassen bist, und schüttelst stumm den Kopf.

ES IST SO LANGE LUSTIG, BIS ES NICHT MEHR LUSTIG IST

»Wann wolltest du es mir sagen? Ich dachte eigentlich, dass wir mehr miteinander teilen als nur das Bett.«

Lu schaut dich an, und du schweigst. Wie ein Lauffeuer hat sich die Nachricht in der Gemeinschaft verbreitet. Neval will gehen. Sier will uns verlassen. Und auf einmal bist du kein Teil der Gruppe mehr. Auf einmal ist es du und die anderen.

»Hätte es einen Unterschied gemacht, wenn du es vorher gewusst hättest, Lu?«

»Vielleicht hätten wir darüber reden können? Vielleicht hätte ich mich entschieden mitzukommen?«

»Und siehst du, genau da liegt das Problem. Ich möchte nicht, dass jemand mitkommt. Ich möchte nicht, dass ihr mich überredet hierzubleiben. Es ist meine Entscheidung.«

»Wenn du das so siehst.« Lu steht auf, schnappt sich deinen Teller und bringt euer Geschirr in die Küche. Sie lässt dich alleine am großen Tisch in der Kantine zurück.

Ranis Arme legen sich von hinten um dich. Kurz drückt sie dich, dann stellt sie eine Tasse Tee vor dir ab und setzt sich gegenüber hin.

»Willst du mir auch Vorwürfe machen?«, fragst du.

Sie lächelt, und ihre Finger tanzen. »Warum? Das haben andere sicher schon genug getan.« Sie schiebt dir zwei Papiere über den Tisch entgegen, während du die Hände um die Tasse schließt und schweigst.

»Willst du sie nicht anschauen?«

Du hebst die Tasse und trinkst langsam.

Rani schüttelt den Kopf und dreht die Blätter um. Es sind zwei alte Fotos von damals, als die Stadt noch ein umweltverpestender Moloch war. »Camino hat sie mir gegeben. Sein Versäumnis hat ihm keine Ruhe gelassen. Unter unserem Feld liegt wohl eine alte Bahnstation. Der Beton verhindert, dass sich das Myzel ausbreiten und tiefer wachsen kann. Deswegen der Abfall in der Nährstoffversorgung. Camino wird mir bei der Verlegung des Feldes helfen.«

Nun löst du doch eine Hand von der Tasse. »Danke.«

»Du solltest dort hingehen.« Rani deutet auf das Foto der Bahnstation.

»Warum? Es liegt unter der Erde. Wie soll ich dahin kommen?«

»Du wirst uns verlassen, Neval. Das ist der Beginn einer Reise. Auch an einer Bahnstation beginnt eine Reise. Nenn es Intuition. Aber du solltest dort hingehen.«

Sie schiebt dir das Foto hinüber, und das erste Mal schaust du genau hin. Breite Bahnsteige aus Beton, auf denen sich Menschen in historischer Kleidung drängen. Hochhäuser im Hintergrund und der aufrechte Turm. Drei Züge auf den Gleisen. Der Beginn einer Reise.

Das gespenstische grüne Glühen der Pilzkolonien erhellt die Nacht. Das Fuchsfeuer zieht sich über die Ranken und das Geflecht bis hin zur Siedlung, deren warmes Licht du nun hinter dir lässt. Du wolltest nicht bis zum nächsten Morgen und zum Tageslicht warten. Der erste Teil deiner Reise hatte bereits begonnen, und vielleicht müsstest du erst in die Vergangenheit schauen, bevor du in die Zukunft aufbrechen könntest.

Du stapfst durch das hohe Gras, durch das du erst am Morgen mit Rani gelaufen bist. Am See entlang, hinüber zur Baustelle der Wabensiedlung, den Damm empor. Auf eurem Feld leuchten die Pilze nur schwach und unregelmäßig. Ihre Unterversorgung ist mit bloßem Auge zu erkennen. Gedanklich machst du dir eine Notiz, deine Schwester und vielleicht auch Atiya darüber zu informieren, die Feldkontrollen möglicherweise nachts im Dunkeln abzuhalten.

Hier stehst du nun. Hinter dir die heimelige Siedlung, vor dir die Trümmer und der Wildwuchs, über dir der wolkenverhangene Nachthimmel, unter dir die alte Bahnstation. Hättest du einen Spaten mitnehmen sollen, um dich hineinzugraben? Solltest du einen Eingang suchen?

Dein Blick wandert zum Wildwuchs auf der anderen Seite des Dammes. Vielleicht kommst du zur Station, wenn du dich durch das Gestrüpp kämpfst? Unten am jenseitigen Fuß des Dammes. Jenseits des Dammes. Warum schlägt dein Herz so schnell? Du hast vorhin der Gemeinschaft verkündet, dass du die Siedlung verlassen willst. Du hast deine Freundin sitzen lassen. Hast deiner Schwester den Rücken gekehrt. Wieso zögerst du noch?

Langsam gehst du zur steil abfallenden Kante des Dammes und spähst in die Finsternis. Das schwache Glühen der Pilze auf dem Feld reicht nicht, um etwas zu erkennen. Du hättest eine Taschenlampe mitnehmen sollen, aber du kehrst nicht um, um eine zu holen. Wenn du jetzt zurückgehst, dann wirst du nicht aufbrechen.

Kurz entschlossen löst du ein Stück des Totholzes, auf dem sich eine Gruppe Pilze dicht zusammendrängt. Im sanften Schein des Fuchsfeuers läufst du am Rand des Dammes entlang, bis du eine Stelle findest, die sich für den Abstieg eignet. Von einem Ast zum anderen hangelst du dich vorsichtig den steilen Hang entlang. Deine Füße verfangen sich in den dornigen Ranken am Boden. Mehr als einmal stolperst du, doch das Holz lässt du nicht fallen.

Als du ebene Erde erreichst, bleibst du stehen, den Damm im Rücken. Du musst dich rechts halten. Nach einigen Schritten hörst du ein metallisches »Klonk«. Du gehst in die Hocke. Durch das Unterholz zieht sich ein Schienenstrang. Halb verrottete Bohlen dazwischen. Du lächelst und folgst ihnen durch den Wildwuchs.

Hoch ragt die Betonstruktur vor dir auf, frisst sich in den Damm, der schwarz vor dem Nachthimmel steht, höhlt ihn aus. Kein Wunder, dass die Pilze nicht gedeihen, es kann nur eine dünne Erdschicht das Gebäude bedecken.

Die Schienen enden, und du bleibst unter einem Dach stehen. Unter deinen Sohlen spürst du Schotter, bis auf einige Grasbüschel hält sich die Vegetation hier fern, doch draußen bilden Bäume und Büsche eine dichte Wand. Du fühlst dich wie in einer geheimen, vergessenen, unterirdischen Höhle und denkst an all die Menschen, die hier einst entlangeilten, auf dem Weg zur Arbeit, den alten kapitalistischen Zwängen unterworfen. Du lachst, und das Geräusch hallt dir hohl entgegen. Du wendest dich um, willst weiter in das Gebäude hinein, da siehst du sie. Über und über sind die Wände mit bunten Bildern bedeckt, bis hoch in die Dunkelheit ziehen sie sich, Gemälde der alten Welt, angebracht lange, lange vor deiner Zeit. Nur wenige Details kannst du im schummrigen Licht der lumineszierenden Pilze erkennen.

Also setzt du dich, lehnst den Rücken an eine der Betonsäulen, legst das Holz vor dich und wartest auf das Tageslicht.

IN MEINEM HERZEN LEBST DU EWIG

Lange dauert es, bis das Licht seinen Weg in die Tiefen findet, nach und nach die Wand hochkriecht und enthüllt, was einst war. Mutlosigkeit, Angst, Verzweiflung, Wut, Aggression sprechen aus den Bildern, und dir tut das Herz weh. Wie muss es damals gewesen sein, zu leben angesichts eines drohenden Klimakollapses, dem Artensterben, Kriegen und Ausbeutung? Du denkst an die Menschen, die ihre Hilflosigkeit hier in leuchtenden, bunten, farbenfrohen Gemälden an die Wände gebannt haben. Eines zieht dich besonders an. In einem Ozean aus Abfall treibt das Gerippe eines Fisches. Doch auf ihm sitzt ein kleiner Vogel, den Kopf trotzig erhoben.

Du streckst die Finger aus und berührst ihn vorsichtig und fast andächtig.

Ein Impuls lässt mich umkehren. Ich lasse die Straße und den Lärm hinter mir, eile noch einmal den bewaldeten Abhang hinunter, zurück zu meinem Graffiti. Als wollte ich mich von ihm verabschieden, lege ich die Hand auf den Vogel.

Deine Augen folgen dem Bild, bis sie unten rechts das winzige Skelett eines Fuchses finden. Du löst die Hand nicht von dem Vogel, lehnst dich nur ein Stückchen weiter vor, bis du die Buchstaben daneben lesen kannst.

»FoxRot«, flüsterst du.

»Erinnert euch an mich.« Blaue Farbe klebt an meinen Fingern, als ich meine Hand wegnehme.

Blaue Farbe bröselt, als du die Finger von der Wand löst.

Rani hatte recht. An einem Bahnhof beginnt eine Reise. Deine Reise. Hinaus in die Welt, wo es noch so viel zu entdecken gibt. Du hebst das Totholz mit den Pilzen auf, erklimmst im Licht der Morgensonne den Damm.

Ilka Mella

Wurzeln und Flügel

I

Die dröhnenden Windräder waren unser Beat, das Rauschen der Wellen der Chor, der Freiheitsplatz in der 20. Etage des Equality Buildings die perfekte Bühne. Er war hoch genug, um den in Feuerfarben explodierenden Abendhimmel als Kulisse zu nutzen, und tief genug, damit die großen, solarbetriebenen Aufzüge Dutzende Schaulustige ausspuckten.

Der Südwind machte die Leute träge. Sie schlenderten auf den Platz, setzten sich auf Stufen und sahen erwartungsvoll zu uns herüber. Ich ließ meinen Blick über die grünen Stockwerke gleiten, die sich in fast allen Gebäuden von Ocean Bay mit den Wohnetagen abwechselten. Dort waren Felder angepflanzt, Wälder und Wiesen mit bunten Blumen. Normalerweise quoll das Grün über, warf Ranken und Äste über die Brüstungen. Doch heute waren auch die Pflanzen erschöpft und müde von der Hitze. Umso besser würde unsere Show ankommen. Die Sonne berührte hinter uns den Horizont; es war Zeit.

Shanaia glitt auf ihre Bühne, positionierte sich und neigte mit gefalteten Händen den Kopf. Bescheidenheit brachte Sympathie und senkte Erwartungen.

Wir kannten jeden Zentimeter dieses Platzes, wussten, wo das Licht einen Heiligenschein zaubern würde, wo der Wind die seidigen Stoffbahnen ihres Kleides ergreifen und um ihre Silhouette wehen würde und wo die Akustik optimal war. Shanaia war eine Perfektionistin und überließ nichts dem Zufall.

Ich tanzte zu ihren Liedern und machte mir keine Illusionen. Ich war nur Beiwerk. Der Kerl, der zu ihren Melodien über den Platz wirbelte und Saltos schlug. Sie war die Attraktion. Aber das war in Ordnung. Ich schätzte mich glücklich, in ihrem Dunstkreis zu existieren, ein Teil dieser Straßenkunst zu sein, Kunst, die so viel freier war als alles, was ich von zu Hause kannte.

Schweiß lief mir in Bächen den Körper hinunter, doch schließlich war mein Part erledigt. Für ihr großes Finale brauchte sie mich nicht. Es war diese Nummer, wegen der viele Menschen von Ocean Bay immer wieder kamen.

Zu den letzten Sonnenstrahlen sang sie die Arie der Königin der Nacht, ein Lied aus einer fernen Vergangenheit. In Kapriolen schraubte sie sich immer weiter in die Höhe. Ich stand an der Seite und reckte wie viele andere Zuschauer den Kopf, um keinen Moment zu verpassen. Dann, gerufen von ihren höchsten Tönen, kamen sie: Schmetterlinge, Millionen von ihnen. Die Tiere waren Eigentum von Ocean Bay und halfen bei der Bestäubung der Obstbäume. Doch sie hörten auch auf Shanaia. Millionen schillernd blauer Flügel flatterten vom Meer, wo sie eigentlich wohnten, auf unsere Bühne. Ihre Beine waren mit kühlem Meerwasser benetzt, und wenn sie auf dem Freiheitsplatz ihre Runden drehten, erfüllten sie die Luft mit erfrischendem Wasserdampf, der sich auf die Pflanzen und Menschen herabsenkte. Manche streckten die Hände nach den Schmetterlingen aus, manche begannen zu johlen und zu klatschen, manche nahmen sich in den Arm. Wenn Shanaia die Tiere zurück aufs Meer entließ, applaudierte die Menge frenetisch. Dann ebbte der Jubel ab, und Ocean Bay ging nach Hause. Ich winkte und bedankte mich für die Naturalien, die viele für uns gebracht hatten. Shanaia hingegen wickelte sich in einen Seidenmantel, zog sich die Kapuze ins Gesicht und gab für alle die Unnahbare. Ein Teil der Show. Eigentlich. Doch heute Abend würdigte sie auch mich keines Blickes.

»Schau mal Shanaia, ein Riesenberg Geschenke. Das hat sich mal wieder gelohnt.«

Meine Freundin gab einem Korb mit Zimtschnecken einen Tritt.

»Nichts hat sich gelohnt. Hast du es nicht gemerkt? Es waren schon wieder weniger.«

»Weniger Schmetterlinge? Shanaia, es waren Millionen. Der Himmel war voll davon.«

»Es waren weniger. Du weißt, was dieser Arzt gesagt hat. Ich werde die hohen Töne nicht mehr lange singen können. Außer, du holst mir die Wurzel, von der du mir erzählt hast.«

»Shanaia, nicht ...«

Ich sah sie bittend an und verfluchte mich und das Selbstgebrannte, das vor einigen Monaten nach einer Vorstellung auf dem Haufen gelegen hatte. Ich hatte mich zwar von meinem Volk abgewendet, trotzdem hatte ich kein Recht, seine Geheimnisse auszuplaudern.

»Jeronym, wenn du mich liebst, dann hilfst du mir.« Jetzt kam sie mit Liebe? »Was ist dabei, mir diese Pflanze zu besorgen? Du hast gesagt, sie kann alles heilen.«

»Ja, aber die Knochenbeere wächst auch extrem langsam und ist für Seuchen gedacht. Seuchen, Shanaia, nicht müde Stimmbänder einer Sängerin, der ihre Fans sowieso zu Füßen liegen.«

»Du willst eine normale Straßensängerin aus mir machen? Die mit einem drittklassigen Tänzer auftritt? Die heiser und in Armut stirbt?«

Ihr Blick wurde stählern.

»Muss ich dich erinnern, was ich alles für dich getan habe? Wo wärst du, wenn ich dich nicht aufgesammelt hätte?«

Ich seufzte. Ohne Shanaia würde ich niemals meinen Traum leben, wüsste nicht mal, was mein Traum war. Sie hatte mich nach meiner Ankunft in Ocean Bay Leuten vorgestellt, die mir Tanzen beigebracht hatten.

»Shanaia, ich habe so lange gebraucht, um von Kaya-Dar loszukommen. Schick mich nicht dahin zurück. Sie werden mich nur anhören, wenn ich ihnen vorgaukle, zurückzukehren. Das kann ich nicht tun. Ich habe so viele Leute dort verletzt, als ich gegangen bin.«

Shanaia legte einen Moment ihren Kopf schief, als würde sie überlegen, doch ihre kalten Augen täuschten mich nicht.

»Wenn du Street-Art-Künstler in Ocean Bay bleiben willst, tust du, was ich dir sage. Ich werde sonst deinen Ruf zerstören. Hilf mir, oder such dir schon mal einen Bürojob in einer der unteren Etagen.«

II

Zaghaft klopfe ich an die gewaltigen Metalltore von Kaya-Dar. Anders als in Ocean Bay ist hier nichts glänzend aufbereitet. Die Einzelteile der Türen weisen Scharten und Unregelmäßigkeiten auf, die meisten davon hätte ich mit geschlossenen Augen zeichnen können. Ich weiß auch von der Kamera, die auf die Besucher gerichtet wird, und so lächle ich höflich in diese Richtung. Dann öffnen sich die Tore, und ich trete ein in meine Vergangenheit, der ich so lange entfliehen wollte.

Kaya-Dar heißt in der alten Sprache »aus Fels geboren«. Große Teile der Stadt entkommen der Hitze durch ihre Bauweise mit in den Stein geschlagenen Räumen und Gassen, die ihren Schatten unter Überhängen bewahren. In der Eingangshalle riecht es nach Wasser und feuchter Erde, genau wie in einer Höhle. Die Luft ist kühl, und an den Wänden reihen sich Schattenpflanzen und Farne auf, deren dunkles Grün durch das cremige Weiß der Lilienblüten unterbrochen wird. Oberlichter gewähren einzelnen, träge zu Boden tropfenden Sonnenstrahlen Zutritt.

Ein Mann erwartet mich. Meine Augen müssen sich an das dämmrige Licht gewöhnen, und so erkenne ich ihn erst nach einem Moment.

Timdag. Seine weit auseinanderstehenden Augen sind so grau, wie ich sie in Erinnerung habe, das dunkle Haar trägt er jetzt kurz.

»Jeronym«, es ist so viel eine Frage wie eine Feststellung.

»Ich ... bin zurück.« Ich kaue schwer an meiner Lüge, schlucke, spüre, wie sie mir einer Metallkugel gleich im Magen liegt.

Eine ganze Weile erwidert Timdag nichts.

»Wir werden sehen«, ist schließlich alles, was er sagt.

Ein anderer Mann rennt auf uns zu.

»Doktor Timdag, die Blüten ... sie sind so weit.«

»Doktor? Gratuliere ...«, versuche ich mit einem angedeuteten Lächeln an unsere frühere Vertrautheit anzuknüpfen.

»Was man halt so erreicht, wenn man nicht wegläuft«, murmelt Timdag, doch ich sehe, dass er mit seinen Gedanken weit weg ist.

»Lass dich nicht aufhalten«, ermutige ich ihn.

»Ich ... ja, ich muss in die Gewächshäuser«.

Mein zaudernder, zerstreuter Freund hat sich nicht verändert. Timdag wendet sich um. Ich betrachte meine Fußspitzen. *Lass ihn ziehen.* Ich bin nicht hier, um neue Knoten an alte Geschichten zu machen.

»Kommst du?«

Ich sehe auf. Timdag wartet einige Schritte weiter auf mich. Ich nicke und schließe zu ihm auf.

»Was sind das für Blüten?«, frage ich, während wir zusammen weitergehen.

»Eine neue Erbsenart. Unempfindlich gegen die Trockenheit. Doppelt so nahrhaft wie herkömmliche Hülsenfrüchte.«

Seine Worte werden von ausladenden Gesten begleitet.

Ich schiele zu ihm hinüber. Der zurückhaltende Mann hat sich in einen begeisterten, enthusiastischen Wissenschaftler verwandelt. So ist er immer gewesen. Wie konnte ich denken, hierherzukommen und den Menschen, die ich schon einmal verletzt habe, erneut ins Gesicht zu lügen?

Meine Comwatch vibriert. Shanaia. Ihr Timing ist wie immer perfekt. *Angekommen? Haben sie deine Story geschluckt?*

Ich drücke sie weg, doch schon jetzt habe ich Timdag verstimmt. Seine hochgezogene Augenbraue verlangt nach einer Erklärung. So viel Misstrauen. Ich räuspere mich. Ich habe jedes bisschen davon verdient.

Dann sind wir an der Wendeltreppe zum Dach angekommen.

»Immer noch keine Aufzüge?«, frage ich und lächele, um der Kritik die Schärfe zu nehmen.

Timdag bleibt ernst.

»Immer noch abhängig von produzierter Energie? Die Automatisierung wird noch mal euer Untergang sein.«

Er sagte *euer*. Ich bin also kein Teil seines Lebens mehr.

»Automatisierung gibt uns jede Menge Zeit. Zeit, die wir studierend oder kreativ verbringen können.«

»Was ist so falsch daran, wie wir hier leben?«

»Nichts«, erwidere ich, schon um den Frieden zu wahren.

Will er von mir hören, wieso ich gegangen bin? Denkt er noch darüber nach?

Sacht streiche ich über die Wasseraufbereitungsröhren, die entlang der Wendeltreppe eingelassen sind. Hangabtrieb und poröser Lehm, mehr braucht es nicht. Kaya-Dar war von jeher stolz darauf, in der Vergangenheit Lösungen für die Zukunft zu suchen.

Die Gewächshäuser auf dem Dach bestehen nur aus Fenstern und Luken, die je nach Sonneneinstrahlung und Wind geöffnet oder geschlossen werden können. Im Moment sind die Seitenluken offen und das Dach abgedeckt, sodass der trockene Wüstenwind durch das Innere streichen kann.

Timdag zuckt bei jedem Blatt, das ich umdrehte, und jedem Stängel, den ich biege, zusammen und setzt mehrmals an, mich zurechtzuweisen. Wir gehen vorbei an einem vergitterten Bereich. Dahinter wächst die Knochenbeere. Dann erreichen wir den hinteren Teil des Gewächshauses, in dem kleine Pflänzchen mit gelben, fingernagelgroßen Blumen warten. Daneben sind Töpfe mit frischer Erde vorbereitet. Timdag nimmt eine Pinzette und löst vorsichtig den Fruchtknoten aus der ersten Blüte. Ich sehe einen Mann, der es gewöhnt ist, mit den kleinsten Teilen des Lebens zu hantieren, ohne sie zu beschädigen. Es gab eine Zeit, da haben wir Seite an Seite gearbeitet. Könnte ich es noch? Ich trete einen Schritt nach vorne, doch ein Assistent stellt sich mir in den Weg. Ich hebe entschuldigend die Hände und sehe stattdessen über die Dächer der geduckten Stadt hinweg, auf die hohen Türme von Ocean Bay, die einer Luftspiegelung gleich in der Ferne glänzen. Das Grün ist die einzige Gemeinsamkeit.

»Geschafft. «

Timdag hatte den letzten Fruchtknoten sicher in die Erde verfrachtet. Noch einmal klopft er den Humus fest, dann richtet er sich auf und streicht sich mit der Hand über die Stirn.

Ich muss lächeln und meine Finger davon abhalten, die Erdkrümel von seiner Haut zu streichen. Als er merkt, was mich amüsiert, wischt er sich mit einem Tuch über das Gesicht und sieht zur Seite. Ist es der Schein der untergehenden Abendsonne oder überzieht eine leichte Röte seine Wangen? Der Essensgong rettet uns.

III

Mahlzeiten werden wie früher auf einem großen Platz gemeinsam eingenommen. Bei unserer Ankunft sind die meisten schon da. Wir gehen durch die Reihen der schmucklos zusammengezimmerten Holztische auf die zentrale Tafel zu, gefolgt von aufgeregtem Murmeln.

Bürgermeister Abrez erwartet uns. Er sieht nicht freundlich aus.

»Jeronym. Ich frage mich, was du hier willst.«

Ich wage nicht, während meiner Lüge in seine Augen zu sehen. Stattdessen fixiere ich das bunte Windlicht, das hinter ihm an einem Pfosten baumelt.

»Es war ein Fehler zu gehen. Ich bitte darum, wieder in der Gemeinschaft aufgenommen zu werden.«

Meine Stimme zittert nur leicht. Timdag steht weiter neben mir. Er müsste das nicht tun.

»Du kriechst zurück? In, lass mich deine Worte verwenden, deine rückschrittliche Heimat. Die dich einengt? Die dir nichts mehr geben kann? Sag mir, Jeronym: Was hast du in Ocean Bay gelernt, das uns nützen könnte? Gibt es einen guten Grund, dich wieder aufzunehmen?«

Ich hebe das Kinn.

»Ich kann tanzen.«

»Tanzen? Du wagst es allen Ernstes ...«

Ich spüre Timdags breite Schulter ganz nahe an meiner.

»Jeronym war auch immer ein hervorragender Wissenschaftler. Ich kann ihn in meinem Team gut gebrauchen.«

Ich trete einen großen Schritt vor. Ich bin kein schutzbedürftiger Welpe.

»Tanzen ist gut für die Seele. Ich habe viele Leute glücklich gemacht in Ocean Bay.«

»In Ocean Bay! Das glaube ich sofort. Aber ich denke nicht, dass wir hier etwas damit anfangen können«, braust der Bürgermeister auf.

»Lassen wir es doch auf einen Versuch ankommen.«

Ich habe schon für so viele Leute getanzt. Die Ruhe der Bewohner von Kaya-Dar schüchtert mich nicht ein. Ich laufe in die Mitte des Platzes und beginne, meinen Rhythmus zu klatschen. Ich ziehe einige Menschen auf die Füße und lasse sie einen Kreis bilden. Als ich sicher bin, dass sie den

Rhythmus halten, hole ich Luft und singe Töne einer einfachen Melodie. Hebe die Arme, animiere alle mitzusingen. Augen beginnen zu glänzen und Münder zu lächeln. Ich habe sie. Zeit zu tanzen. Grundschritte zuerst, kleine Drehungen, Bewegungen, die scheinbar jeder könnte und die doch so oft geübt werden müssen. Dann ein Freeze, bei dem ich einen Handstand mit einem Arm vollführe mit einem nahtlosen Übergang zu einem Airtwist, bei dem ich mich im kopfüber um meine eigene Achse drehe. Das Jubeln des Publikums stachelt mich dazu an, weitere Breakdancefiguren zu zeigen und alles zu geben. Immer mehr klatschen meinen Rhythmus und rufen meinen Namen: »Jero, Jero.«

Schließlich richte ich mich mit zitternden Beinen und Armen auf und winke ab. Nur zögerlich zerstreut sich die Menge, erst als der Ruhegong über den Platz hallt, ziehen sich die Menschen zurück.

Abrez ist schon lange gegangen. Timdag jedoch wartet auf mich, seine Augen dunkel und warm.

»Ich soll dir vom Bürgermeister ausrichten, du bekommst zwei Wochen Probezeit. Dann will er entscheiden, ob du bleiben darfst.«

IV

Die erste Woche verbringe ich im Instandhaltungsteam, klettere auf den Dächern von Kaya-Dar herum und krieche durch seine Abwasserkanäle. Es ist schweißtreibende Arbeit, aber durch das Geplauder mit den anderen Männern und Frauen geht die Zeit schnell vorbei. Immer, wenn ich durch die Straßen laufe, klatscht und singt jetzt jemand. An manchen Ecken sehe ich vor allem Kinder meine Tanzschritte imitieren. Ich weiß nicht, wie ich reagieren soll.

Timdag spricht mich eines Abends darauf an.

»Jeronym, du hast Musik in unsere Straßen gebracht. Die Kinder wollen sich nicht mehr auf die Pflanzenkunde konzentrieren und reden nur noch von Breakdance.«

Ich spanne die Schultern an, um mich zu verteidigen, doch Timdag lächelt.

»Gut gemacht. Ich glaube, du bist, was uns gefehlt hat.«

Ich sehe ihn fragend an.

»Unsere Erträge gehen seit Jahren zurück. Das heiße Klima macht es schwierig, aber die Pflanzen sind auch oft trocken und schlecht gepflegt. Seit über zwei Jahren ist die Geburtenrate eingebrochen, und du bist nicht der Einzige, der unsere schöne Stadt verlassen hat. Ich habe mit vielen Bewohnern gesprochen: Die Menschen stehen hinter unserer Art zu leben, doch sie langweilen sich auch. Sie werden müde und träge. Seit du hier bist, ist wieder Leben in den Straßen.«

Er nimmt meine Hand und drückt sie. Dann reden wir über Botanik, seine Erbsenpflanzen und neue Bewässerungstechniken. Ich wünschte, ich hätte mich in Ocean Bay mehr damit beschäftigt und mich nicht nur um Shanaia und ihre Auftritte gekümmert. Ihre täglichen Anrufe beantworte ich nicht.

V

In der zweiten Woche habe ich mich daran gewöhnt, dass auf jedem größeren Platz in Kaya-Dar Tanzgruppen stehen, die klatschen, stampfen und singen. Mit Genugtuung sehe ich, dass meine Moves abgewandelt und weiterentwickelt werden. Die Straßenkunst hat ihre Krallen in die graubraunen Wände der Stadt geschlagen und wird nicht wieder freiwillig verschwinden, egal, was ich tun werde.

In dieser Woche bin ich als Lehrer eingeteilt. Die Schüler in Kaya-Dar haben keine Klassenzimmer, sondern streunen mit mir durch die Stadt und stellen ihre Fragen, wann und wo sie wollen. Wir besuchen Timdag im Gewächshaus. Er unterbricht seinen morgendlichen Rundgang und erzählt den Kindern mit leuchtenden Augen alles über seine neue Erbsenpflanze. Sie sind so fasziniert, dass ich mir eine kleine Pause gönne und durch das Grün der wachsenden Pflanzen schlendere. Auf einmal bleibe ich stehen, unfähig weiterzugehen. Die vergitterte Tür steht zum ersten Mal offen. Der Weg zu den Knochenbeeren ist frei.

Das ist meine Chance. Aber will ich sie ergreifen? Will ich den Mann, der mir so schnell vergeben hat, schon wieder enttäuschen? Shanaia und ihr Luxusproblem erscheinen mir auf einmal so weit weg. Doch dafür bin ich gekommen. Ich denke an den Freiheitsplatz und die blauen

Schmetterlinge. An die Leichtigkeit, die ich dort spüre. Bevor mich das Zögern um meine Chance bringen kann, schleiche ich in den vergitterten Teil des Gewächshauses. Schnell habe ich die Knochenbeerenpflanze gefunden und greife nach dem Stiel von einer der insgesamt acht Pflanzen. 30 Jahre hat es gedauert, um dieses handtellergroße Gewächs zu züchten. Ich schließe die Augen und ziehe.

Drüben bei der Klasse erklingt Applaus, wie um mich zu verhöhnen. Doch es kündigt auch das Ende von Timdags Vortrag an und warnt mich zurückzukehren. Ich verstaue die Pflanze schnell in der Tasche und ziehe meine Mundwinkel zu einem Lächeln auseinander, auch wenn das Gewicht meiner Schuld sie tonnenschwer nach unten zieht.

VI

Der letzte Abend neigt sich dem Ende zu. Morgen werde ich erfahren, ob ich bleiben darf. Morgen werde ich nicht mehr hier sein.

Timdag und ich diskutieren über einsäende Drohnen, Airflips, moskitofressende Frösche, Ninety Niners und die Vorzüge von Kakerlaken gegenüber Würmern als Proteinquelle.

In Kaya-Dar wird jetzt an den Wochenenden getanzt. Nach dem Essen werden Tische und Bänke weggeräumt. Ständig klopft mir jemand auf die Schulter oder will mir einen Tanzschritt zeigen, bis Timdag mich von meinem Stuhl hochzieht und in die Gärten führt. Dort zeigt er mir die regenbogenfarbenen Glühwürmchen und küsst mich. Mehrmals.

Ich habe seine Liebe nicht verdient, doch umso mehr will ich sie, taumle mit ihm in mein Zimmer und schubse ihn auf das Bett, um nur eine Sekunde später bei ihm zu sein und seine lächelnden Lippen erneut zu küssen.

VII

Die Flügel des Luftschiffs nach Ocean Bay bewegen sich in der flirrenden Hitze träge auf und ab, wirbeln den Staub der Startbahn auf. Sie erinnern mich an die Schmetterlinge.

Ich freu mich auf dich.
Du hast mir gefehlt.

Ich kann mich nicht erinnern, dass Shanaia schon einmal diese Worte zu mir gesagt hat. Jetzt stehen sie auf meiner Comwatch.

Meine Gedanken zerren an mir, zurück zur letzten Nacht voller Schweiß und Leidenschaft. Ich schließe die Augen. Wieso bin ich am Morgen alleine aufgewacht?

Doch ich sollte froh sein, denn so konnte ich mich davonschleichen, wie der Dieb, der ich bin.

Hat Timdag die Knochenbeere, die in ein Tuch gewickelt auf meinem Gepäck gelegen hatte, tatsächlich übersehen? Ich hatte sie dort platziert, um sie nicht frühzeitig der Enge des Gepäcks auszusetzen. Wer hätte ahnen können, dass die Einsamkeit meines Zimmers am letzten Abend von diesem Mann erobert werden würde?

Ich öffne die Klappe des Rucksacks und taste nach der Beere, brauche den Beweis meiner erfolgreichen Mission unter den Fingern. Ich seufze und streiche über die stacheligen Blätter und die kleinen harten Früchte. Doch da ist noch etwas anderes. Papier? Ich öffne die Klappe des Rucksacks so weit, dass ich die Pflanze entnehmen kann. An einem der kleinen Äste hängt ein Zettel, eine herausgerissene Seite meines Notizbuchs. Mein Herz schlägt auf einmal so laut gegen meine Brust, dass ich die Stimme des Lautsprechers fast nicht verstehen kann.

Wir bitten alle Passagiere auf der Fahrt nach Ocean Bay, die Sicherheitsgurte zu schließen und ihr Gepäck sicher zu verstauen.

Ich springe auf. Die Türen schließen sich mit einem Zischen, doch im letzten Moment hechte ich hinaus. Die Knochenbeere liegt achtlos auf meinem Sitz.

Auf dem Zettel steht nur ein Wort: *Bleib.*

Danksagung

Die »Sonnenseiten«-Anthologie war für die Co-Herausgeber*innen Jule und Tino das erste Mal in dieser verantwortungsvollen und herausfordernden Position, und dass das Buch in seiner finalen Form erscheinen konnte, ist einer Reihe von hilfreichen Menschen zu verdanken, die uns einige Lasten abgenommen haben.

Wie schon bei vergangenen Anthologien der Münchner Schreiberlinge, hat Daniela Szegedi für ein beeindruckendes Cover gesorgt, das die erhoffte Stimmung perfekt einfängt. Für die tollen Innen-Illustrationen danken wir Leslie Rubow.

Vielen Dank an Alessandra Reß für den spannenden Überblick über das noch junge Genre im Essayformat und die ausgiebige Recherche, die in den Text geflossen ist.

Im Lektorat hatten wir freiwillige Unterstützung von einigen Mitgliedern des Vereins. Der Dank hier gilt Elena Dorn, Mae Ludwig, Sarah Malhus, Bernhard Schmidt, Marie Wilhelmsen und Marina Wolf.

Um den Buchsatz hat sich einmal mehr Karl-Heinz-Zimmer mit seinem Programm *SPBuchsatz* gekümmert. Danke sehr für die aufmerksame, sorgfältige Arbeit!

Außerdem noch großer Dank an Roxane Bicker für den Neopronomen-Text und all die Antworten auf viele Fragen, was man denn noch so beachten muss, wenn man ohne großes Vorwissen eine Anthologie herausbringen will, und an alle Mitglieder der Münchner Schreiberlinge e.V.

Dank euch allen wurde eine Idee zur Realität, ein Entwurf zu einem richtigen Buch.

Und dank euch, liebe Leser*innen, hat es sich gelohnt, dieses Buch herauszubringen. Wenn es euch gefallen hat, unterstützt uns gern, indem ihr die »Sonnenseiten« weiterempfehlt oder Rezensionen dazu verfasst. Der Verein hat noch viel vor. Die Zukunft sieht weiter sehr sonnig aus.

Die Autor*innen

Dani Aquitaine (sie/ihr) wurde in München geboren, ging dort zur Schule und studierte Marketing-Kommunikation sowie Grafikdesign. Am liebsten schreibt sie auf ihrem Balkon am grünen Stadtrand von München, in den Hügeln der Toskana oder auf langen Zugfahrten irgendwo dazwischen. Neben dem Schreiben als unabhängige Autorin gestaltet sie u. a. Websites und Buchcover, trainiert Bogenschießen und spielt E-Bass und Klavier.

Auf ihrer Website dani-aquitaine.de und bei Instagram @dani.aquitaine freut sie sich über Besuch!

Lucian Aurel (er/ihm) wurde 1986 im alten Land geboren. Als Kind wanderte der Autor zu jeder Kirsch- und Apfelblüte durch die Altländer Obsthöfe und suchte sich die höchsten Bäume zum Erklettern aus. Das von dort oben gesehene, unendlich groß erscheinende Blütenmeer war die inspirierende Quelle für die Kurzgeschichte um Arwen.

Während des Schreibprozesses beschäftige ihn außerdem die Frage »Was bedeutet eigentlich Solarpunk?« sehr. Wie würden unsere Städte in einer solchen Utopie tatsächlich ausschauen? Wie würde sich unser Tagesgeschehen gestalten? Würden sich die Menschen sehr von uns unterscheiden? Persönlich wünscht er sich für eine solche Gesellschaft vor allem, dass diese möglichst barrierefrei wird. Solarpunk sollte etwas sein, an dem jeder partizipieren kann.

Oliver Bayer (er/ihm) veranstaltet Fantasy-Conventions, schreibt Zombie-Geschichten und kümmert sich des Geldes wegen um die Digitalisierung. Seine Leidenschaft sind Utopien – in der Phantastik wie im Real Life. Lange Zeit betrieb er Rollenspiel-Blogs und war Chefredakteur des Printmagazins »Windgeflüster«. Seit eines Ausflugs in die Profi-Politik ist sein Ziel die Verkehrswende: Er initiierte und leitete eine Enquete-Kommission zur Finanzierung von Bus und Bahn. Währenddessen ließ er in einer Rollenspielrunde am Originalschauplatz das

Düsseldorfer Parlamentsgebäude von Zombies überrennen. Übrig blieben eine zerstörte Rollenspielwelt ohne Parlament, verstörte Charaktere und hoppelnde Plot-Ideen.

Website: oliver-bayer.de   Instagram: @oliver.bayer

Twitter: @kreon_nrw   Facebook: oliver.p.bayer

Roxane Bicker (dey/deren) wurde in Kassel geboren. Nach dem Studium der Ägyptologie, Koptologie und Ur- und Frühgeschichte arbeitet Roxane als Leitung der Kulturvermittlung im Staatlichen Museum Ägyptischer Kunst und lebt mit der Familie in München.

Neben der Geschichte hegt Roxane auch eine Leidenschaft für die Astronomie, den Weltraum und die Sterne. Roxanes Liebe gehörte schon immer dem geschriebenen Wort, und so war es nur eine Frage der Zeit, selbst Geschichten zu verfassen. Das erste Buch, geschrieben und illustriert im zarten Alter von sieben Jahren, fristet sein Dasein irgendwo auf dem Dachboden von Roxanes Elternhaus.

Roxane ist Vorsitz des Vereins Münchner Schreiberlinge e.V. Weitere Informationen zu aktuellen Projekten finden sich auf roxanebicker.com.

Elena Dorn (sie/ihr) wurde 1997 geboren und hat Psychologie an der Bundeswehr-Universität in München studiert. Als Kind zeichnete sie leidenschaftlich gern Comics, bis ihr schließlich der Platz in den Sprechblasen ausging und sie ganz auf das Schreiben umstieg. Heute liegt ihr Fokus auf den Genres Fantasy und Sci-Fi.

Um ihre Schreibqualität zu verbessern, nahm sie seit 2019 an zahlreichen Einzelcoachings und Kursen zum Kreativen Schreiben an der WortWerkstatt SCHREIBundWEISE von Diana Hillebrand teil. Außerdem reichte sie Texte bei Wettbewerben ein.

Saskia Dreßler (sie/ihr, they/them) lebt in Stuttgart und studiert in Stuttgart. Dem Geschichtenschreiben und -entdecken hat sie sich schon seit ihrem zwölften Lebensjahr gewidmet.

Am liebsten schreibt sie Geschichten über außergewöhnliche Figuren und setzt diese in nicht ganz alltägliche Situationen. Dies möchte sie auch in ihrem ersten Silkpunk-Romanprojekt umsetzen. Besonderen

Wert legt sie auf diverse Figuren, die oftmals Mental-Health-Probleme haben oder neurodivergent sind.

Website: saskiadressler.com   Instagram: @dresslersaskia
Twitter: @seitenweiser

Tino Falke (er/ihm) wurde 1988 in Rostock geboren, hat in Freiburg Neuere Deutsche Literatur, Kultur, Medien studiert und lebt in Hamburg, wo er im Korrektorat/Lektorat arbeitet. Nach dem Comiczeichnen in seiner Jugend fand er zum Schreiben.

Kurzgeschichten von ihm erschienen in Magazinen wie c't, Exodus, Nova und Gegen Unendlich sowie in mehreren Anthologien, u. a. von den Münchner Schreiberlingen, p.machinery, Machandel, Hirnkost, Art Skript Phantastik und ohneohren.

Sein Debütroman »Crow Kingdom« ist im Amrûn Verlag erschienen, sein Sci-Fi-Roman »Humbug über Xenosol« im Hybrid Verlag. Sein Beitrag in dieser Anthologie ist Teil einer kleinen Solarpunk-Trilogie, die anderen beiden Texte finden sich mit 20 weiteren Kurzgeschichten in der Sammlung »Spinnenpiñata«, ebenfalls bei Hybrid erschienen. Weitere Veröffentlichungen sind in Arbeit.

Mehr auf tinofalke.de

Jule Jessenberger (sie/ihr) ist Anfang der 90er geboren und mit Serien wie »Darkwing Duck« und »Sailor Moon« aufgewachsen. Vielleicht ist es deswegen auch nicht verwunderlich, dass Jule sich im Fantasy-Abenteuer-Genre am wohlsten fühlt und gerne wie Indiana Jones mit Peitsche nach geheimen Schätzen sucht.

Jule ist eine multi-mediale Storytellerin, die neben ihren deutschen Geschichten unter dem Autorennamen Julia Valentina auch einen sarkastischen Podcast über Märchen und Mythen namens »Spieglein, Spieglein, …WTF?! « und Horrorfilme wie »Butzemann« schreibt und produziert. Falls sie mal nicht an irgendetwas schreibt, dann taucht sie (obsessiv) gerne in die Welt von Marvel, abgefuckten Märchen oder Piraten ein – oder zeichnet einen Comic.

Website: diejuliavalentina.com
Instagram & Twitter: @nerdlifeistough

Nadja Kasolowsky (sie/ihr) wurde 1999 in Ostfriesland geboren und entschied sich nach dem Abitur für einen radikalen Umgebungswechsel: Sie zog nach Berlin, wo sie Politikwissenschaft studiert. Neben dem Studium organisiert sie für das Literaturnetzwerk #BerlinAuthors, tanzt Ballett und Contemporary, schreibt Kurzgeschichten oder arbeitet an ihren Romanprojekten, die im Fantasy- und Young-Adult-Bereich angesiedelt sind.
Instagram: @_zwischenwelttaenzerin

Pia Kasper (sie/ihr) hat Geschichte und Deutsch in Berlin studiert und arbeitet mittlerweile als freie Lektorin in Karlsruhe. Sie versucht, nicht nur fremde Texten zu bearbeiten, sondern auch eigene zu verfassen.
Also schreibt sie Kurzgeschichten, arbeitet an ihrem ersten Roman oder entwirft Abenteuer für ihre Pen-&-Paper-Rollenspiel-Gruppe. Sollte dann tatsächlich noch Freizeit übrig sein, widmet sie sich den Pflanzen auf der Fensterbank, zeichnet oder spielt eins ihrer unzähligen Brett- und Kartenspiele.
Website: dornenhexe.de   Twitter: @dornenhexe

Roman Maas (er/ihm) ist 1982 in Düsseldorf geboren. Er wuchs mit einer Begeisterung für Horror-Romane, Science-Fiction-Universen und Fantasy-Welten auf. Nach einem literaturwissenschaftlichem Magisterstudium, einem PR-Volontariat und zu vielen Kneipennächten wusste er, dass er weder Literaturwissenschaftler noch PR-Büromensch noch Wirt werden würde. Er machte sich selbstständig und begann freiberuflich Beiträge für Werbeagenturen und Magazine zu schreiben. Die Themen waren so breit gestreut wie seine Interessen: Videospiele, Friedhofs-Etikette, Bitcoin, Streaming-Serien, Lebensratgeber, Nachhaltigkeit …
2017 verließ er seine Ein-Zimmer-Wohnung in der Düsseldorfer City und reiste als digitaler Nomade erst ein Jahr durch Südamerika und dann ein Jahr durch Indien und Asien. Er besuchte Schamanen im Amazonas und Yogis im Himalaya, kämpfte mit unheilig monströsen Spinnen unter Duschen und ließ sich giftig-heilsamen Froschschleim unter die Haut streichen. Seit 2020 hat er sich eine Homebase in seiner alten Heimat aufgebaut und verarbeitet seine Erfahrungen in Roman- und Sachbuchform.   Website: romanmaas.com

Lorenzo Maxwell (er/ihm) hat nach einem Masterabschluss der Physik sein Interesse am Schreiben wiederentdeckt und das Format der Kurzgeschichte ins Herz geschlossen. Weder beim Lesen noch beim Schreiben von Kurzgeschichten beschränkt er sich auf ein einzelnes Genre.

Ilka Mella (sie/ihr) ist in München geboren und aufgewachsen. Nach einer Laufbahn als Medizinerin in Jena, Mannheim, Lyon, Madagaskar und Worms hat sie ihren Arztberuf 2019 an den Nagel gehängt und lebt mit ihrem Mann, drei Kindern und jeder Menge Tieren in der Nähe von Stuttgart.

Ihr ständiges Fernweh therapiert sie durch das Schreiben von Kurzgeschichten. Für 2023 bereitet sie die Veröffentlichung ihres Debutromans vor.

Instagram: @autorin_ilka_mella

Alessandra Reß (sie/ihr) beschäftigt sich seit knapp zwanzig Jahren mit der Phantastik, deren Subgenres, dem Fandom, Movements und allem, was daran hängt.

In ihrer Freizeit betreibt sie den Blog fragmentansichten.com, in dem sie u. a. über aktuelle Entwicklungen in der deutschsprachigen Phantastikszene informiert. Zudem schreibt sie regelmäßig für TOR Online und hat mehrere Romane, Novellen und Kurzgeschichten veröffentlicht.

Während ihres Studiums der Kulturwissenschaft spezialisierte sie sich auf den Bereich der Szenen und Subkulturen. Heute arbeitet sie im E-Learning.

Lena Richter (sie/ihr) ist Autorin, Lektorin und Übersetzerin mit Schwerpunkt Phantastik und veröffentlichte Kurzgeschichten, Essays und Artikel. Lena ist eine der Herausgeber*innen des Phantastik-Zines Queer*Welten und spricht gemeinsam mit Judith Vogt einmal im Monat im Genderswapped Podcast über Rollenspiel und Medien aus queerfeministischer Perspektive. Im Frühjahr 2023 erscheint ihre Science-Fiction-Novelle »Dies ist mein letztes Lied« im Verlag ohneohren. Mehr zu ihr findet ihr auf ihrer Website lenarichter.com oder auf Twitter unter @Catrinity.

Leslie Rubow (they/them) studiert tagsüber irgendwas mit alten Dingen und verbringt die Nächte mit digitalem Stift und Papier. They zeichnet meist Portraits, Illustrationen, Charakterdesigns und neuerdings auch Kapitelzierden.

Twitter: @LeslieRubow   Tumblr: @LeslieRubow
Website: leslierubow.com   Ko-fi: ko-fi.com/leslierubow

Maria E. Seychaska (sie/ihr) schreibt mit Passion High und Urban Fantasy. Von diversen Fantasy-Klassikern nicht unbeeinflusst, stürzte sie sich mit dreizehn Jahren in erste Schreibversuche und lässt seitdem keine Gelegenheit aus, jeden plotlosen Spontaneinfall in eine kleine Geschichte zu verwandeln.

Geboren wurde sie 1999 im südlichen Baden-Württemberg und studiert mittlerweile Germanistik, Geschichte und Sinologie. Nebenbei versucht sie sich noch einige Stunden zur Schreiberei freizuhalten.

Letztes Resultat dieser selbst spendierten Schreibzeit waren vornehmlich Wettbewerbsbeiträge, die ohne ein fantastisches, mythisches oder fluffiges Element nicht auskommen.

Christina F. Srebalus (sie/ihr), Jahrgang 1987, lebt und arbeitet zusammen mit Mann und Hund in Kiel an der Ostsee. Nach einer Ausbildung sowie anschließendem sprach- und medienwissenschaftlichen Studium machte sich die Künstlerin mit dänisch-rumänischen Wurzeln als Illustratorin und Requisiteurin selbstständig.

Sie liebt phantastische Wesen und Welten, Ambivalenzen und Symbolik und setzt dies immer wieder in ihren Bildern und Texten um.

Im Internet findet ihr sie entweder auf Twitter als @CFSrebslus oder unter www.cfsrebalus.de.

Teresa Steidele (sie/ihr), Jahrgang 1998, studiert Medien und Kommunikation als auch Sprach- und Textwissenschaften in Passau. Daneben ist sie im Autorennetzwerk der Ströer Media Brands GmbH als Werkstudentin tätig. Auf ihrem Blog chrononautin.com veröffentlicht sie Essays zu Filmen, Videospielen, Büchern und mehr. Von Kindheit an taucht sie gerne in Fantasy- und Science-Fiction-Geschichten ein, fasziniert von der Macht der Genres, die Grenzen des Möglichen infrage zu stellen.

Marie Tĕres (sie/ihr) trifft die Entscheidung, ihren Geschichten neue Enden zu verleihen, meist nachts. Neben dem Erschaffen oft düsterer Welten und problemverstrickter Charaktere widmet sie sich jedoch auch gern dem Illustrieren und sucht sämtliche Bücherhorte wie Ruinen der Umgebung heim. Sie hat dreimal studiert, besitzt einen magischen Schlüssel und neun Pechbringer.

Auf Instagram findet man sie unter @marie.teres.writing.

Katharina Wagner (sie/ihr), Jahrgang 1996, studiert Wissenschaft-Medien-Kommunikation in Karlsruhe. Besonders interessiert ist sie an dem Verhältnis zwischen Gesellschaft, Wissenschaft und Umwelt. Ihre Gedanken dazu verarbeitet sie vor allem in ihren Geschichten. Sie beschäftigt sich mit dem Schreiben seit 2018 und arbeitet neben dem Studium an ihrem ersten Roman. Bei Instagram ist sie unter dem Namen @dichtgeflecht zu finden, wo sie ihre Entwicklung als Autorin, ihren Schreibprozess sowie spontane Gedichte teilt.

Dominik Windgätter (er/ihm) arbeitet als Bauingenieur in einem Architekturbüro. Hier gilt es, wie auch beim Schreiben, technische und gestalterische Elemente ausgewogen umzusetzen.

Daher rührt auch seine Vorliebe für Hard-Science-Fiction-Literatur, welche beim eigenen Schreiben jedoch für die Ausarbeitung von Charakteren und Atmosphäre in den Hintergrund rückt. Sozialpolitische und philosophische Themen werden, wie bei den großen Vorbildern Ursula K. Le Guin und Stanislaw Lem, behandelt und vor allem auf ihre Einwirkung auf den Menschen hin betrachtet. Doch auch spannende Abenteuergeschichten zählen zu den großen Vorlieben.

Marina Wolf (sie/ihr), geboren 1988 in München, ist als Kind einer Patchworkfamilie in Portugal und Deutschland aufgewachsen. Nach ihrem Germanistikstudium und einigen Jahren als Lehrerin für Deutsch als Fremdsprache ist sie auf Umwegen im Patentwesen gelandet und beschäftigt sich seitdem beruflich mit neuesten technischen Erfindungen. In ihrer Freizeit ist sie gern im Wald, in anderen Ländern oder im und unter Wasser unterwegs. Wenn das gerade nicht möglich ist, taucht sie in die fiktiven Welten ab, die sie auf dem Sofa ihrer kleinen Sendlinger Wohnung kreiert. Am liebsten mit einer guten Tasse Kaffee.

Valerie Zatloukal (sie/ihr) ist Jus-Studentin mit einer besonderen Leidenschaft für die Schriftstellerei und seit ein paar Jahren Jung-Mitglied des PEN Austria. Ihrer Feder entstammen diverse Kurzgeschichten, doch das lang verfolgte Ziel ist der Roman. In Fantasy und Historie fühlt sie sich beheimatet, und fast alle ihre Erzählungen haben LGBTQ+-Bezug. Derzeit arbeitet sie an einem Roman (Arbeitstitel »Naudir«), der Themen der nordischen Mythologie aufgreift.

Weitere Bücher der
Münchner Schreiberlinge

Hic sunt Dracones

Durch Länder, Gewässer, Luft und Weltraum führen uns Expeditionen in unbekannte Gebiete. Immer dabei ist die Landkarte, auf der die Worte prangen: »*Hic sunt Dracones*« – hier sind Drachen! Eine Warnung, die beachtet werden sollte. Sonst kann es passieren, dass wir im Hort eines Drachen landen, auf einer einsamen Insel oder in einem Wurmloch, verloren in Zeit und Raum.

33 phantastische Reiseberichte machen das Reisen durch Welten, Zeiten und Ebenen zu einer Herausforderung, aber seid gewiss, noch haben wir immer den Heimweg gefunden. Anthologien!

ISBN: 978 3 7557 0872 8
Print: 17,00 Euro
E-Book: 10,99 Euro

Kürbisgemetzel

Halloween, Samhain, Allerheiligen.

In der Zeit zwischen Ende Oktober, Anfang November wird der Schleier zwischen den Welten dünn. Menschen geraten unversehens in die Anderswelt, Geister und Gespenster spuken durch unsere Städte und selbst die Kürbisse fangen an zu sprechen.

Was wir in dieser Zeit erleben, ist furchteinflößend und fantastisch zugleich.

15 Autor*innen schaffen Gänsehautmomente und geben Einblick in unheimliche Geschehnisse, bei denen nicht nur Kürbisse gemetzelt werden ...

ISBN: 978 3 75 19 8051 7
Print: 10,00 €
E-Book: 6,99 €

Dunkle Nächte, stade Zeit

Weihnachten und Rauhnächte

Wenn die Zeit der Wunder und das Fest der Liebe enden, beginnen die zwölf toten Tage außerhalb der Zeit.
Die Wilde Jagd bricht auf, sucht die Lebenden heim. Tiere reden. Menschen können einen Blick in andere, dunkle Welten werfen.
In diesen Nächten scheint alles möglich.

36 Tage. 36 Geschichten.

Die vierte Anthologie der Münchner Schreiberlinge entführt in die geheimnisvolle Welt zwischen den Jahren.

ISBN: 978 3 7543 4450 7
Print: 16,00 €
E-Book: 7,99 €

Der Selfpublishing-Fahrplan für Anthologien

Du hast vor, eine Anthologie herauszugeben, weißt aber nicht, wo du anfangen sollst?
Mit diesem Fahrplan liegt dir ein praxisorientierter Leitfaden vor, der dich Schritt für Schritt von der Idee zum fertigen Buch begleitet – denn die Welt braucht mehr Anthologien!

ISBN: 978 3 7526 6871 1
E-Book: 2,99 €

Inhaltshinweise / Content Notes

Nicht alle potenziell problematischen Inhalte sind beim Lesen willkommen, und manchmal will oder muss man bestimmte Themen ganz bewusst meiden. Damit es keine bösen Überraschungen gibt, findet ihr hier Inhaltshinweise zu den Geschichten der Anthologie, die entsprechende Themen beinhalten. Die Liste wurde sorgfältig erstellt, es kann aber keine Garantie für Vollständigkeit übernommen werden.

Elena Dorn, Der ehrenwerte Pierre Paquet und sein rotes Problem:
Erbrechen (erwähnt)

Roman Maas, Die falsche Sonne:
Blut, religiöser Fanatismus

Lorenzo Maxwell, The Thread:
Insekten

Lena Richter, Uferlos:
Unzulänglichkeit, verlorene Heimat

C. F. Srebalus, Bugreport:
Insekten (erwähnt), Terror (erwähnt)

Teresa Steidele, Fruchtbare Erde:
Tod eines Elternteils (erwähnt)

Dominik Windgätter, Cloudart:
Krieg (erwähnt), Naturkatastrophen (erwähnt)

Marina Wolf, Die Krähen:
Blut, Body Shaming, Schusswaffe

Valerie Zatloukal, Blumen des Meeres:
Naturkatastrophen (erwähnt)